LA NOCHE SOÑADA

Esta obra ha obtenido el **Premio Primavera 2014,**
convocado por Espasa y Ámbito Cultural
y concedido por el siguiente jurado:

Ana María Matute
Ángel Basanta
Ramón Pernas
Fernando Rodríguez Lafuente
Ana Rosa Semprún
Antonio Soler
Miryam Galaz

ESPASA NARRATIVA

Primera edición: marzo de 2014
Cuarta edición: mayo de 2014

Depósito legal: B. 3.820-2014
ISBN: 978-84-670-4118-7

www.espasa.com
www.planetadelibros.com

Impreso en España/Printed in Spain
Impresión: Rotapapel, S. L.

Espasa Libros, S. L. U.
Avda. Diagonal, 662-664
08034 Barcelona

El papel utilizado para la impresión de este libro es cien por cien libre de cloro y está calificado como **papel ecológico**

El que sabe de dolor, todo lo sabe.
DANTE

Sin ti, ¿qué seré yo? Tapia sin rosa.
JUAN RAMÓN JIMÉNEZ

Éste es para Elsa. Tengo tantas cosas que contarte...

Premisa

Es mentira que estés leyendo esto y es mentira todo lo que voy a narrarte. Por eso debes jurarme que nunca vas a contárselo a nadie, porque ni ha pasado ni debe pasar nunca más. Si alguien se va de la lengua o si alguien descubre mi plan, puede que nada suceda tal y como tengo previsto; de modo que es mejor que seas un testigo mudo, como si no estuvieras, como si yo no estuviera y como si todo lo que vas a leer jamás hubiera sucedido. ¿Has visto la lavanda que hay en la entrada de mi jardín? Pues debes ser como ella. Muda.

Justo Brightman

1

El plan

Tarde del 23 de junio de 1980 en Calabella, un pueblo cercano a Tossa de Mar, Costa Brava.

Sonaron las seis de la tarde en el campanario de la iglesia. En mi reloj, la misma hora. Todo estaba en orden para poderlo romper. Yo había elegido la noche de San Juan para convertir a mi familia en una familia feliz. Como más adelante contaré, aquella noche todos pedían deseos; en cambio, yo los hice realidad.

Mis padres estaban en la cocina, papá fumando y mamá poniendo toda la comida que había guisado para los días de fiesta en diferentes *tuppers* rosas y azules. Es algo que hacía siempre, porque así lo hacían mis tías y así lo hacía mi abuela y así lo hacían en el pueblo todas las mujeres para estar más tranquilas con el alboroto de las charangas, las misas y las verbenas.

El olor a solomillo con tomate frito inundaba el pasillo y las longanizas con tajadas de la orza se podían contar si cerrabas los ojos; había botes con almendras peladas, pimientos asados con ajos, huevos rellenos de atún y croquetas de jamón, que luego frías estaban más buenas todavía. Ella, mamá, había abierto la ventana del jardín para airear los humos, y en esa repisa ancha, en la que también enfriaba los platos antes de volcarlos en los *tuppers*, se dejaba caer papá observando el cielo que se colaba entre el limonero, atado con cuerdas de unas ramas a otras porque se expandía sin orden.

Nervioso, pegué la cara al cristal de la puerta cerrada de la cocina, un cristal con dibujos geométricos que hacía la realidad diferente, tanto si la mirabas desde el pasillo como si te miraban desde dentro, y soplé vapor con la boca para dibujar un corazón con el dedo índice. Justo en medio del corazón quedó la cara de mi madre mirando a papá en el reflejo de los azulejos. No sé quién vigilaba a quién. Él a ella, ella a él o yo a ellos.

El corazón dibujado se desvanecía.

Detrás de mamá estaban las sartenes como tambores relucientes que no dejaban nunca su función y embutidos secos colgando de un gancho similar al que utilizaba el carnicero de la esquina para arrastrar los cerdos en la matanza mientras chillaban brutalmente como niñas de recreo.

El corazón desapareció.

Eché de nuevo vapor para dibujarlo otra vez en el cristal y corrí a la ventana de la calle donde había barullo de músicos. Las campanas seguían anunciando la fiesta patronal. Me sentía agobiado y al mismo tiempo satisfecho de lo que iba a hacer. Había llegado el día, ya sólo había que esperar al momento de la tarde.

—¡Qué manera de sonar las campanas! ¡No paran!

—¡Vamos! Atended bien.

Era el vozarrón del director de la banda de música.

—Todos debéis estar listos a las ocho de la tarde, justo cuando los quintos entren a la patrona a la iglesia, en ese momento tocáis el himno, luego la salve y después, no sé, algún pasodoble. Animados, follón, verbena, ruido, alegría... Ya sabéis, que no se escuchen los lamentos, que la gente está de fiesta.

—La gente bebe.

—No te joroba, ¡mejor! Todo les gusta cuando beben.

Entonces el director echó la cabeza hacia atrás y casi gritó:

—¡Eso es! ¡Diversión!

Ahí lo tenía: una coartada perfecta. Ese día, Justo Brightman, de doce años, un niño más de la zona, cambiaba el viento que empujaba su vida y la de los demás.

Había bastante público alrededor de la comparsa, más que en el festival de las músicas, que, para desgracia, no pudieron cobrar por las lluvias. De modo que en esta ocasión habían venido el doble de miembros para agradecer que los contrataran de nuevo y para recaudar doble. Eso significaba más ruido.

—Cuanta más música, más fiesta. A más fiesta, ¡más bulla!

—Lo que usted diga, maestro.

—No se preocupe, que venimos entregados.

—¡A ver si nos pasamos!

—La murga es la murga y la murga es fiesta —sentenció.

El director de la banda de música estaba colaborando en mi plan de forma paralela a mí, como un cómplice inocente con sus músicos. El hombre, de facciones juveniles pero mayor por las canas y moreno de vendimias, daba las órdenes a los comediantes de la charanga —iban de rojo y con pajaritas amarillas— al mismo tiempo que yo corría otra vez, ahora escaleras arriba para poner todo en orden en mi habitación. Dos planes diferentes, igual de esperados. Con sólo oírle decir dos palabras, «ruido y bebida», sonreí sin necesidad de mirarme en la luna del armario donde estaba mi usado traje de comunión bailando en una percha y preparado para vestirme de fiesta.

—Sólo faltan unas horas —dijo el músico, ajustándose la gorra—. Quiero fiesta, ¡venga!

Empalidecí de satisfacción. Si hubiera tenido en ese momento diez años más, todo habría parecido demasiado siniestro, pero nadie sospecha nunca nada de un niño que, adolescente, juega en su habitación, corre escaleras abajo, sube a por sus cosas y escapa entre la marcha de los músicos como uno más.

—Sois unos tíos estupendos —dijo el maestro de la banda antes de encenderse un cigarrillo y soltar el humo en vertical como una fábrica—. Por eso nos contratan.

—¡Ea! —exclamó uno de los de amarillo y rojo—. ¡Estupendos!

Yo también lo era en ese momento. «Estupendo». Me llegó el humo del tabaco y lo aspiré deseando hacerme mayor en ese preciso instante en el que la fumarada del músico formó una nube en mi imaginación. Un enemigo de Peter Pan deseando crecer y ser «como los mayores». Me detuve y miré a mi alrededor. ¡Qué fácil iba a resultar todo!

Cogí la caja de galletas que tenía forrada de fotos de actores del Oeste y la abrí para escudriñar entre mis tesoros. Esas cosas que crees que van a adornar tu vida futura y que se quedan a medio camino porque la vida va muy rápida. En ese momento eran mis secretos, y a esa edad tampoco sabes de velocidad, sólo tienes prisa. Entre «mis cosas» estaba lo que necesitaba. Ahogué un suspiro de satisfacción.

Oí los tacones de mamá subiendo las escaleras. Agarré la tapa y cerré la caja. Antes de cubrirla, removí las cosas para barajar el destino de ese día. Lo tenía en mis manos.

Mi madre me encontró mirando entre los barrotes a la calle, de rodillas entre las macetas, aspirando el humazo.

—¿Qué haces?

—Mirando a los músicos. Ya han llegado.

Lo dije sin girarme hacia ella. Me lloraban los ojos.

—¿Te gustaría ser músico? —volvió a preguntar.

—No sé.

—Entonces, ¿qué te gustaría ser? Dime.

Abrí la boca para hablar, pero estaba demasiado alterado para contestar la verdad, así que susurré algo inaudible incluso para mí.

—¿Qué?

—¿A ti qué te gustaría que fuera, mamá? —dije sin girarme todavía.

—Feliz.

Parecía que tenía la respuesta preparada, como si supiera que era lo único que yo deseaba en la vida a los doce años. Que todos, sobre todo ella, fueran así: felices.

—Estás muy callado, Justo. ¿Todo va bien? —me preguntó mamá.

Rogué a Dios que todos los apóstoles se pusieran de mi parte ese día. Era la noche de San Juan en Calabella, el pueblo entero bajaba a la cala para descalzarse a las doce de la noche y saltar tres olas al mismo tiempo que pedían deseos. Por una noche toda la gente que conocía soñaba con que algo nuevo pasaría a partir de aquel momento. Sin embargo, habían ido transcurriendo los años y lo único que cambiaba era la hoguera de lugar. «Este año sí —murmuré—. Este año sí». Y lo supliqué agarrado todavía a los barrotes del balcón, entre geranios y el humo de los músicos de la calle.

—¿Pasa algo, Justo? —insistió mamá.

Yo asentí con la cabeza. Sabía que, si contestaba, rompería a llorar. Por eso seguí así, agarrado a los hierros de forja, hasta que noté cómo ella se acercaba —el calor de las madres es diferente a cualquier calor— a mi espalda.

Así que tuve que arrancar mis palabras del alma como en una confesión:

—Creo que soy mayor —balbucí.

—¿Y por eso estás de rodillas ahí? Anda, ven.

Al girarme hacia ella me vio llorar, y yo creo que entendió todo lo que pasaba dentro de mí —las madres...—, todo eso que se estaba concentrando en mi pecho como una bola de ansiedad, pero no me dijo nada porque las madres son así, entienden lo que nos pasa pero no necesitan palabras. Estaba nervioso y me apretó entre sus brazos como si fuera niño otra vez. Ella olía todavía a solomillo con tomate frito y yo, niño adolescente que quiere ser mayor, le dije:

—Mamá, hueles a frito.

—Llevo toda la mañana... —arrancó a explicarme, como si tuviera que dar razones de su trabajo.

Me vi en sus ojos, reflejado en sus pupilas agotadas por el cansancio y ahí sentí que para ella sería siempre pequeño, tan pequeño como el muñeco que, vestido como yo, aparecía en sus ojos vidriosos. La abracé para quererla mucho y me abrazó para protegerme mucho.

Ese silencio fue sonoro.

A veces, ayer como hoy, se escucha el amor cuando más callado estás.

Oí subir a mi padre por las escaleras y nos soltamos.

2

MUNDO RARO

Me llamo Justo Brightman, pero me llaman el hijo del irlandés porque mi padre es de allí, de Irlanda, aunque todavía no hemos ido; mi hermana sí, porque nació allí antes de que se conocieran mis padres y por eso se llama Liz y por eso también odia que la llamen Isabel, de hecho ni se gira; mi abuela muerta se llama Tránsito; mi tía favorita, Visitación, que es muy inquieta; y mi madre, Teodora, aunque ella firma como «Te Adora», porque me quiere mucho.

—Lo sabes, ¿verdad?

—Lo sé, mamá.

—Mi pequeño Justo...

—Mamáááá.

—¿He dicho algo mal? —decía, arrugando la frente igualita que la tía Visi.

—¡No, no! —le respondía—. Pero ya soy mayor. Me dijiste que cuando fuera mayor dirías que ya no soy tu pequeño Justo.

Ella sonreía.

—Tienes razón, pero eres mi pequeño y quiero que seas justo.

La gran pregunta. ¿Por qué había decidido llamarme así? Porque lo que oí de mis abuelos, que ya no están, es que «la justicia es la balanza que equilibra las cosas». ¿Me tocaba ser como mi nombre?

—Entonces, debo ser justo mamá —pensaba sin decirle nada—. Y lo voy a ser.

—Te he dejado un papel —solía decirme cada vez que dejaba lista mi habitación, ventilada y con olor a colonia.

—¿Qué pone?

—¡Aaah! —Sonreía, levantando su mano al dejarme solo.

Me convertí en un niño que esperaba sus notas encima de la cama, un niño que a los cuatro años ya sabía leer despacito y en voz alta delante de los demás. A los cinco iba al colegio solo, caminando por el bordillo de la acera según indicación materna. A los siete sabía subirme a la tapia de la finca de los olivos sin ayuda de nadie, sólo había que encajar el pie en el lugar adecuado de las piedras y apoyarse en el pecho para alcanzar la cima. Me llevaba la merienda y alguno de mis cuentos de la biblioteca —ya era socio—, y me quedaba allí, en lo alto, vigilando la tarde como un guardián, masticando mortadela y pasando páginas ante la presencia de los gorriones que paraban a por migas que se me caían del pan y de los cipreses que sobresalían poderosos y viejos. A los diez, como en alguno de esos cuentos que no devolvía, como un espía aficionado, empecé a esconderme bajo la mesa camilla del comedor para escuchar conversaciones de mis tías. Sentía entonces un leve escalofrío. Cuando me deslizaba bajo las faldas de terciopelo verde empezaba mi mundo interior, lleno de gnomos y de ilusiones escondidas. Allí, bajo la mesa, asistía a las sofocadas risas de la tía Visi que contaba chistes verdes; pero también presencié las ásperas palabras de papá. Recuerdo algo que entonces no sabía, lo que empezó siendo un juego de escondite acabó siendo un lugar de huida.

Papá no era como parecía.

A veces habría querido salir, pero era muy pequeño. Aunque me llamara Justo no había llegado el día para serlo.

Fue entonces cuando empecé a perder la inocencia, engordar los miedos y administrar la vergüenza. Mi capacidad para el silencio, todavía hoy, y mi corta estatura me ayudaban a ser un gusano retorcido bajo la tabla redonda. Podía aguantar horas. De hecho, sucedía así. Sin saber muy bien por qué razón, en aquellos momentos, sentía que era mejor esperar allí. Si papá gritaba, si vociferaba dando golpes en la pared, si mamá temblaba, si se enredaba en una retahíla de insultos y desprecios... yo estaba allí. Mi presencia, aunque fuera a escondidas, era mi forma de duplicar el corazón. Dos contra uno. ¿También mamá tendría miedo?

Cuando salía de mi madriguera, bajo las faldas, al notar que no quedaba nadie en el salón —me ayudaba un agujero de un «quemado» por donde miraba—, iba directo al aparador donde estaba el tocadiscos. Allí esperaba a que entrara mamá, escudriñando disimuladamente entre los vinilos como si buscara qué banda sonora ponerle a la tarde. «Pongo la música y tú lees las letras en voz alta», me pedía. Yo lo hacía. ¿Cómo podía negarme? Por eso llegué a leer muy bien las letras de las canciones de Serrat. Por eso y porque leía en misa, y al llegar a casa me pedía que leyera las portadas del periódico de los domingos a las tías para que se viera mi velocidad ante las palabras más complicadas. Era su forma de buscarme una ocupación que contentara a papá. Aunque lo único que no me gustaba leer en voz alta eran sus notas, los papeles doblados en cuatro que dejaba mamá sobre mi colcha o entre los almohadones: «Me gustaría ser más expresiva algunas veces, pero te quiero tanto que no lo sabrás nunca. Tu madre. Te Adora».

Sólo un tipo de amor madre e hijo puede surgir de una relación así. Supongo que todo empezó allí, el día que empecé a vivir para ella. Se pueden repartir las tartas en trozos pequeños, pero no se puede repartir el amor.

Mi madre tiene nueve hermanas y todas son muy particulares: Filomena, Ciriaca, Iluminada, Isolina, Maravillas, Esperanza, Honorina, María Montaña y, claro, Visitación. Se peinan unas a otras, se intercambian collares y parlotean en conversaciones cruzadas como extrañas pasajeras de tren, porque se tratan de usted en privado y de tú en público.

«Cuestión de familia», dice la mayor, que es la que protege a todas de la manera más caótica en la casa familiar, justo al revés de lo que haría cualquier familia normal, aunque no creo que haya familias normales. Si las hay, deben ser aburridísimas.

—Iluminada, mire bien si está el fuego encendido. Hay que poner los botes de la conserva.

—Honorina, repase los bordes, que se oxidan con el agua de un año a otro. Que estén secos, mírelos bien.

—Iluminada, el fuego está vivo. Bien vivo. Voy a poner la cazuela con agua a hervir.

Así, de usted. Y en la calle de tú. Bueno, hasta que se enfadaban y se gritaban tuteando barbaridades propias del bar al que me llevaba mi padre a comer boquerones en vinagre.

Creo que nosotros estamos marcados por el nombre, como si en lugar de bautizarnos a toda la familia nos hubieran marcado a fuego como a los caballos. Yo mismo, Justo. Y como no hay otro Justo en la familia, me toca a mi serlo. Hoy es el día marcado. Hoy. Los mismos caballos del señor Aza, que esta mañana han empezado a engalanar bien temprano con los abalorios que hacen las mujeres en las clases de labor: un montón de borlones de colores que cosen con cascabeles para que, al pasar por la calle Mayor, «los caballos parezcan más alegres que su trote y contagien de optimismo a los deprimidos». Esto no es mío, lo leen siempre en el pregón y parece el padrenuestro porque a todos les suena igual pero lo aplauden.

Visitación amaneció esa mañana enredada en la manguera del riego para las plantas del patio en el que se pasan media vida todas ellas; cantaba: «Tú me acostumbraste a todas esas cosas y tú me enseñaste que son maravillosas; sutil llegaste a mí como la tentación, llenando de inquietud mi corazón...». «Corazón» lo cantaba alargando la «o» para parecer una cantante auténtica porque se olvida de todo cuando canta y a mí me gusta mucho cuando lo hace, cuando se olvida de las cosas y canta como si no hubiera nadie alrededor. Me convertí en su espectador trágico, único, porque los aspavientos que hace al cantar están rotos de dolor, sobre todo cuando canta aquella de: «Si Dios me quita la vida antes que a ti, le voy a pedir que concentre mi alma en la tuya para evitar que pueda entrar otro querer a saborear lo que es tan míoooo...». Aquella mañana, sin embargo, puso en *repeat* la de «Tú me acostumbraste... en tu mundo raro». Mundo raro. *Mundo raro*, como una premonición del «cómo se vive sin ti».

En eso me quedé pensando.

3

Los zapatos de los domingos

Mi tía Visitación era la mayor y tenía el cabello rubio, largo y rizado en las fotos del pasillo, pero ahora parecía de paja y lo llevaba cardado como una peluca, «sin brillo», le dice mi madre, por culpa de que se echa mucha laca.

—Acabará usted anestesiada —la riñe.

A ella le da igual, no tiene medida de las cosas ni de la laca. Olga Guillot es su cantante mito y a veces canta en *playback* mientras hace gestos de teatro como si fuera la original. Mi hermana Liz se ríe, pero a mí me hechiza. Ella es diferente a todas las demás, la más exótica. Canta como si hubiera estado enamorada y eso la hace real. Supongo que para amar sólo hace falta imaginarlo. Y a mí, cuando la escucho, me parece divertida, aparatosa y loca porque sabe que la vigilo a escondidas y exagera los gestos para mí. «Déjala, es su válvula de escape —dice mi madre— frente a las otras». Las otras es todo lo demás. Cuando acaba el momento dramático me pilla corriendo por las escaleras, porque aunque es la mayor es la más ágil, y me llena la cara de besos pintados de rojo y acabo pareciendo un payaso.

—Mira cómo huye el irlandés.

Yo me desternillo corriendo mientras me persigue.

—¡Mira cómo huye miedica de mis besos de fresa!

No recuerdo un momento de mi vida en el que me haya reído tanto como escapando de mi tía Visi entre las columnas del patio.

Ella siempre diría que descubrió el amor en las canciones, pero era mentira. Era un farol, por supuesto. Pero por alguna razón callaba para que su vida personal no protagonizara ninguna de las conversaciones ni de los comentarios de cocina. Como en tantas situaciones durante aquellos años, Visi se olvidaba de ella para ser la columna vertebral de las demás, pero se maquillaba para salir a la calle como si siempre fuera fiesta. Fue una suerte que viviera con nosotros. Gracias a su presencia, fuerte y poderosa, alegre y desenfadada, las demás se sentían mejor y encontraban un refugio cuando aparecía. La loca de Visitación, la de los chistes verdes y las canciones de la Guillot, se había convertido en el pilar de la familia gracias a su singular sentido común.

—Visiiiii —gritaba Isolina—. ¿Qué es esto?

—Unas bragas.

—Eso ya se ve.

—¿Entonces qué más quiere, muchacha?

—Pero... ¿qué hacen aquí? ¡En la entrada al patio!

—Mujer, tendrían frío y han salido buscando un rayito de sol. ¿Pues no lo ve?

—Pero si entra alguien, ¿qué?

—Hija, pensarán que somos limpias o que tenemos más. Usted perdone.

Cosas como ésa hacían que me alegrase de vivir en un mundo de mujeres. No por estar acostumbrado a la ropa interior femenina desde niño, sino por la capacidad de desdramatizar todo. Visitación se convenció de que en la vida había que ser feliz. Los motivos ya irían apareciendo. Lo demás importaba poco.

Hoy, mientras mis otras tías se peinaban unas a otras, se ajustaban los collares a la espalda como si fueran un puzle de personas vivas —esto es una obviedad, pero quiero remarcarlo porque mientras lo hacen forman una culebra que llega a moverse por el pasillo hacia el salón y paran en la cocina para encender o apagar el fuego— y lanzaban pullas sobre mi padre, he observado lo sencillo que va a resultar todo mi plan. Entre tanto movimiento de músicos, tías y caballos engalanados, me ha parecido fácil. Uno, hoy todo va a ser un follón de vecinos arreglados con trajes y pañuelos, vestidos y mantillas, la hoguera en medio de la plaza, el puesto del algodón de azúcar y almendras garrapiñadas, la verbena y el rutilante estreno del nuevo cine, así que nadie va a percatarse de la ausencia o la presencia de un niño de doce años que corre entre las atracciones en busca de nada. Todos llevan una semana trabajando para descansar. Y dos, mi casa es un ir y venir de manteles bordados que levantan en el aire formando nubes en las que subirse y saltar. Parece que quieran volar. Lo hacen cogiendo dos puntas entre dos tías y tapan las mesas del salón y del segundo salón, así, todo tapado en blanco «parece más fiesta» como dice Isolina, que es cándida y algo incauta, y pueden servir los dulces para las visitas.

Si digo que han hecho dulces para las visitas, significa que vamos a estar comiendo dulces hasta la próxima fiesta local o, me gusta más, hasta el próximo día de la patrona. Esto mismo que hacen en casa también lo hacen en misa. No me refiero a los pasteles; ponen manteles nuevos en el altar y en los altarcillos para el vino y esas copas plateadas y doradas que también tapan con mantelillos purificadores muy planchados, casi duros. A mí me gusta crujir las puntillas que de tanto almidón quedan rígidas como cristales de hielo porque es como romper carámbanos.

—Quizá deberíamos tapar los hojaldrados. —Isolina hizo un gesto exagerado con las manos—. Nos hemos pasado de azúcar glas y van a llenarse de moscas.

—Tampoco es pleno verano.

—Le recuerdo que es 24 de junio, noche de San Juan. Si va a gastar sus deseos en que no vengan las moscas, mejor vaya yendo a la cocina a por platos hondos y así acabamos antes.

—Hija, qué arisca.

—Y vieja, pero no estoy gagá. Así que vaya tapando los dulces. Qué manía más tonta de dejarlos descubiertos.

—¿Puedo coger uno, tía?

—Pues claro, Justo. Al menos antes de que se los coman las moscas... o María Montaña.

—Ay, qué asco, tía.

Mi hermana lanzó una mirada de repugnancia. A mí me daba igual.

—No digas asco.

—Tal y como se lo dice a la muchacha, parece que os referís a mí.

María Montaña meneaba la cabeza como si se debatiese entre enfadarse o coger uno de los dulces que todavía estaban repartidos por la porcelana de las fiestas. Unos platos con escenas azules que sólo aparecían dos veces al año: en fiestas y en Navidad. Yo era un crío y me fascinaba buscar los detalles de caza entre las ramas de unos árboles azules que escondían aves y hombres bajando de las montañas, azules también.

—Ya estamos con la suspicaz. Si se ve hermosa, es cosa suya, o no coma tanto y punto.

—Bueno, pues id tapando, que hay prisa. Tenemos muchas cosas que hacer.

—Pues, Justo, si quieres ayudar a tu hermana, nos viene muy bien, que estamos atareadas...

Esa mañana ya se habían peinado todas, más pronto de lo normal, y andaban haciendo serpientes por los pasillos y por las escaleras que llevan a las habitaciones, que es donde también están los armarios, cerrados con llave, los de la ropa de cama y los de los manteles, que pueden parecer lo mismo, pero la diferencia es que los que llevan iniciales son para las camas. También hay un armario en el que está «lo nuestro». Lo nuestro es lo de ellas, no lo mío, que quede claro: sus mortajas. Las tienen elegidas y las rehacen cada cierto tiempo según engordan o adelgazan, «no vaya a ser que las pille mal ajustada». Yo creo que con tres de diferente tamaño les sobraría, porque tampoco creo que vayan a morirse todas a la vez;

aquí en el pueblo nunca pasan tragedias como las del *Titanic,* y ya sería mala suerte. Aquí no llegan los icebergs, sólo llegan algas cuando cambia la marea, y cañas con cuerdas y troncos relamidos por el agua cuando el mar vomita restos del fondo. Tampoco nada interesante: algún trapo, algún madero con forma, algún trozo de silla (que recuerde). Le expliqué una vez a Timoteo que para que llegaran aquí restos de barcos habría que estar al otro lado, en Lisboa, porque aquí lo único que tenemos enfrente son las islas Baleares, y no parece que vayan a hundirse transatlánticos como ése. Además, para que viniera algo del *Titanic* habría que hacer un recorrido desde el océano, bajando hasta el estrecho, cruzarlo, subir por el Mediterráneo y venir a dar a mi playa. No creo. Sólo mis tías son capaces de hacer recorridos más difíciles, pero no saben nadar, ninguna. A la mayor siempre le ha parecido «una temeridad» meterse más allá de las rodillas en el mar, porque «vete a saber qué hay en el fondo». Yo sí. Hay que saber nadar. Yo nado por mí y por toda mi familia. No niego que a veces lo hago por si hay que saber escapar.

—Justo, ¿puedes deshacerme el nudo de la cadena? Se ha vuelto a quedar hecha un sambenito.

—Un Cristo, dirá —repuso Filomena a su hermana Isolina.

—Hecha un Cristo, vale. Qué quisquillosa es usted también. Igual que la otra.

—Puntillosa.

—Susceptible también.

—Y seca.

—¡Paren! —soltó Maravillas—. ¡Paren ya!

—Los nudos y los hijos para quien los hace.

La tía Visi meneó la cabeza.

—Usted, como el aceite: arriba.

El hijo era yo y el nudo era sólo trabajo para mis dedos porque «eran más finos», según mi madre, según mi tía, según su hermana, según todas. Las diez hermanas que actuaban como una piña cuando querían y como una charanga desafinada cuando se levantaban melindrosas. Yo he sabido desde los cinco años sacarlas de quicio, pero me gusta hacer mi papel de hombre de la familia, de único varón entre tanta mujer.

Deshice el nudo como otras veces y tía Visi me guiñó un ojo, cómplice, en el momento en el que la otra se colocaba la cadena con una medalla nueva que había comprado en la joyería del Conejo, un tipo que vende también cosas de mercería y que es rico gracias a la pandilla de hermanas de mi madre.

Mi hermana apareció cojeando con un zapato en la mano; maldecía y lloriqueaba porque le hacía daño precisamente el que nunca le hacía daño. Pasó de mí y se fue directa a las tías que ya estaban vestidas para la fiesta de la tarde y perfumadas de todos los tipos de flores posibles.

—Me duele.

—A ver... déjame —le dijo mi madre para hacerle caso, que era, sin lugar a dudas, más importante que el dolor del zapato.

—Mamá, te dije que si me los hubiera puesto, ya no me harían daño y me has dicho que esperara hasta hoy, y como he esperado hasta hoy, ahora no puedo, me matan. La piel es dura.

—La piel es buena.

—¡La piel es dura, mamá!

—Oh, Liz, por Dios... No puede ser que te hayan rozado con sólo ponértelos.

—Tengo pies de gorda.

—No eres gorda, Liz. Tendrás los pies hinchados porque llevas nerviosa toda la semana.

—Porque son nuevos y ¡porque quiero ir al baile! —gritaba—. Y la culpa es tuya por haberme hecho esperar hasta hoy.

—Vale, como tú digas.

—Sí. Como yo diga.

—Pues una tirita en el talón... Voy a por ella.

Mamá le cogió la cara con las dos manos para calmarla y después echó a andar hacia el baño.

—¡La tirita se me pega! Y la tirita... ¡se me va a enredar con las medias!

Yo no dije nada. Sólo la miré y temí lo peor por los gritos, que se oían demasiado. En ese momento en el que mamá abría la puerta buscando la solución, salió mi padre de la cocina donde había estado fumándose un cigarrillo en la repisa donde se enfriaban los platos, y todo se hizo silencio. Ambas puertas se quedaron abiertas y corrió un viento de una a otra que anunciaba el temblor. La mirada fue pólvora. Mi madre sin llegar a la puerta, mi hermana coja con el zapato en la mano y yo, observando. Nadie dijo nada hasta que mi madre decidió arrancar a hablar para enfriar pacíficamente como el aire que en ese momento refrigeraba los platos en la ventana.

—Liz, que le hacen daño los zapatos. Voy a por una tirita y todo solucionado. Le dije que no se los pusiera y ha sido culpa mía...

Silencio.

—Creo que lo he oído —contestó él, soltando el último humo del cigarrillo—. Ahora dame el zapato.

Mi hermana tendió el zapato hacia papá, temerosa de que acabara en el patio o estampado en la pared.

Fuera se oyó el tortuoso ejército de hermanas huyendo de la zona de guerra, e instintivamente mamá cerró la puerta apoyándose en el cristal para amortiguar cualquier temporal. Yo miraba.

—No digas nada, Liz.

Papá levantó la otra mano y todos nos asustamos. Llevaba un martillo. Sostuvo la mirada a Liz durante unos segundos, todos queríamos huir pero nadie estaba en condiciones de ser libre ni sabíamos cómo. Sonó un teléfono en el pasillo y los tacones de tía Visitación corrieron hacia él. Sonó tres veces, las suficientes para que se aceleraran nuestras respiraciones del mismo modo que un tren avisa de su salida.

—Thomas, ¿qué vas a hacer?

La voz de mamá nos sobresaltó.

—Teodora... ¿tú qué crees?

Era lo único que faltaba en ese momento del día de San Juan: una catarata de palabras como las que se oían por las noches mientras dormíamos. Noté cómo le daba una punzada a mamá en el pecho y soltaba el pomo para agarrarse con las manos a sí misma. De pronto todo parecía parado. Sí, los muebles pesados, las fotos colgadas, el tocadiscos con la tapa gris, los discos ordenados, el reloj de pared sin manecillas, el botellero de cristales, las cortinas y los visillos abiertos a la calle, las sillas ordenadas en cruz, la enciclopedia verde junto a la granate y... nosotros. El cuadro de los ciervos fue mi salvación para salir de allí. Crucé más allá del marco y me senté en la yerba con la pequeña cría que levantaba la cabeza hacia su madre buscando alimento y paz, sentí cómo acariciaba su lomo, suave y seco, y les enseñé el camino por el que tenían que huir para despistar a los cazadores. «Allí, tenéis que salir por allí —les dije—, por el segundo atajuelo a la derecha, yo me quedaré quieto esperando a los hombres». Deberías haber visto al cervatillo lamiéndome la mano mientras echaban a correr, pensé mirando a mamá, que seguía apretándose el pecho.

Cuando volví al salón, aquello había empezado a dar vueltas por algo que mi padre acababa de decir. Los ciervos ya no estaban en el cuadro, los cazadores sí.

Papá se agachó al suelo, le dio un golpe seco al talón del zapato y dijo clavando la mirada en los ojos de Liz:

—Toma, ya está blando.

El golpe del hierro contra la piel rompió el silencio. Todo el grueso de discos se volcó hacia la tapa del tocadiscos gris y el péndulo del reloj sin manecillas pareció echar a andar para marcar el tiempo. ¿Qué tiempo? Mamá nos dirigió una de esas sonrisas compasivas que tanto bien nos han hecho a lo largo de toda la vida. Mi hermana salió del salón con los zapatos puestos, los dos, pero fue incapaz de quejarse. Algo a lo que ya estábamos acostumbrados. Enderezó la espalda y caminó tic tac tic tac tic tac por el pasillo hasta las escaleras de las habitaciones sin inmutarse. Corrí tras ella como si fuera a avisarle de que ya no estaban los cazadores tampoco en el cuadro, que habían vuelto los ciervos a comer la yerba fresca del arroyo. Se negó a responder a mi madre y yo intenté apaciguarla, sin respuesta, explicándole que había oído a las tías que todos tenemos un pie diferente al otro, más grande. Y que igual pasa con las orejas o con los ojos, que hay cierto desnivel en el tamaño, que no podemos ser perfectos porque eso sólo pasa con los espejos. Yo creo que iba sangrando, pero con tal de permanecer almidonada, como las puntillas de misa, callaba para no demostrar dolor.

Mi hermana era mi amiga, pero como sólo era hija de mi padre, prefería a veces hacerse la irlandesa. Evidentemente, yo había salido a mamá. Y ella, aunque lo negara, a papá.

Cerró su habitación y noté por el ruido cómo dejaba caer los zapatos en el suelo; se oyó cómo arrastraba una silla y la imaginé pintándose de carmín rojo los labios y poniéndose más maquillaje que de costumbre. ¿Podría ser que estuviera enamorada de alguno del pueblo? Lo cierto es que se pintaba más de un tiempo a esta parte y esos zapatos eran su escenario para brillar. Le había pillado algún chupetón en el cuello, aunque ella decía que eran pellizcos de la cremallera. ¡Ja! Yo, Justo Brightman, tenía entonces doce años, pero no era tonto. A mí me podían engañar con la geografía —total, era imposible controlar los mapas desde un avión, había que fiarse de los profesores—, pero no podían hacer lo mismo con las mujeres. Nueve tías, una madre y una hermana. En total: once.

Yo esperé en la puerta, sentado en el suelo y pensando en mi plan para la noche soñada mientras escuchaba música en inglés que salía de la habitación de mi hermana Liz. Todo estaba listo en mi cabeza y pensé que este berrinche por los zapatos serviría para distraer la atención, todavía más, y pasar desapercibido.

—¿Aún estás aquí? —espetó ella al abrir la puerta. Estaba guapa.

—¿Tienes novio? —respondí con otra pregunta.

—Ojalá lo supiera. Además, ¿a ti qué te importa?

Me encogí de hombros y fuimos hacia las escaleras.

—¡Espera! —le dije.

—¿Qué vas a hacer? —preguntó.

—No te lo puedo decir.

—Se te da muy mal mentir, Justo.

Ella me dirigió una mirada similar a la de mamá, pero torciendo el morro, como si esperara a que yo dijera algo. Fue algo fugaz, segundos, pero noté que me quería.

—Liz... ¿tú sabrías guardar secretos para toda la vida? En las novelas hay personajes que no dicen lo que se les pasa por la cabeza a nadie. Y se quedan en secreto para siempre, quiero decir.

En otras circunstancias, yo, Justo Brightman, le habría contado todo a mi hermana Liz. Pero en aquel momento me di cuenta de que sería mejor dejarlo en una cuenta pendiente de hermanos. No estaba preparado, y aquella hermana arqueó las cejas poco dispuesta a seguir escuchándome. Más aún: empezó a bajar las escaleras.

Esperé unos segundos como si dejara escapar a los ciervos que buscan otro bosque más feliz lejos de los cazadores.

—¡Liz!

—¿Qué? —gritó desde abajo.

—Que te quiero mucho.

Liz Brightman resopló como si no supiera qué decir desde la planta de abajo. Era alta, de piel muy clara, con pecas a los dos lados de la nariz y unos preciosos ojos verdes idénticos a los de papá. Pero ella no valía para esas cosas, era imposible para los elogios, así que soltó una de las suyas como agradecimiento:

—... como la trucha al trucho.

Me sentí tan estúpido como de costumbre, pero yo sabía que del mismo modo que a mí me costaba decir piropos, a ella tampoco le salían espontáneamente. Pero la sola mención del «Te quiero» me sirvió de bálsamo aquella tarde. Me tumbé en la cama. Permanecí semiinconsciente durante unos minutos sin que pasaran por mi cabeza los quebraderos de las últimas horas. Desde la calle llegaba todavía la música. En el techo vi cómo los ciervos me sonreían agradecidos. «Lees demasiado a Julio Verne», pensé. Fueron esas fantasiosas imaginaciones las que me pusieron en pie de nuevo y activo. Saqué de mi caja forrada con fotos del Oeste mi amuleto para cambiar el rumbo de aquella noche, de aquella familia, de la vida.

Sonó el timbre de la entrada varias veces. No era nadie. Era la tía Visitación avisando a todos para que «arrancáramos de una vez».

—¿Qué has cogido de tu habitación?

—Cosas mías. No te importa.

Liz me miró con atención. Mosqueada. Pero como le daban igual mis cosas, hizo un gesto de desdén y bajamos las escaleras. Y ambos volvimos a mirarnos con una expresión que, más que nada, se parecía al resentimiento. Agradecí que nuestra relación fuera unas veces de hermanos y otras de amigos. En ese momento me venía bien que ella me dejara libre para actuar.

—¿Qué es? —insistió.

—Nada.

—¿Nada?

—Nada, ¿te lo repito? Na-da. Eres una cotilla —me envalentoné—. Y si es algo, es cosa mía. Es mi secreto.

—Leer demasiado al bobo de Julio Verne no te va a hacer vivir sus aventuras. ¿Lo sabes? No me vengas ahora de héroe —me contestó resabiada por el dolor y el peso de la incógnita.

La miré como si parara en ese momento el tiempo.

—Y tú te pintas mucho y no te lo digo. ¿Lo sabes?

Sus facciones juveniles y pecosas asomaban por debajo de su capa de colorete y pintalabios y pensé que podría ser la protagonista de *Los hijos del capitán Grant*.

4

La estrella llega al pueblo

—Toma —dijo mi tía Visitación, ofreciéndole a mi madre el abanico de las fiestas para que se refrescara y se le fuera el apuro que tenía marcado en la expresión de su cara.

Ya estábamos todos listos. Todos menos mi padre, el irlandés. Papá estaba apurando un vaso de whisky de un trago y mamá mirando resignada, sin que él se diera cuenta, desde la puerta. La silueta de papá estaba tras los mismos cristales en los que yo había dibujado antes un corazón... invisible ya. Los corazones de vapor se esfuman.

—¡Justo!

—¿Qué, mamá?

—Acompaña a papá a por el coche del ayuntamiento y te vuelves con nosotras. No te entretengas.

—¡Estupendo! —exclamé como si tuviera la respuesta preparada—. Y luego me quedo con los amigos en la plaza.

—No, luego te vienes, te he dicho. Ya te irás con ellos después. Hay tiempo para todo, Justo.

Su mirar se dulcificó en ese momento para que le hiciera caso. No podía perder tiempo, ya eran horas.

—¿Y cómo es que le espera un personaje tan importante? —preguntó Isolina, tirando de la chaquetilla a Visitación. Pero se apresuró a responder María Montaña:

—Me lo contó anoche la Teo, que se lo ha rogado el alcalde, y como es el único que habla inglés en el pueblo... pues va él a recibir a la estrella.

—Miedo me da.

—¿Qué dices? —se apresuró a protestar Visitación—. No sueltes desatinos.

—No, no... nada.

—Hija, lo cierto es que es inexplicable; ésa es la verdad. Quizá tú lo comprendas, yo no. Para estas cosas, estas mujeres tienen chóferes y asistentes. No vienen solas. No sé cómo decirlo, que me parece muy raro.

—El alcalde ha confiado en él —zanjó la tía.

Extrañamente, Visi parecía defender a mi padre en un momento así. ¿Cómo decirlo? Yo no esperaba que saliera a abrazarlo, pero sí noté que se puso de su parte. Es ella quien me envolvió en sus brazos con la excusa de hablarme al oído.

—Tú ve con él y que no se tome otra copa en el bar. Vigila, Justo, vigila. Por tu madre.

Su voz era cordial, pero concluyente.

—¿Cómo sabes tanto, tía?

—No soy una vieja gagá.

Besó mi cara y me pellizcó el culo a la vez. Me asaltó la idea de confiarle mi plan, pero hice bien en callar y corresponderle con otro beso. Cada uno es como es: yo nunca conté mis secretos, ni entonces ni ahora.

En aquella tarde del 23 de junio me sentía extraordinariamente feliz porque todo lo tenía preparado, y mejor, sabía que desde aquel momento nada iba a ser igual en nuestras vidas. Para siempre.

Cuando uno tiene doce años y se llama Justo, se siente obligado a subirse a las copas de los árboles, a caminar saltando piedras, a correr en la bici sin manos, a meterse al fondo en el mar, donde cubre, con ganas de nadar hasta el horizonte; cuando uno tiene doce años y se llama Justo, hay que obligarse a ser feliz porque es lo único que nos diferencia de los adultos en ese momento: que ellos ya tienen la sonrisa aprendida para las fotos. Yo no, yo no quería empezar a ser un corresponsal de mí mismo, quería ser yo y que todos los que estuvieran a mi alrededor hicieran corazones de vapor en los cristales.

—Fuuuuuuu... —soplé para imaginar que vaciaba mis dudas con el aire y me escabullí un segundo en la habitación donde mamá tenía una imagen chiquita de la patrona vestida con el manto de las fiestas. La miré a los ojos porque sabía que era la única que conocía mi secreto. Me miró. O la miré. Sabía que rezar no estaba bien en ese momento, porque ni me daba miedo el infierno ni me creía que el cielo tuviera que estar tan lejos. Así que metí la mano en mi bolsillo para saber que «eso» estaba ahí: mi fortuna y la de los demás.

—Ya ves. Hoy es el día. Temo llamar la atención.

La virgen no dijo nada, como era de esperar en una pieza de yeso pintado y vestido.

—Te creerás que tengo dudas, pero no las tengo.

Silencio en la habitación y dos miradas cruzadas, ella y yo.

—Estoy seguro de que me comprendes... —Las manos de la imagen estaban sobre el pecho—, porque tú lo has visto todo siempre. Pero claro, tú no actúas, me toca a mí. Soy yo. A ti te hicieron de yeso, pero a mí me han hecho fuerte y soy fuerte.

El manto tenía estrellas bordadas.

—Y si no me paras ahora, es que estás conmigo. Puedo esperar... Si me has de castigar, hazlo ahora, puedo esperar. Si no... —el manto tenía también un corazón en el centro de su pecho—... me toca ser justo. Quiero decir justo, con minúscula.

Ese corazón bordado tenía espinas. Imaginé los míos de vapor en los cristales.

—Cuando todo en esta casa es como tú sabes, no creo en el cielo y me niego a creer que el cielo esté en otra parte. El cielo debe estar aquí. El cielo debe estar en mi casa, en todos los rincones de esta casa. Si tengo que esperar a que llegue, no vale la pena ese cielo. De hecho —dije mirándola—, no quiero ese cielo por el que hay que esperar.

Los ojos de las vírgenes son buenos y en su mirada parecía que también estaba la mirada de mi madre diciéndome: «Te adora, mamá», como en esas notas que me escribía en papeles para que yo encontrara y sonriera al acostarme o al despertarme. Así que vi en sus ojos, en los de la virgen de yeso, una comprensión absoluta que me organizó las ideas como los libros de la biblioteca. Libros bien encuadernados esperando a ser cogidos para leer; de terror, de amor, de aventuras, de vaqueros, de fantasías... iguales por fuera y diferentes por dentro. Uno de ésos era yo en ese momento, nadie sabía mi final.

El sol se estaba yendo entre los tejados y reflejaba esos dorados que tanto me gustaban cuando salí de nuevo a la calle donde estaban las tías y mamá arregladas como para una boda. Todas excepto Esperanza, que parecía una discreta maestra de escuela. Pronto salió papá. Él llevaba un traje que le habían dejado en el ayuntamiento similar al de los policías locales porque tenía dos tiras doradas en el hombro y una cinta brillante que bajaba por el lateral del pantalón y que le hacía muy regio. Es la palabra que utilizó la boba de Isolina.

—Está regio, como el rey.

—¿Cómo sabe usted el aspecto que tiene el rey si no ve nunca la tele? —le dijo Maravillas.

—Por las revistas. Es un militar sin corona y con muchas medallas.

La cabeza de papá también estaba erguida como si fueran a ponerle una corona y hacerle rey esa misma tarde. Un Brightman —irlandés, altivo y con hechuras de marinero, como calificaban a mi padre— había sido elegido para recibir el primero a la protagonista de la película que venía a estrenar en esa noche de San Juan la pantalla del nuevo cine de verano. Una extranjera que estaba pasando de incógnito unos días cerca de nuestra zona con un tal Dirk Bogarde, que también salía en el filme. Lo sé porque lo repitieron tantas veces como mamá le ajustó la corbata a papá para enderezarle el nudo procurando que los cuellos de la camisa quedaran por dentro de la chaqueta.

—Sólo falta una hora —dijo mi padre mientras mamá fingía sentirse orgullosa del papel que habían encargado papá.

—Casi —le indiqué yo mirando mi reloj.

—Vas muy elegante —comentó mamá.

Él pasó por alto su elogio y me miró.

—Ava Gardner era una de las mujeres más bellas del mundo y siempre han hablado de su magnetismo. ¡Su magia deslumbra! *She's gorgeous.*

Con las manos cruzadas en el pecho estaba María Montaña rumiando algo entre dientes. ¿Yo? Los mismos nervios que cuando hice la primera comunión: ansia, ilusión, inseguridad, presión... La espera en la entrada con toda la familia entrando y saliendo me puso el corazón al galope.

—Dicen que cuando vino estuvo con el torero, con Dominguín —apostilló la tía Visitación.

—Entonces fue con Mario Cabré, que salía en la película y tuvieron un romance, y por eso se vino Sinatra a verla, estaban casados.

—Qué afición por los toreros teniendo a Sinatra, ¿también aquél? Mire, ayer mismo me crucé con...

—Dios santo —cortó Ciriaca—, es que de Dominguín también se ha dicho casi todo.

—Pues como en los pueblos, que se dice *de todo.*

En ese instante sonó el teléfono dentro y Visitación entró con aire agitado.

—Ava Gardner, ni más ni menos. Porque estoy casado... —espetó papá como un eructo, sonándose la nariz y encendiéndose otro cigarrillo con la colilla del anterior.

Contemplé la mirada de mamá, que tragó saliva como quien bebe veneno ante la fanfarronería de papá.

—Ve a por mi cartera, Justo.

—Si yo me voy contigo, papá —dije, tirándole de la chaqueta.

—¡Pues claro! —exclamó mamá—. Le acompañas y vuelves.

—Andando pues.

Cerró la puerta y sentí el peso de mi soledad caminando con él. Me sorprendió el silencio que había en mi cabeza a pesar de la música y las campanas doblando a fiesta. Puso la mano sobre mi hombro y yo crucé las mías por detrás, cada una sujetaba a la otra. Soporto mi ansia y cuento los pasos. Confuso, me pregunto si todo está bien. Todo irá bien, me digo.

—Di hola —suelta mi padre—. ¿No ves que te están saludando?

—Hola —respondo aturdido a no sé quién que pasa también hacia la plaza.

—¿En qué vas pensando?

Retraso la respuesta y reprimo la verdad.

—En esa estrella de Hollywood.

Bajamos por el callejón de los escalones encalados donde algunas vecinas han decorado todo con plantas y candiles encendidos para la noche de San Juan. Me llama la atención que mi padre no me suelta del hombro, como si justo ese día quisiera quererme más que nunca a base de gestos. Su tono de voz, aunque amable, me impide olvidar todo lo que ha pasado los últimos días. Me sudan las manos. En los cables de la luz han enredado banderitas que son atravesadas por los últimos rayos de sol. Busco a los ciervos para salvarlos de los cazadores. Para mi sorpresa, me suelta en ese momento. Es para encenderse otro cigarrillo.

—¡Buenas tardes, irlandés!

—Allá vamos —contesta, guardándose las cerillas en el bolsillo pequeño del uniforme.

—Cuéntanos luego todo.

—Con detalles, ¡con detalles! —advierte sonriendo.

—Mírale qué orgulloso va Justo de su padre, ¿eh?

Las manos me sudan más.

El grupo de músicos se retira para dejarnos pasar ya y uno le tiende la mano a papá.

—¡Oh, más que nadie! Es mi hijo.

Yo me las seco en las piernas y saludo también. En lo alto, una de las banderas, italiana, hace juegos de luces verdes y rojos en el suelo.

Nadie se daba cuenta de la gravedad de la situación. Sólo yo. En aquel instante sentí la responsabilidad de hijo por partida doble, hijo de papá e hijo de mamá. Y, sobre todo, mi responsabilidad para cambiar el futuro de mi familia aquella misma tarde.

Papá tenía adoración por mí, pero era incapaz de demostrarlo con más de dos palabras. Cuando él tenía mi edad se parecía a mí, pero yo no quería parecerme a él y dejé de mirar las fotos en las que se le veía feliz en Irlanda. Todas tenían una fecha por detrás escrita a lápiz, a veces imperceptible, y me servían para calcular la edad de papá en la fotografía. Mi hermana siempre había compartido esa afición conmigo, pero lo que para mí era mera inspección de parecidos para ella era devoción, un estimulante de la vida que había imaginado en Irlanda. Ver las fotos era su válvula de escape, porque siempre buscaba similitudes con la familia irlandesa de papá, y eso le hacía sentirse, según decía, «menos rural». Para entonces, yo amaba lo rural, porque Calabella significaba mi familia, mi playa de rocas con erizos y mi seguridad en casa con la tía Visitación. También era consciente de que todo podía cambiar y que así debía ser.

El nuevo cine de verano era la pared posterior del frontón que habían construido en el patio de la escuela y por eso en los carteles que anunciaban el día del estreno ponía: «Cinema Verano El Frontón». Igual que la plaza del ayuntamiento era la plaza del Ayuntamiento y la calle mayor era la calle Mayor. Tampoco había que complicarse mucho la cabeza. Los nombres definen mejor que la imaginación.

Recuerdo perfectamente el título de las películas de Ava Gardner que iban a proyectar como homenaje a la actriz: *Mogambo*, *Las nieves del Kilimanjaro*, *La condesa descalza* y *El puente de Cassandra*. Aunque a mí me impresionó mucho el título de la quinta película, menos conocida, según papá: *El hombre que decidía la muerte*.

—Y a ti, ¿qué te hace feliz? —me preguntó mientras íbamos caminando al bar de la plaza.

Definitivamente, en ese instante no pude responder qué es lo que me hacía feliz porque si lo decía...

—El verano.

—Eso es una tontería, el verano es todos los años.

—Ya —contesté, apretando mi mano en el bolsillo—. Pero este verano será distinto. ¿Y a ti, papá? —pregunté, devolviéndole la pelota.

Meditó un segundo y de una forma trascendente y que podría decirse hueca me dijo:

—Ya crecerás.

El suelo estaba lleno de lavanda y hierbabuena cuando llegamos a la entrada de la plaza. Todo listo para la procesión de bienvenida. Nos fuimos cruzando con los chavales que venían de la cala, todavía mojados por el precipitado primer baño del verano, que cargaban bolsas con embutidos y bebidas para la cena en la playa, junto a las hogueras y sus novias. El próximo año, pensé, harás lo que ellos. Pasaron las señoras que, arregladas de mantilla, aceleraban el paso al mirar la hora en el reloj de la fachada entre cuchicheos que sonaban a rezos o a chismes. Allí estaban ya los feriantes que levantaban con prisa las telas de su puestos de pulseras y llaveros. En el orden de siempre: el de tiro con escopeta, el del algodón de azúcar, la pesca de patos y el de los sobres sorpresa.

Entre silencios y saludos breves habíamos llegado ya a la plaza. Observé cómo mi padre buscaba algo con la mirada. Los músicos ensayaban con fuerza en la fuente, sentados en los escalones. El estruendo del tambor era infernal.

De pronto, lo vio.

Allí, tras un camión que desplegado por la mitad se había convertido en una tómbola llena de peluches colgados de cuerdas, esperaba el coche limpio y brillante con el que papá iría hasta la estación de tren a por la estrella de Hollywood Ava Gardner. El alcalde extendió el brazo señalando el resplandeciente vehículo que vigilaba un bedel para que nadie se acercara a tocarlo —«Ése es el tuyo, irlandés», vocalizó—, y después hizo gestos para que fuéramos con él.

Mi padre y yo nos acercamos a la puerta del bar.

5

Hoy, estreno

«Ava Gardner visita nuestro pueblo», decía el megáfono de un coche rojo que daba vueltas por las calles forrado con fotografías de la actriz como mi caja de los secretos. La visión de aquellos ojos felinos deslumbraba más que los farolillos recién encendidos en abanico desde las fachadas al centro de la plaza. De todas las fotos con las que habían tapado techo, capó y ventanillas traseras, destacaba una imagen de la actriz apoyada en una pared con un escote que alertaba a hombres y mujeres. Papá apenas podía fingir el deseo, me pregunté cómo habría sido la vida de esa mujer que protagonizaba los más bajos instintos de todos los hombres que se acercaban a la calle a mirar. Parecía agresiva, como si el mundo no fuera suficiente para ella, y sin embargo, adiviné, tenía algo de vulnerable en alguna de las sonrisas con las que miraba hambrienta a la cámara.

«Hoy, noche de San Juan, estreno del cinema de verano. Esta noche, la actriz Ava Gardner visita nuestro pueblo».

—¡... nuestro pueeeblo! —se oía en un eco eléctrico.

La foto era impresionante, lo decía mi padre tal cual. Con la boca semiabierta, los hombros desnudos y unos pechos como dos montañas tapados con un estrecho camisón negro, miraba desafiante a todos los que sin disimulo se la comían con la vista desde las aceras. No enseñaba nada y, pese a ello, parecía que venía a comerse a todos. Y sólo son fotos, pensé.

—¡... hoy, estreno del cinema de verano!

El coche anunciador del gran evento del día avanzaba lento a propósito con las ventanillas delanteras bajadas por las que el conductor y su acompañante —el policía local y el bedel de mi colegio— sacaban los codos para chulear del encargo municipal que les habían hecho. Uno al volante conduciendo con una mano y el copiloto con el altavoz y masticando chicle. Circulaban poco a poco, con la intención de que desde la acera todos dieran una ojeada al «material» que cargaban. No había duda, las mujeres suspiraban de envidia ante la voluptuosidad de Ava y los padres tosían con disimulo como si se comunicaran en morse unos con otros.

Ése era el día perfecto para mí, la suerte me estaba guiñando un ojo. Metí las manos en mis bolsillos y pegué los codos a mi cuerpo. Escuché a la primera autoridad entrando con mi padre al bar. No se le ocurría mejor manera de iniciar la conversación:

—Creo que hoy es el día más grande de la historia de nuestro pueblo.

—No se ponga serio, don Manuel. Es fiesta.

Fue directo al grano.

—¡Coño! ¡Que viene la Gardner! —espetó el alcalde, anulando cualquier tipo de dudas.

—Me lo va a decir a mí, que estoy deseando abrirle la puerta del coche y saber cómo huele cuando pase a mi lado...

Papá estaba ilusionado. Yo también, pero por otra cosa bien distinta. Las ilusiones son como las casas, por fuera son fachadas más o menos parecidas, pero por dentro huele distinto. Yo estaba cansado del olor de la mía. Por eso cada uno, papá y yo, reíamos a la vez, como fachadas pegadas de semejante color, pero por una razón diferente.

—No hay nada más excitante que el olor de una mujer desconocida, es como tierra mojada, tierra nueva. La imagino y puedo olerla...

En ese momento vi la misma expresión en mi padre que se le dibujaba cuando pedía bebida. Continuó igual.

—Le abriré la puerta, le diré que pase, habrá un roce de su brazo con el mío, sonreirá, sonreiré pensando que es la

Gardner y se sentará en el asiento de atrás. No quiero ni imaginar que sea de las que dice: «Me siento delante, lo prefiero». Guau. Luego iré mirándola por el retrovisor porque irá embobada con el paisaje... Aunque, como ya lo conoce, a lo mejor se pone a darme conversación. Buff.

Papá daba bufidos.

—Venga, venga, venga... Para de fantasear, irlandés. Tú recoges a la estrella y la traes a la plaza. Aquí el alcalde soy yo. Quien tiene que pasearla soy yo. Déjate de monsergas y de fanfarronerías. Venga ya. Tú vas y la traes, que para eso eres el conductor. Tienes traje, tienes coche y tienes contrato. ¿Quién paga? Yo. El ayuntamiento. Así que déjate de tonterías...

—No he leído esa parte del contrato.

—En realidad, no lees nada. Así que vas y la traes. Y la tratas como a una señora, que es lo que es.

En aquel momento, el alcalde de Calabella se puso serio, arrugó la frente y se hizo con las riendas de la charla. «No me jodas, irlandés», soltó varias veces para parar la efervescencia de papá, que iba *in crescendo*. Como ocurría otras veces murmuró algo en inglés que sólo entendí yo. Algo que cubría con tos y que no era muy delicado. Don Manuel sabía de la importancia del día, del gran peso de la estrella e, intuyo, de la hipoteca que le unía a mi padre de alguna manera: el idioma. Los salones del ayuntamiento también habían sido decorados con fotografías en blanco y negro y con los carteles de algunas películas. También habían hecho unas pequeñas postales con su rostro y el programa de las fiestas detrás detallado con claquetas de cine como homenaje a Hollywood. Don Manuel, además, andaba metiendo tripa y sacando pecho desde el día que se hizo con el juramento de uno de sus amigos —uno que tenía una casa en Tossa de Mar cercana a aquella en la que, en los años cincuenta, se había alojado la actriz para rodar *Pandora y el holandés errante*— de que Ava vendría a inaugurar nuestro nuevo cine de verano de manera fugaz. «Esta vez viene en secreto, vive en Londres desde hace tiempo, aquí querían crujirla los del gobierno y por eso puso tierra de por medio», explicaba una y otra vez el alcalde sacando mérito a su protagonista.

Papá, entretanto, se repasaba el pelo con el peine de su bolsillo interior mientras el otro hablaba con las pausas justas para respirar:

—Cuando lo supe, le pedí a mi amigo que la invitara. Estas cosas importantes a mí no se me pasan. Y menos ella. ¡Ella! Es de las que les pones una botella y se te suben a la mesa a mear.

Lo dijo literalmente mirando a mi padre y al concejal de festejos con esa voz atribulada que se le había puesto con el cargo.

—¡Habrá que darle una! —soltó el compañero, tosiendo humo mientras los tres se imitaban como muñecos de feria.

Estallaron en una risa chocarrera.

—¡Actrices!

—Nos tomaremos nuestro tiempo.

—Estoy seguro. Esta mujer ha sido de mucha salida nocturna y ha visto más amaneceres que tú y yo juntos.

Estaban en la soledad del bar del ayuntamiento, con la única presencia del camarero que andaba por el fondo de la sala preparando las bebidas y yo, inocente testigo de sus vozarrones, pero conocedor de las estrictas normas de mi padre: dos mesas más allá.

—Con lo que ha sido la Gardner... Uf, uf, uf —exclamó don Manuel apartando el plato del carajillo para apoyar los codos.

—Mucha mujer.

—Pero mucha, mucha.

—Y mucho hombre hay que ser para estar con ella.

Todos soltaron un respingo echando la espalda hacia atrás como si la mismísima Gardner los estuviera viendo. En el suelo, con mis canicas de colores, los miraba de reojo hacer gestos referentes al sexo. Yo ya sabía qué era el sexo, pero no por mí, sino por mi hermana, que para hacerse la chula me lo había explicado todo. Todo. Así que entendí los gestos que hacían con las manos.

Mi padre se volvió hacia mí y me pidió que les acercara la botella de la barra, la que había dejado el camarero junto a la vitrina de los boquerones en vinagre que tanto me gustaban.

—¡Cógela, Justo! ¡Ésa! ¡La del caballo! —gritó.

Y el alcalde asintió, como si la pagara él de su bolsillo.

—Imagino que debe conservar las mismas peras que entonces. Y ya no es una muchacha, ¿eh? Ava tendría veinticinco años cuando vino a Tossa, era 1950, ¿no? O 1951... No recuerdo bien. Así que ya debe andar por los... ¿qué edad tiene ahora? ¿La nuestra?

—La tuya, dirás.

—Pienso arrimarme bien a ella en el cine.

—¿Aunque sea al aire libre?

—¡Vamos! Aunque esté mi mujer.

—Pero si no hablas ni inglés —dijo mi padre—. Así que el que va a estar pegado a ella voy a tener que ser yo.

—Jodido irlandés —masticó el alcalde mientras mi padre se hacía el chulo llamándolos «tontos pueblerinos» en inglés sin que le entendieran ninguno de los dos.

—¿Qué has dicho? —preguntó el alcalde.

—Nada, que estoy deseando que venga, pero lo decía en inglés.

—¿Tú crees?

Miraron el reloj activados por un mecanismo masculino y yo lancé mis canicas hasta el fondo del bar. Chocaron en la pared y se abrieron en abanico. Entró alguien.

—¡Un carajillo de coñac y una cola! —pidió un señor que pasaba orgulloso con su mujer del brazo. Iban arreglados como para la fiesta. Él de traje y ella con mantilla, porque era de las que habían estado en la misa.

—¡Voy! —dijo el camarero, incorporándose a la barra.

El alcalde, papá y el otro cambiaron de tema, pero sus mentes no. Eso se ve en las caras. El concejal le dio un codazo a don Manuel y le dijo:

—La biblioteca necesita libros.

Parecía en clave. Intenté mantenerme despierto recuperando las canicas del suelo que rodaban desperdigadas entre las patas de las mesas y fui acercándome a los tres. Mi rol imaginario de detective se activó en ese momento como si hubieran encendido una luz de alarma en mi cabeza. Me vi con gabardina y sombrero de ala, como el que tenía papá en la entrada y que nunca se ponía, pasando con mi libreta de forma reservada por sus espaldas. Oí unas risitas entre los tres, más allá de las que se traían a cuenta de las «peras» de la actriz y vi que no hacían falta detectives. Habían empezado a hablar de Ava pero en voz baja. Yo también miré mi reloj, el plan estaba a punto.

Volví a meterme las manos en los bolsillos y a pegar los brazos a mi cuerpo. Fui a la ventana que daba a la plaza, en la que en ese momento formaban los músicos en fila de cuatro, y pegué la cara al cristal, luego solté vapor y dibujé un corazón con mi dedo.

Mi padre me contaba muchas veces, no sólo aquel día de San Juan, que Ava Gardner era el animal más bello del mundo y a mí me parecía muy bestia que llamara animal a aquella señora del escote y boca semiabierta, pero, cuando lo decía, a él también se le ponía cara de bruto y de animal. Alimaña borracha, diría exactamente la tía Visitación si no supiera que la escuchaba desde mi habitación alguna vez.

—Ava Gardner también es hija de un irlandés, ¿sabes?

Y me lo decía papá para que sintiera conexión con la sangre irlandesa que corría por nuestras venas. La misma que pidió analizar un día para ver si yo era del grupo de mi madre o del suyo. Me tocó aguantar el análisis como si fuera la prueba de fuego que le hacía ganar una apuesta. Mi madre en el coche nerviosa, él en el mostrador de la farmacia como si fuera una barra de bar y yo dentro, mareado, tumbado en la camilla. Aquel papel que nos entregó el farmacéutico me unía a mi padre y me separaba de ella. Según él.

Nunca le conté a mamá todo lo que dijo de ella cuando salimos de la farmacia mientras esperaba sentada en el coche. Ni siquiera al cura que me preguntaba de todo en el confesionario como un maestro en exámenes, inquisidor y tozudo. La tía Visi tenía razón, la mentira puede ser una gran aliada, pero es mejor el silencio. Así que me callé. Eso no significa que olvidara sus palabras, las de mi padre enarbolando la victoria de la sangre con aquel papel en el que marcaba territorio verde. Desafortunadamente, o no, siempre he tenido muy buena memoria.

—Como tú. Hijo de irlandés. Los Brightman somos tenaces. Ella también lo fue.

—¿La has conocido?

—Nunca. Hoy es el día.

—Qué casualidad.

—¿Por?

—No sé, es fiesta.

—Es una gran mujer —dijo mi padre ya con un tono muy serio— ... que perdió a su padre cuando tenía los mismos años que tú.

A mí eso me hizo sentir frío y un temor muy parecido al que me daba subirme en la tapia de los cipreses para parecer valiente. Y lo era. Yo era entonces muy valiente.

Mi plan fue perfecto.

Todo sucedió como tenía previsto en la noche de San Juan.

«Quiero que sepas que te quiero, pero me cuesta decirlo en voz alta. Me gustaría que se cumplieran todos tus sueños porque es lo único que deseo en la vida, que tú seas feliz. Siempre pienso qué va a ser de ti si no estoy, pero eres fuerte, eres justo, mi pequeño Justo.

Todo irá bien.

Recuerda que te quiero. Pero que te quiero mucho y de verdad. Estudia y come bien.

Tu madre, Te Adora».

6

EL DÍA DESPUÉS

Podía oírlos a todos en la planta baja, rezando tímidamente, y pienso ahora que debería haberme bajado a velar el féretro de papá, pero más que ver aquella caja lo que me resultaba desesperante era escuchar los sollozos de mamá. Adivinaba el drama familiar bajo mis pies y me quedé pensativo, tratando de comprender sus lágrimas. Me acerqué a las escaleras y, desde allí, sentado en el escalón y en pijama, asistí a una escena que se alargaba horas.

Liz no paraba de llorar junto a las tías, que la tenían agarrada por los hombros para que sintiera el afecto familiar. La tía Visitación servía vasos de agua con hielo porque hacía un calor terrible; el ventilador del techo y otro que habían puesto con un alargador subido a una silla movía los pétalos de las coronas de flores en las que ponía «Tu familia» y «Te recordaremos» escrito con letras doradas. Sonaba raro leerlo separado, sin ninguna conexión entre las dos frases, como si estuviera hecho a propósito por el florista, pero las cintas se movían y a mí se me mezclaban las letras y el significado. Las imaginaba despegarse y volar por encima de sus cabezas, huyendo también del cazador, por encima del féretro.

Mi hermana se inclinó y le tocó la cara a papá. Mamá se quedó a su lado.

—Papá —dijo gimiendo.

Yo apoyaba la cabeza en los barrotes de las escaleras y miraba mi reloj nuevo. Encendía el botón de la luz verde y la apagaba de manera nerviosa. Así estuve mucho rato hasta que sentí la respiración de papá en mi cuello. Bajé corriendo las escaleras hasta el velatorio y me abracé a mamá lloriqueando, más indefenso y desabrigado que nunca. Asustado.

—Justo, súbete a la habitación, aquí no haces nada.

Su voz era temblorosa. Yo respondí seco:

—No quiero.

—Venga —dijo Esperanza, cordial pero concluyente, que estaba de pie, acercándose a mí—. Te llevo a la habitación y me quedo contigo.

—Que no quiero, que me dejéis.

—A papá no le gustaría que lo vieras así, y menos tú, que eres su pequeño.

—¡Era! ¡Está muerto! —soltó mi hermana.

—Liz, no hables así a tu hermano. Él no tiene la culpa.

—Hablo como quiero.

—Visi, llévatelo a la cocina.

Era mi madre la que reaccionaba para separar el drama en varias cintas, como las letras de las dos coronas.

—Venga, vamos a la cocina. Esto no es plato de buen gusto... Vamos. Te pongo leche con Cola Cao y nos quedamos un rato hasta que te entre el sueño otra vez. Hablamos de lo que quieras.

—Tía —dije—. Es que no quiero hablar de nada.

—Bueno, pues te pongo la leche y te hablo yo... Te cuento cosas. ¡Será por anécdotas! ¿Hago torrijas? ¿Quieres? Y les echas toda la leche condensada que quieras, como a ti te gusta.

Me despedí con un beso de mamá y me alejé en dirección opuesta al féretro, hacia los cristales donde la caja se veía en un siniestro e infinito caleidoscopio.

—Pobre, el niño. Tan chico y sin padre.

—Así es —dijo la otra vecina.

—El hijo del irlandés... el único muchacho de la familia.

—Se va a hacer mayor antes de tiempo. Si algo bueno tiene esta desgracia, es que estos golpes le servirán de ayuda. Será un niño fuerte. Si no lo es ya.

—¿Cómo olvidarlo?

—Fíjate, la vida, se viene enamorado, buscando fortuna, deja su paraíso y... ¿Quién le iba a decir?

—Parecía tan decidido para todo...

Chirrió la puerta al salir y dejé las conversaciones atrás. Mi paraíso era yo. En ese momento, la cocina.

Visi ya estaba cortando el pan duro mientras yo me apoyaba en la ventana, abiertas las hojas de par en par al patio, y miraba el limonero atado con cuerdas. «Ya has oído, ahora eres el hombre de la familia y debes crecer rápidamente, mamá te necesita; y tu hermana, aunque no lo parezca y se haga la fuerte, también —me dijo—. Tu hermana también», remarcó. Era lo último que esperaba en ese momento, un sermón de mi tía. Después de todo, y por mucho que me dijeran, tenía toda la vida por delante para llorar o para olvidar. Hice poco caso porque estaba ausente, pensando que hacía unas horas mi padre había estado allí sentado, fumando, mientras se enfriaban los platos de solomillo y longanizas al aire del limonero para las fiestas. Yo miraba la luna entre las ramas retorcidas mientras revolvía respuestas y recuerdos.

El calor era insoportable, más con la sartén de aceite hirviendo y el humo que subía al extractor; me descalcé y moví los dedos en el suelo sintiendo los azulejos que estaban fríos. Fui caminando como un autómata por la cocina, sin pisar las rayas, poniendo cada pie en una baldosa, mientras ella bañaba el pan en la leche y disponía un plato con huevo batido y otro con azúcar para amontonar las torrijas al sacarlas fritas.

A partir de entonces, los recuerdos volvieron a mi cabeza de forma inconsciente. Primero los del día anterior, en plena fiesta del pueblo, con la procesión de la patrona, el bar y el alcalde, las copas y las canicas de colores rebotando en el zócalo y, ahora, botando en mi cabeza. Recuperé el camino que hice con él hasta llegar al coche, hablando de Ava Gardner, mientras pisábamos lavanda cortada y hierbabuena de la romería, el cucurucho de altramuces que me pedí al pasar por uno de los puestos de la feria y los chicles que compré con lo que llevaba en el bolsillo. «Sobra con los altramuces —me dijo papá—, te va a entrar dolor de tripa y luego me dirás que te lleve a casa». «Bueno», dije resolutivo. Y salí del bar un segundo y los compré sin que se diera cuenta.

Nosotros, aquella peripatética familia, vivíamos entre la culpa, las mentiras y el disimulo. Disimulo como eufemismo de disfraz.

Ahora, mientras la tía musitaba anécdotas para entretenerme (que yo no escuchaba), el cristal geométrico de la puerta en el que hice corazones se me antojó perverso. Vi el féretro de papá otra vez repetido mil veces, como si la puerta cerrada que nos separaba quisiera recordarme de manera infinita que él estaba muerto.

Me giré hacia las torrijas asustado. Era inevitable.

—Un niño que ve morir a su padre va a tener que ser un niño fuerte.

—Soy fuerte. ¿No ves que no lloro?

—Pues vas a tener que llorar, Justo, guardarse las lágrimas no es bueno. Un día te pesarán y el dolor será peor. Ahora eres pequeño, mi pequeño Justo... Ven aquí. Llora.

Era un deseo extraño. Me cogí a sus faldas y esperé abrazado a ella un rato hasta que comprendí que posiblemente la necesidad de llorar que imploraba para mí era únicamente para desahogarse ella.

Oí que la puerta se abría a mi espalda.

—¿Estás bien, Justo?

Era mamá.

Yo me encogí de hombros. Ni siquiera entonces, ante la obviedad del dolor y un padre muerto, podía dar una respuesta definitiva.

—Deberías haberte quedado arriba, aquí están todas las tías, las vecinas, que van a estar toda la noche, y los amigos de papá. En breve amanece y vendrá hasta el alcalde.

—Os pongo torrijas.

—¿No crees que estarás mejor en la cama? Mañana va a ser un día largo también.

—No lo sé. Era papá.

—Justo, hijo, esto es muy duro para todos y más para ti.

—Come tú también, Teodora, que la tarde ha sido muy larga y la mañana va a ser peor. No estás en condiciones de estar así todo el rato, sin comer aunque sea un poco.

—Visi, tengo un nudo en el pecho, en el estómago... Estoy que no estoy. Ya habrá tiempo de comer.

—Sí, Teo, habrá tiempo de comer y de hablar, tiempo va a haber para todo. ¡Será por tiempo! Pero ahora así no te quedas. Comes algo. Coge una torrija. Están recién hechas. Soy tu hermana mayor, no me hagas que parezca nuestra madre.

—¡Ojalá estuviera ella todavía! —se lamentó mamá.

—Si estuviera ella, muchas cosas no habrían pasado...

El tono de la tía había ido engordándose conforme se dirigía a mamá.

—Es que... —empezó a derrumbarse sobre la mesa—. Ahora no sé qué va a ser de nosotros.

—Mira, te puedo dar muchas razones por las que vas a levantar la cabeza, vas a comerte esta torrija y vas a llevar una vida normal. Estamos aquí todas. Y ellos.

Yo estaba pegado a la pared, como un calendario, nervioso y preocupado por mamá, que se abatía con la cabeza escondida entre sus brazos.

—...Y como no quiero hablar más de lo que me toca en una noche como ésta, me voy a callar. Bastante has pasado, Teo, bastante...

—No entiendo a qué te refieres.

—Soy tu hermana. No hace falta que me engañes, pero sobre todo no te engañes a ti. Piensa en Justo, tu pequeño.

—De vez en cuando me recordaré que no soy como él me veía. Como me hizo creer.

—No, querida, no somos como nos ven. Somos como queremos. —Se calló y me dijo, cambiando el tono de voz—: Justo, cariño, ven aquí.

La tía se levantó y me pidió que fuera a consolar a mamá. Obedecí enseguida y me quedé con ella, partí la torrija en dos con los dedos y empecé a comer mi trozo para que se animara también ella.

—Si como yo, comes tú. ¿Vale, mamá?

La tristeza de mamá había acaparado de tal manera mis pensamientos que estaba olvidando que papá estaba fuera, metido en un ataúd, vestido de traje de boda, con los pies atados con un pañuelo, una sonrisa incomprensible, rodeado de gente y con dos cintas —«Te recordaremos», «Tu familia»— en las únicas dos coronas que estaban dejadas caer en el aparador.

—Háblame del colegio —me pidió, acercándose el plato.

No sabía por dónde empezar.

—Hemos puesto cartulinas en la pared, por grupos. Yo voy con Marc, Ferran, Germán y Manu. Hemos hecho un trabajo de una ciudad con todos sus monumentos y las fechas importantes desde su creación.

—¿Y cuál habéis escogido?

—Roma. Me parecía la más llamativa.

—A papá le habría gustado que cogieras Irlanda y que hablaras de San Patricio y de sus tréboles.

—Ya, pero a mí me gusta más Roma y he convencido al resto. Hemos dibujado el Coliseo, una fuente de Trevi, una columna... y una perra que da de mamar a dos bebés que se llaman Rómulo y Remo.

—Bueno, está bien. ¿Y habéis sacado buena nota?

—Era sólo una exposición, de momento lo hemos puesto todo en la pared. En grupos. Otros han hecho África, como si fuera un país, pero doña Mercedes les ha dejado. En el fondo han dibujado animales y árboles. El nuestro es mejor. Lo hemos titulado «Ayer, hoy y mañana».

—Qué bonito —dijo la tía, uniéndose a la mesa—. Parece un bolero. ¿Lo ves, Teo?, qué hijo tienes... Ya verás cuando sea mayor. Al final, las cosas llegan y este muchacho va a ser... Por ti.

Mamá se tomó una pastilla con un vaso de agua.

—Verás, hoy las cosas son muy raras, pero todo cambia. Te lo digo yo que tengo más años que nadie. Es la única colección que merece la pena, los años. Las primaveras se repiten, llegan nuevas, y los otoños, y los inviernos... Incluso habrá más noches de San Juan. Si lo bueno es que os quedan muchos hasta el ensayo general.

Tía Visitación me cogió del brazo mientras Esperanza recogía los cacharros de las torrijas y rellenaba más jarras de agua. Fue ella la que se comió el último trozo después de guiñarme un ojo.

Salió secándose las manos y llamó a Isolina para que se acercara a por las jarras y cambiara los vasos sucios por limpios.

—Quizá habrá que pensar en lo que quieres ser de mayor.

—¿Cómo dices, tía?

—¿Que qué te gustaría?

—Quiero ver mundo. Yo quiero viajar.

Pero mamá no me escuchaba, estaba pendiente de las voces del salón donde velaban a papá muerto. «¿Quieres comerte lo que me queda?», me dijo limpiándose el azúcar de las manos. Mamá me cogió la cara y me empezó a dar besos llenos de lágrimas. Estaba totalmente destrozada y yo, en cambio, asistía a aquella ceremonia de adiós como si fuera un espectador, hierático y ausente, al que no le gusta lo que está pasando.

Mamá me apretó las manos entre las suyas y me sentí responsable de su temblor.

El desfile de la caja, a hombros por los amigos de mi padre, bajo las bombillas de colores de las fiestas se me hacía chocante. Pero así es la vida, insólita. Como yo, a falta de lágrimas, decidí estar antipático, callado y sin decir nada hasta que acabó el funeral y todos volvimos a casa. Papá fue enterrado en un nicho «alto», según oí a las tías cuando entrábamos en el patio. «Cerca de Dios», dijo Isolina. «Allí está bien», contestó Visitación, abriendo puertas y descorriendo cortinas.

No fui en toda la semana al colegio, fingiendo que estaba con dolor de cabeza. Entendieron que la pena ante la ausencia real de papá me había llegado de improviso. «Ahora es cuando empieza el duelo —decían—. Pobre Justo». Mamá se pasaba el día sin decir nada, a veces suspiraba, y se volvía para que no viera que se le llenaban los ojos de lágrimas.

Yo creo que mamá lloraba porque con papá también había enterrado alguno de los años más felices de su vida.

Yo, esos años, no los vi.

Cuando lo pienso, me doy cuenta de que nunca conocemos del todo a nuestros padres. Que mamá también fue niña. Que jugó con sus amigas. Que soñó con ser maestra, enfermera, cantante... Que estrenó su vestido nuevo y lo paseó por la calle sintiéndose la más guapa. Que sintió vergüenza al ponerse por primera vez el bañador delante de los chicos. Que se emborrachó con alguna copa y se puso graciosa y bailó hasta el amanecer. Que se durmió alguna noche pensando que llegaría el día de su cumpleaños. Que soñó con el hombre de su vida. Que tuvo su primera cita a escondidas de los abuelos, sus padres. Que todo se mezcló. Que tuvo su primer desengaño y sus primeras lágrimas de amor. Que no pensó que el dolor llegara tan pronto, ni tampoco que los años fueran sumándose rápida e inexorablemente sobre sus hombros.

El alcalde no suspendió las fiestas por su amigo, mi padre muerto. Sin embargo, llovió toda la semana sin parar. Los mozos tuvieron que desenchufar las luces de colores y los banderines de papel que se enredaban con los cables mojados de manera peligrosa. Las tías se pasaron todos los días en misa y nos comimos todo lo que se había preparado en *tuppers* para las fiestas de San Juan.

Pronto llegó el sol, como yo tenía previsto.

7

ROMA

Treinta años después.
Roma, 14 de febrero.
Hotel de Russie. Via del Babuino, 9. Sexta planta.

Un radiante cielo azul cubría Roma cuando abrí las ventanas de la habitación. La tormenta había pasado. También la resaca. Me desperecé contemplando las copas de los árboles y los restos arqueológicos que salpicaban el patio interior del hotel. La habitación olía a sexo, ropa y vainilla por una vela que seguía consumiéndose en la mesa junto a la cámara de fotos. La chica seguía durmiendo, desnuda, revuelta entre las sábanas blancas.

Hacía un año que no visitaba Roma. A diario subía y bajaba las escaleras de la plaza de España con el objetivo absurdo de que la altura me alcanzara para ver el mar y la niñez. Lo hacía todas las veces que volvía y pateaba el empedrado de callejuelas desde el Panteón hasta el Tíber, con ganas de perderme, pero ya no me perdía. Envidio tanto a los que se pierden todavía... Esa magia de la primera vez cuando llegué y vi que todo era grandioso se fue perdiendo a pesar de los *flashes* ajenos y los miles de turistas boquiabiertos que la inundan. Me fui acostumbrando a la belleza como quien se acostumbra al amor y deja de darse cuenta de que está ahí, al lado. A su lado. Esta vez era diferente: mamá cumplía setenta y cinco años. Abandoné mis recuerdos y me levanté.

Pasé al baño y abrí el grifo de la ducha para que se llenara todo de vapor. Me gustaba ducharme entre la niebla y mantenía todavía —todavía— la costumbre de dibujar corazones en el cristal cuando todo se empañaba de vaho.

¿Cómo se llamaba la chica? Intenté escribir su nombre mientras me cepillaba los dientes y no arranqué con ninguna letra. No lo recordaba, sólo me venía a la cabeza que me había prestado el cargador de su móvil cuando se me fue alargando la noche en el Caffè della Pace y que por estar pegado al enchufe acabamos compartiendo mesa, cervezas y, visto lo visto, cama. Creo que había estado cenando solo en la plaza Navona y que había agotado la batería enviando fotos y trasteando con las aplicaciones.

Saqué una botella de agua del minibar y aproveché para tomarme un omeprazol y una aspirina. Tenía sed. Me quedé mirándola desde el marco de la puerta y respiraba profundamente, con una sonrisa feliz, como si continuara soñando. Cogí la cámara de fotos y enfoqué en su poderoso culo italiano. Hice varios disparos con la única finalidad artística de su desnudo y me metí en la ducha excitado.

Siempre que iba a Roma acababa en el mismo café; conservaba el sabor de la *dolce vita* y la mezcla perfecta de diversión y calma. Sólo había que acertar con la hora y con la clientela. Si tenía suerte y estaba el pianista, le pedía que tocara las *Gymnopédies*, de Erik Satie. «Porque no hay gente y porque eres tú, que siempre la pides, ¿qué tendrá?...», decía abriendo la tapa negra.

—Nadie recurre a canciones tan tristes. Tengo curiosidad por saber qué esconden estas cuatro notas francesas para ti...

—La próxima vez te lo contaré, la próxima vez. Esta vez no tengo...

—¿Corazón?

—Tócala.

—Esto es Roma, no Casablanca.

—Precisamente por eso.

Y el piano del Caffè della Pace sonaba para mí.

Había pisado muchos locales de moda alrededor del mundo y al final los que más se acercan a su pasado son los que acaban siendo más agradables para los turistas. Como los vaqueros de aquella caja forrada de mi niñez, acostumbraba a sentarme solo en las viejas barras. La maldita fiebre de los diseñadores había liquidado lugares entrañables y me rebelaba contra esos que acaban siendo idénticos estés en el país que estés. Mi falta de hogar se veía compensada en bares como el Caffè della Pace donde la madera, el mármol y los cuadros viejos me recordaban a la casa de las tías.

Cuando estaba bebiéndome una segunda botella de agua empezó a vibrar el móvil en la mesilla de noche.

—Perdona la voz, me levanto ahora.

Era Bernardo, el subdirector de la revista, que me avisaba de mi nuevo destino. Tenía mucho trabajo y quería ver mi disponibilidad. Desde que había decidido trabajar por mi cuenta me sentía más libre y más independiente, no soportaba que me fueran dando órdenes cada hora encerrado en una redacción.

—¿El próximo miércoles? Creo que puedo. Sí, sin duda. Ahora estoy en Roma, he venido al cumpleaños de mi madre. La semana que viene puedo estar en Londres sin complicación.

—¿Roma? ¿Otra vez? —rio por el auricular—. Siempre te han ido mucho las italianas, sorprendentemente. Debe de ser por la dificultad, ¿no?

—No te creas. Será por lo que sea, te digo que estoy por el cumpleaños de mi madre. He venido a pasar unos días.

—¡Qué buen hijo eres, Justo! Y qué romántico.

Se podía oír el retintín de su voz y me puse furioso.

—No bromees, es un asunto familiar. He dormido pocas horas y estoy todavía medio sonámbulo.

—¿Saliste? Habrás inaugurado la noche, estoy convencido. Yo creo que te hiciste fotógrafo para andar mirando mujeres, pedazo de canalla.

—Sí, claro. Y para andar sin patria, maleta a cuestas —dije, cambiando de tono.

—¿Eso qué es?, ¿una canción de Serrat?

—Déjate de coñas. Si quieres hablamos luego, estoy...

—... ¡Lo sabía! Justo, no soy un idiota, estás con alguna italiana en la habitación de algún hotel y has aprovechado la cama doble que pagamos la revista.

—Vale, vale. Para. Espera a que te llame luego y concretamos el reportaje de Londres. No tengo ningún problema.

—He pensado que le demos una vuelta a la ciudad.

—A la ciudad pocas vueltas se le pueden dar ya fotográficamente, es como Roma, como París...

—Venga, Justo, eres de los mejores fotógrafos de viajes, no me vengas con excusas. Si te tenemos es porque le das una visión que nadie le ha dado, tu forma de enfocar o de mirar, llámalo equis. Al fin y al cabo, los lugares son siempre los mismos, es la actitud.

—No te preocupes. Hablamos.

—Espero que si me cortas, no me decepciones, es porque tienes a la chica a tono, aprovecha. ¡Quién volviera a los cuarenta!

Bernardo se rio y tuve la convicción de que su vida estaba prácticamente acabada sentimentalmente al nombrar mi edad. «Si alguna ventaja tiene ser fotógrafo *freelance,* es eso que tienes ahí», añadió. Estoy seguro de que había sido un viajero de poco equipaje y muchos kilómetros hasta que se casó y tuvo dos niñas caprichosas que frenaron su rebeldía. Bernardo nunca supo por qué aceptó el cargo de dirección con el que suspendió esas escapadas a cambio de un despacho de grandes ventanales, sueldo de varios ceros y una silla giratoria que volcaba para volver a soñar con el pasado. De girar por el mundo había pasado a girar sobre sí mismo. Aceptó, tal vez con la secreta esperanza de que en algún momento había que parar en algún lugar y formar una familia feliz. Como si la felicidad de los demás tuviera que parecerse a la de uno mismo.

Volví a dejar el móvil en la mesilla de noche y vi como se despertaba la chica italiana.

—¿Te llamas Gina?

Asintió mientras se desperezaba dejando los pechos a la vista y tiraba de mi toalla para que me tumbara junto a ella en la cama. Hicimos el amor rápidamente como animales desconocidos, como un puro desahogo genital en el que no hay corrección ni hechos extraordinarios —después de todo, pensé, éramos dos desconocidos sin datos y con ganas—; me levanté buscando el ordenador con la excusa de que tenía que enviar unos correos al trabajo.

—Ya veo que no eres de los que invitan a cenar. —Tuve que pensar mi frase antes de responder a eso. No me dio tiempo. Ella siguió—: No es que haya puesto esperanzas, tranquilo, es que eres de los que se curran la conquista, pero dejan pocas palabras para las despedidas. ¿Me equivoco? —Fui a abrir la boca para hablar. Me puso la mano en mis labios—. *Non ti preocupare.* ¿Ves mis manos? No soy una mujer de anillos, tampoco espero uno de esta cita.

—Eres muy habladora —me desenganché a decir sin acertar con la frase.

—Supongo que el día acaba de empezar y los dos tenemos muchas cosas que hacer. ¿A qué te dedicas?

—Soy fotógrafo.

—Ah, sí, me lo dijiste anoche —dijo, y se pasó la mano por los ojos para despertarse—. ¡Qué memoria! Y... ¿eres fotógrafo de bodas, de prensa, de modelos...?

—De ciudades —respondí.

—Ah, ésas no se mueven. No tienes que invitarlas a cenar.

—Te equivocas. Las ciudades se mueven más de lo que imaginas.

—No creo que tengas tiempo de explicarme eso, supongo.

—No sé. Hoy estoy muy ocupado. Es... trabajo. Tengo varias reuniones. En cualquier caso, gracias por ofrecerte, Gina. No suelo quedarme cuando...

Y entonces ocurrió. Casi quedo como un cretino al intentar acabar la frase para justificarme. Levanté la mirada buscando una salida y la ventana me ofreció un cielo despejado. No así mi cabeza. Cuando volví los ojos hacia ella, estaba mirándome fijamente.

—Es una pena.

—Supongo.

—¿No me vas a preguntar a qué me dedico?

—Creo que me lo dijiste anoche.

—¿Ah, sí? Pues a mí me da que no. De pequeña solía evadirme de la misma manera de las preguntas incómodas, me lo invento todo, creo que somos bastante parecidos.

—Supongo —me repetí.

—¿Puedo ducharme? —me dijo para zanjar la conversación. Era de las que se levantan cubriéndose los pechos con la sábana.

—Por supuesto.

Observé cómo se dirigía desnuda hacia el baño caminando de puntillas como si llevara tacón, moviendo las caderas y los hombros de manera lasciva. De pronto tuve más sed y más ganas de sexo. Siempre me pasaba lo mismo, empezaba a sentir el deseo cuando las relaciones se acababan. Aunque, a decir verdad, aquello no era una relación. Pero me recordó a todas las anteriores: ponía el punto final y empezaba a amarlas ese día. En el olvido se me daba mejor querer.

Se metió en el baño, lleno todavía de vapor, y se perdió en la niebla como aquellos ciervos del cuadro del salón; yo empecé a vestirme y a recoger la cámara de fotos y la cartera para dar una vuelta por Roma. Al cogerla cayó una tarjeta con el nombre de Alejandra en el dorso y un teléfono largo de un restaurante bonaerense, De Ollas y Sueños, de Monte Grande. Había pasado unos meses vagabundeando por Argentina. Encontré aquel lugar pequeño en el que invitaban a pasar con un divertido cartel: *My kitchen is for dancing*. Estaba lleno, pero me hicieron hueco junto a una ventana, bajo unas fotos. «Soy crítico gastronómico, ¿puedo?». Sé que no me creyó, pero cuando se fue quedando vacío hizo lo mismo: «Soy crítica de hombres, ¿puedo?». Y se sentó en la silla vacía que me había hecho compañía aquella noche. Le gustaba Europa y hablaba un perfecto francés, y eso era suficiente para unirnos en una animada conversación llena de giros, de la política a la cultura, y de la cultura al coqueteo. Y así fue cómo acabamos apagando las luces en su habitación después de una botella de un delicioso vino. En aquellos días de ruta hasta el glaciar de Perito Moreno no fue la única, pero sí la única que me impactó. «Igual que existen diferentes colores de ojos, existen diferentes formas de ver el mundo. ¿Tan difícil es de comprender?».

Tras los días en la provincia de Santa Cruz fotografiando el imposible azul del hielo, hice unos cuantos viajes cortos por Chile, Perú, Ecuador y Colombia. Allí fue cuando me dije que lo mejor era volver ya hacia casa con los reportajes hechos, las tarjetas de la cámara llenas y una veintena de hoteles diferentes en los que intentas ser diferente también. Qué extraño, viajar era huir. Pero ¿de qué? ¿En busca de qué?

Unos minutos después, Gina salió envuelta en una toalla grande y empezó a vestirse con la ropa que andaba desperdigada por el suelo de la habitación.

—¿Puedes darme un zumo de la nevera? —dijo mientras se enfundaba las botas.

—Claro. ¿Naranja?

—Me da igual, es por tomar algo. Porque estoy segura de que no pensabas tampoco invitarme a desayunar. —Se detuvo un instante y sin resistir el tono sarcástico se limitó a decir—: Yo también tengo trabajo, no importa. No hagas esfuerzos por ser cortés.

Me lanzó una sonrisa de suficiencia y supe que correspondía a «Eres un guapo orgulloso que no sabe lo que quiere». Quise acercarme a ella, darle un abrazo y preguntarle por su trabajo, pedirle el teléfono y volver a besarla. Pero no me salía, como otras veces. Sin dejar de mirar cómo se había ido poniendo el tanga, los vaqueros, el sujetador, la camiseta, el jersey y el abrigo marinero fui recordando la noche: el beso en la mesa de mármol que hay en la esquina junto a la escultura, la risa al tirar con el cargador sus maquillajes en el suelo enredados con el cable, el taxi camino del hotel, el lúbrico magreo en el ascensor del hotel, la cama y su olor a perfume de vainilla.

—Disfruta de la ciudad y hazle muchas fotos. Roma es siempre una buena opción. No cambia de cara. Nos gusta así, desconchada, desordenada, sucia y terriblemente bella. ¡Ah! Seguro que no tienes que invitarla a cenar. Es la mujer perfecta.

Un rayo de sol se coló entonces en la habitación dividiendo la escena en dos mundos y no tuve que moverme de mi sitio.

—Ah, por cierto.

—¿Qué?

Sonrió, parpadeó con burla y me dijo:

—Te equivocaste, me llamo Sofia.

Unos segundos después, se oyó el golpe seco de la puerta al cerrarse. Oí sus pasos por el pasillo porque me quedé en silencio, absorto en la memoria, en el recuerdo de otros tiempos. Me fastidió su chulería al corregirme, pero me dolió más escuchar el nombre de Sofia.

8

EL CUMPLEAÑOS DE MAMÁ

—Ponme otra cerveza —dije después de beberme el último trago caliente. Había llegado demasiado pronto al Trastevere y me había cansado de dar vueltas para hacer tiempo recordando no sé qué perdido por el laberinto empedrado y agarrado al móvil esperando su llamada. En fin, recordando mi vida, mis días, mi primer piso de soltero en la Via di Pelliccia, número 5, aquel estudio de una habitación, cocina y baño y mi primera cámara Nikon que me recordaba a la de Robert Capa—. Pero, por favor, me gustaría doble.

Hacer tiempo es algo que me habría gustado saber hacer, de momento estaba más acostumbrado a perderlo. Si supiera hacerlo como quien amasa pan, habría hecho tiempo para alargar aquel día de junio en el que se estrenaba el cine de verano. Años después, cuando recordase aquella noche del 23, juraría que no fue como pasó. No exactamente.

—Tome.

—No, no me deje patatas fritas.

—¡Oh, caballero! —dijo el camarero—. ¿Prefiere otra cosa?

Negué con la cabeza. Él hizo un gesto con la mano que podía significar cualquier cosa. Italianos.

Ampliando las fotografías de la chica me di cuenta de lo perfecta que era tirada boca abajo en la cama, de la piel tan suave, blanca y limpia, de las piernas duras y las tetas virtuosas. Aquella mujer ampliada en mis fotos era ahora recuerdo —otra vez— de un momento feliz. Parecía ser un coleccionista de instantes y mi memoria emocional empezaba a estar tan llena como esa cámara de fotos.

—*Bella donna* —dijo el camarero, invitándose a la conversación.

—Vaya que sí.

—¿Suya?

—¡Oh, no! Mía es sólo la cámara.

—Afortunado. Parece una actriz. Una de esas de los cincuenta.

Sin Ava Gardner anunciada a bombo y platillo en aquellos carteles que recorrían el pueblo aquel 23 de junio de 1980 mi plan se habría venido abajo. Todo el mundo hablaba de la estrella de Hollywood. Yo podía pasear tranquilo por las calles en las que retumbaba la megafonía y la charanga junto a las vecinas que abrían sus puertas de par en par mostrando los portales encalados y relucientes de cera. Algunos chiquillos de mi edad —algunos de ellos amigos— corrían tras la furgoneta mirando el generoso escote de Ava en una vieja foto del bellezón salvaje. El estreno sacudía Calabella. Yo sacudí mi conciencia. A esas horas de la tarde ya tenía todo listo para aquella extraña noche de San Juan en la que no pedí deseos, los hice realidad.

La vida obliga muchas veces a remar contracorriente y todos somos salmones buscando el origen de todo. Lo había dicho aquella chica de Buenos Aires al apagar las luces. Así se sintió ella: como una mujer que me perdía en el mismo momento de sentarse a hablar. Qué manía con recordarlas a todas. Me detuve unos segundos al apagar la cámara y me puse en pie para mirar la calle.

—Pues el tiempo ha cambiado, para fortuna nuestra.

Yo miré extrañado al camarero.

—El tiempo. —Hizo ademán de mirar al cielo, levantando la barbilla hacia donde colgaban las copas del revés—. Es una primavera adelantada, justo ayer la tormenta era de órdago. Caían truenos.

—Endemoniados —dije mientras se llevaba las patatas, las devolvía al cuenco grande y yo daba el primer sorbo a la espuma manchándome los labios.

—Parecía *Ángeles y demonios*, como la película. Todo dramático.

—No la he visto, pero sí vi ayer la tormenta desde el taxi. Le aseguro que me impresionaba más la velocidad del taxista con semejante tromba de agua y unos parabrisas de segunda mano.

—¡Oh, los taxistas romanos! ¡Son héroes!

—Dirá que son héroes los clientes —dije escandalizado.

—Qué cosas dice.

—Pues la pura verdad.

El otro camarero, que calentaba la plancha para los bocadillos, se echó a reír y meneó la mano dando a entender que no le llevara la contraria.

—Hay mucho imprudente, tiene razón. Cierto, cierto. Pero a los romanos nunca nos pasa nada en el coche: nos salva tanta iglesia, que estamos protegidos por los santos y por Dios.

Las carcajadas que se escuchaban del salón del interior parecían la respuesta al comentario del barman. «¡Echa más whisky! —gritaban—. No te quedes corto». Unas risas llenas de alcohol que se me hicieron familiares como si el tiempo manipulara los recuerdos de forma disimulada. Es verdad que la melancolía de los que bebemos solos en las barras de los bares forma parte de nuestro gen, pero en ese momento quería tener la fiesta en paz y en solitario. Me daba igual hablar de taxistas suicidas o de patatas fritas. Pero sin pretenderlo fui prestando más atención al ruido de dentro. Así que me resigné, como si necesitara una excusa para sonreír y me colé buscando el aseo mientras atravesaba el saloncito de los que celebraban algo alrededor de botellas y copas desordenadas. Los miré.

—Soy yo —me dijo uno con bigote y aspecto triunfante que levantaba la mano—. ¡Felicíteme!

—Felicidades —dije, esbozando una sonrisa gratuita.

—Me acabo de separar. ¡Hoy! ¡Primavera adelantada!

—Enhorabuena.

—¿Qué le parece? Elija sitio. Brinde con nosotros, el protocolo exige que los turistas se unan a la fiesta.

—Muchas gracias, no puedo. ¿El aseo?

El borracho meneó la cabeza para indicarme el camino que esa tarde-noche él y todos recorrerían varias veces. Aposté a que aquellas carcajadas de ahora serían lágrimas mañana, pero allí estaba aquel hombre celebrando una liberación en medio de amigos sacados de una comedia italiana.

El baño olía a alcanfor, la bolita que bailaba en el urinario estaba desgastada por los pipís de todos y, sin querer, me evocó el armario de las sábanas de la tía Visitación donde todo era orden. Esa mezcla entre limpieza y rancio. Quizá —como el desgastado amor de los que brindaban más allá del pasillo— los olores van tapándose unos a otros para disimular que la cosa no va bien.

Desde una distancia prudencial los brindis se oyen extraños, así es la vida. Los amores, igual. Tienes que alejarte para ver si hubo amor.

Me pregunto qué diferencia hay entre un brindis de boda y un brindis de adiós: el mismo vino, la simulada alegría, los mismos amigos invitados, tal vez los mismos perfumes.

La alegría es indiferente al vestido.

Al salir del aseo sonreí e insistieron otra vez en que bebiera algo con ellos. Sin duda alguna, esa invitación no habría tenido hueco en la boda, pero sí en la celebración de la libertad que los mantenía borrachos y felices alrededor de una mesa llena de jarras vacías.

—Gracias de nuevo, estoy esperando. Haciendo tiempo.

—¿Tiene usted novia? —me preguntó uno que se balanceaba en las patas traseras de la silla.

Vacilé pensando si no era mejor seguirles el juego:

—En mi cabeza sí.

—Amigo mío. —No habían entendido la respuesta—. Si va a enamorarse, elija bien. Y si no, siga jugando.

—Eso último es precisamente lo que llevo haciendo bastante tiempo. —Proseguí la frase, dirigiéndome a la zona de la entrada donde había dejado mi consumición y mi chaqueta—: Demasiado tiempo.

En la barra me esperaba una cerveza caliente, así que decidí pagar y salir a la calle para sentarme en la concurrida plaza Trilussa, que mira pequeña y desafiante al puente Sisto huyendo de aquella celebración. De nuevo aquella Roma empedrada me recordó a las carreras en las que evitaba resbalones con mis primeros amigos. Me pregunté por qué todas las ciudades bonitas tienen esos adoquines desgastados y brillantes. Los recuerdos que dejan tantos paseos se evaporan a medida que va pasando el tiempo, los años, pero se quedan las sensaciones. A cada uno le da por una cosa, a mí, por los olores y el reflejo constante de los suelos mojados. Hubo un tiempo en el que casi todas las fotografías que hacía para la revista incluían un charco que daba la vuelta a la ciudad.

En eso estaba pensando cuando un mendigo me pidió tabaco. «Ehh... claro, desde luego». Compartimos mechero para iluminar el cigarrillo y la mímica de la amistad momentánea que se genera entre fumadores. Nos hicimos una mueca de «gracias», y él se alejó mientras yo me sentaba en el borde de la fuente como si fuera a hacer un monólogo de mi vida ante los turistas que fotografiaban el monumento al poeta conmigo de actor invitado.

Al vibrar la llamada en mi bolsillo se me cayó el cigarrillo al agua y casi también el móvil.

Era un mensaje.

«Hemos llegado. Estamos en Santa Maria in Trastevere, dentro».

Respiré como si fuera a agotar la vida en ese instante. Las emociones de aquel día me habían robado la tranquilidad y no conseguía relajarme de ninguna manera. Saqué la cámara del bolso y disparé hacia el puente para respirar en cada foto. En realidad, mirar la vida a través de la cámara era como hacerlo a través de un rifle. Sólo que yo me había ido matando a mí mismo con tanta nostalgia. Mi fracaso sentimental, mi acumulación de recuerdos, falta de autoestima, trabajo como pilar de vida, melancolías varias, mi atasco familiar, mamá...

Guardé la cámara de fotos y pensé en cómo hablarle a mamá de todo aquello. A decir verdad, lo había intentado muchas veces, y por mi profesión o por mis miedos había ido retrasando la decisión hasta hoy: su cumpleaños.

Quizá lo que ahora pienso se lo debí contar también a ella en un primer momento a modo de confesión. La mayoría de los que se confiesan lo hacen para vomitar o para repartir el dolor. Yo he preferido tragar y callar. Una vez una vidente me dijo que yo llevaba tres reencarnaciones de monje y vivía mejor en el silencio que en la palabra: me lo debí de creer y me hice fotógrafo. Yo, tan incrédulo. Tal vez por esa razón comía y bebía solo en los bares, porque puedes tragar sin hablar.

No me costó conservar un secreto que luego, con la edad, se fue evaporando como se evaporan las cosas que has hecho voluntariamente. Y la recompensa que significó, cuando todo empezó a ser de otra manera, fue indescriptible. A la edad de doce años cambié el destino de mi familia y el mío propio. Crecer a partir de aquel día fue mucho más fácil y mantener reservado mi profundo secreto velado a todo y a todos empezó a ser hasta divertido, porque los hombres somos así: no nos gusta compartir los sentimientos.

Siempre he admirado a las mujeres, tienen una especie de electricidad que las conecta con sólo darse la mano; se aprietan y comparten los sentidos y con el disimulo que da la naturalidad de sus genes se entienden con mirarse nada más, no les hacen falta palabras. Empecé a comprenderlas en el patio de la casa de la abuela, allí todas se comunicaban con suspiros de distinta fuerza, medias sonrisas y vaivenes de cabeza. Todas cosiendo, todas relacionándose en silencio.

Mi vocación era verlas, observarlas, y descifrar quién estaba enamorada, quién enfadada y quién tenía ganas de volar de allí. Isolina siempre estaba resfriada, pero no era «de médico», era un estado de ánimo, se sonaba los mocos sin parar y ya no sabías si eran lágrimas no derramadas o un largo constipado por haberse dejado robar al novio. «Por lenta», decía Honorina. Maravillas tenía siempre el aliento fresco —caramelos de menta que escondía en el bolsillo izquierdo para no compartir con las otras, sólo conmigo— y bienoliente como las albahacas que se prendía del pelo. «Gitana —soltaba Ciriaca—, pareces una gitana poniéndote yerbas». Pero a Maravillas le daba igual, me guiñaba un ojo igualita que Visi y se sacudía la falda quitándose arrugas como diciéndole a la otra: «Me da igual lo que digas, vieja envidiosa». Pero no lo decían, no lo verbalizaban. Era todo mudo. Corazón y cuerpo.

Yo acababa de tomar conciencia de algo que sólo podía comprenderse viviendo entre mujeres cómplices y que me iba a venir muy bien para mi madurez y mi profesión: los gestos. Me equivocaba poco, aunque a veces fueran contradictorios con sus estados de ánimo. Si María Montaña se iba a la nevera a comer «porque tengo un hambre que no me cabe en el pecho» —ella estaba bien gorda—, no siempre significaba falta de apetito, sino falta de abrazos. Esperanza le llamaba «rolliza» y ella contestaba con la cólera de la ironía:

—No estoy gorda, estoy rellena de dulce. No como tú, enjuta de sal.

—Repolluda —espetaba la otra.

—Envidiosa.

—Oronda.

—Resentida.

—Pesada.

—...

—¡Callad! —cerraba Visi. Y la obedecían. Pero podían continuar. ¡Vamos! Cuanto más crecía la descalificación, más atendían las otras; todo sin levantar la vista de la costura, una competición de bordados y manualidades con telas para vestir todo, absolutamente todo, que acababa rellenando pesados cajones de cómodas que se vencían al abrirlos porque no había manera de utilizar tanto delantal, tanta toalla con puntilla y tanto tapete. El desafío alrededor de la estufa catalítica en invierno y a la fresca en verano fueron los primeros juegos olímpicos que presencié. Un día me atreví a preguntar: «¿Para quién es todo esto?», y el silencio crujió.

—Para los hijos, para ti. Para que lo guardes bien y te acuerdes de las tías.

—Pues no voy a poder moverme de esta casa. Para llevarme todo esto necesito dos camiones.

—No seas desagradecido, Justo.

—Ha salido al irlandés. Este hijo no es suyo, Teodora.

—¡Cómo no va a ser mío, Esperanza, si lo parí yo!

—Yo sé lo que me digo.

—Coge la bici, Justo, ve por pan a la Reme.

—¿Cuánto compro?

—Ya lo sabe ella, lo de siempre.

Era mi madre salvando la situación de la herencia textil. Aunque ella, como yo, sabíamos que no había manera de cargar con tanta puntilla en ninguna mudanza. Me lanzaba un beso desde su silla y me subía a la bici en la que mi padre había puesto una cesta «de chicas» para los recados.

—Mírale qué guapo —soltaba Visitación, salvando aquel cónclave de agujas—. El que vale, vale. Y el que no, que haga los recados de noche.

Sonreí recordando su frase mientras encendía otro cigarrillo en la plaza Trilussa para caminar hacia Santa Maria in Trastevere. El mismo mendigo me miró para pedirme otro y arrugué la cajetilla indicándole que se había acabado la mercancía, la tiré y eché a andar en busca de mamá.

«Voy ya. Besos».

9

La vida en cajas

Julio de 1981. Calabella.

Cuando murió mi padre nos cambiamos de casa a una que mi abuela Tránsito había utilizado sólo en los veranos, cuando sus hijas, mi madre y mis tías, eran niñas, y que tenía unas ventanas enormes que daban a un jardín con un sauce llorón que parecía el rey de la tierra. Yo también había empezado a serlo, porque ya medía un poco más y tenía una bicicleta nueva de mayor.

El paisaje hasta allí era mágico. Y creo que con esto anuncio todo lo que sucedió a partir de entonces. La carretera estrecha que salía desde Calabella se adentraba en un bosque con pinos altos, fuertes y frondosos cargados de piñas. Olía a eterno verano. Una mezcla de salitre del Mediterráneo y hojarasca mojada por la brisa que llegaba hasta allí. De vez en cuando, las ramas de uno y otro lado de la carretera se unían y formaban largos túneles espesos y oscuros que a veces permitían colarse al sol para dibujar sombras de animales y mariposas —o eso veía yo— en la calzada. Siempre pensaba que a nadie le extrañaría que allí estuviera escondida la puerta al centro de la tierra de Julio Verne o los bandidos de mis películas del Oeste. Incluso gnomos. O unicornios.

La carretera serpenteaba subiendo hasta la colina. Había pocas casas y quedaban ocultas entre los pinares y flanqueadas por muros de piedra no muy altos que tenían buganvillas y palmeras altísimas (mucho más que las que el alcalde había puesto en la avenida principal de la feria) que a veces se torcían buscando la línea del mar.

Cuando el bosque empezaba a clarear y las curvas se convertían en una pequeña recta, mamá señaló con la mano: «Aquélla es».

Una casa a las afueras del pueblo, en el cabo, pegada a los riscos desde los que se veía el mar Mediterráneo a nuestros pies como si estuviéramos subidos en un faro. Estaba pintada de blanco, pero casi no se veía la pared porque la cubría una gigantesca buganvilla de dos colores, rosa y rojo, y una hiedra que se enredaba por los balcones como si fuera la auténtica propietaria del lugar. Cuando llegué allí pensé que por primera vez en mi vida iba a vivir dentro de una de esas casas de cuento que tienen lámpara de cristal con muchos colgantes que brillan.

—Esto es una preciosidad —dijo mamá—. No lo recordaba así.

Liz dejó pasear su mirada.

Habíamos caminado apenas unos kilómetros y sin embargo parecía que era otro mundo. Tan cerca y tan lejos.

—Habrá que recortar todos estos matorrales de romero, dejarlos bonitos. ¡Mirad! Tomillo, lavandas...

Mamá sacó las llaves del bolso y abrió a la primera.

—Pasad.

No había arañas de ésas y tampoco había luz, así que tuvimos que abrir todas las ventanas para iluminar las habitaciones. Fue como destapar un arcón lleno de secretos. Todo me parecía perfecto, ¡el suelo era de madera! Y crujía. Los muebles estaban cubiertos con sábanas que íbamos sacando y doblando una por una. Descorría las cortinas y en cada ventana aparecía la hiedra saludándome a modo de bienvenida. «Pareces la dueña de la casa», le dije. Como hacía viento se movían sus hojas y el ruidito en los cristales parecía que nos contestaba mediante código morse, aunque mi madre dijo que vivir rodeado de verde era «excesivo pero refrescante». «La dejaremos así, sería una pena cortarla». Y, por supuesto, las ramas tintinearon como un mensaje secreto de agradecimiento. En los cuentos de la biblioteca había siempre un desván; aquí también; estaba lleno de sillas pequeñas, pizarras, lavamanos, estufas de hierro, braseros, calentadores de cama —esto lo dijo mi madre cuando cogí uno—, planchas viejísimas oxidadas, mecedoras con la nea rota por el medio y cómodas medio abiertas de las que asomaban trastos como llaves, herramientas, más sábanas y ropa de época, pensé en ese momento. Todo aquel tesoro amontonado y lleno de polvo era un universo nuevo que se ponía en bandeja para un niño libre que llegaba allí con ganas de descubrir secretos y de desplegar aquellas gigantescas alfombras enrolladas en tubo para volar por encima de las nubes como Aladino. Desde la ventana central, justo la que quedaba en el medio de la fachada, entre las dos aguas del tejado, se veía un horizonte maravilloso, como si estuviera construida únicamente para ese fin: sentarse allí y mirar.

—¿Cuál va a ser mi habitación, mamá?

Mi hermana se animó con mi pregunta.

—¿Podemos elegir?

—Yo ya he dejado mi bolso en la que voy a dormir, así que vosotros podéis elegir la que queráis. —Mamá sonreía por primera vez. Me fijé, porque no recordaba esa cara—. La mía fue la habitación de la abuela Tránsito, será como estar acompañada por ella. ¿Habéis visto su foto con el abuelo? Qué guapos eran. Mirad.

Mi hermana Liz y yo miramos el marco que colgaba de un cordel desgastado.

—¿Éramos ricos? —preguntó mi hermana.

—¿Los abuelos, dices? —contestó mamá—. No, ¿por qué?

—Por la foto, están en un sitio de lujo.

—Eso eran decorados. La mayoría de las fotos son así. Posaban delante de chimeneas y cortinajes pintados. En el desván debe de quedar alguno de los que utilizaba el abuelo en la fotografía, estarán enrollados.

Pensé en las alfombras de antes.

—No nos dejaba tocarlos. Eran sus joyas, los cuidaba como a nosotras. Yo creo que todo el pueblo posó delante de esos telares. Fue un gran fotógrafo, sobre todo de retratos.

—¿Fotógrafo? ¿El abuelo fue fotógrafo?

—Sí. Retratista.

—Se parece a ti —dije.

—¿Verdad? —respondió ilusionada.

—Sí —dijo Liz, aproximándose a la foto—. Os parecéis bastante.

Fue su primer acercamiento a mamá después de la tragedia. Empezaba a considerar que nadie tenía la culpa de lo que había pasado. Eso, al menos en ese momento, cerraba muchas heridas.

—Está roto el cristal, podríamos cambiarlo.

—Es cierto, qué pena. Cuando tengamos tiempo y nos hayamos instalado, buscamos sus cajas de fotos, deben de estar por aquí. Hace mucho tiempo que quiero revisarlas... Tan guapos... son los años veinte. La abuela y el abuelo vivieron un tiempo cerca de París, ahora no recuerdo el lugar, por eso va con ese vestido de novia... ¿Dónde fue? No me viene a la cabeza. Siempre lo nombraba ella, donde se conocieron, donde se casaron. Se me ha ido.

—¿Y por qué se vinieron?

—El abuelo quería recorrer mundo. Pero eran otros años. Además, la abuela quería venirse a esta casa, quería que naciera aquí su hija.

—¡La Visi!

—Sí. La tía Visitación fue la primera de una larga historia de amor.

Las tías se quedaron en la casa vieja —por «respeto y compañía», según había sugerido la tía—. Venían los vecinos, preguntaban y repetían el pésame, mamá apenas salía de casa y Liz y yo buscábamos la vida con los amigos de Calabella. La búsqueda de amor obsesionaba a mi hermana, y a mí la búsqueda de tiempo libre. En vano. Siempre tenía recados que hacer. Debía estar allí, «por si acaso». Me balanceaba en el columpio del patio donde tía Visitación seguía cantando canciones de Olga Guillot, pero mezclando las letras, Honorina tejiendo tapetes de ganchillo, Filomena y Ciriaca amasando dulces para engordar más a María Montaña, Maravillas buscando el amor de las canciones de Visi en los hombres del bar, Esperanza haciendo paseos con los perros que ladraban como ella y la pobre Isolina hablando sola.

Nosotros fuimos haciéndonos a la casa nueva tan fácilmente que se diría que habíamos nacido allí.

Nunca me pareció mamá tan feliz como en aquel lugar. Las ventanas siempre estaban abiertas y sobre las mesas ponía flores que recogía del jardín y ramas de la hiedra en pequeños jarrones. Había rescatado objetos del desván y, limpios de polvo y llenos de recuerdos, los iba colocando en diferentes lugares de la casa. Entonces me di cuenta de que todo iba bien, de que había merecido la pena. ¿Puede ser que hubiera cambiado hasta su tono de voz?

—¡A comer!

—Ya voy, mamá.

—Díselo a tu hermana.

Cuando crecían mucho las ramas de aquel sauce llorón, podías esconderte dentro y sentir el fresco de las largas hojas mojadas. Yo cerraba los ojos y caminaba entre las lianas, enredándome como en un laberinto de espaguetis fríos que colgaban del cielo. A mi hermana Liz ya le daba igual que la llamaran Isabel o Marisa y a mamá le seguía gustando que pegara la cara en el cristal de la cocina.

—Haz un corazón.

Y yo hacía un corazón de vapor en el cristal y notaba cómo la sonrisa al otro lado era gigante. Así que me pasaba el día haciendo corazones en las ventanas, tanto cuando estaba fuera como cuando estaba dentro.

—Haz uno tú, mamá.

—A ver...

—Simplemente deja el aire salir de tu boca, que manche el cristal empañándolo —le explicaba—, y cuando veas que ya está blanco haces con el dedo un corazón.

—Bufffff...

Soplaba ella y soplaba yo.

Durante meses el mundo cambió como si fuéramos supervivientes separados del pueblo, tal vez solitarios, pero intentando que la vida retomara su curso.

Una de aquellas tardes, justo cuando yo montaba en la mesa un puzle de un paisaje de molinos en una campiña que encontré en la cómoda del desván y que nunca había sido estrenado —debía de ser del abuelo— y mamá en el jardín releía *París era una fiesta,* sucedió.

—¿Qué ocurre? —gritó mi hermana, repantingada desde el sofá.

—Parece que llega alguien.

—¿Quién será?

—No sé. Ve a ver —añadió sin quitarse los auriculares.

Un camión de mudanza había parado en la puerta del camino con un frenazo que marcó el suelo varios metros y tras él un coche de matrícula extranjera llegó dando bocinazos. Mamá levantó la vista de su lectura, pero como no esperaba a nadie, volvió a su *París;* yo, que siempre he sido un atolondrado y he ido exhalando sorpresas, corrí hacia la verja de nuestro jardín atravesando las hojas del sauce llorón hasta ver qué pasaba en el camino. Allí me di cuenta de la matrícula rara en aquel coche azul brillante como el mar, del frenazo negro y de la gente que empezó a salir. Los empleados de la mudanza abrieron el camión de par en par y vi una vida entera metida en cajas, aquello estaba hasta los topes. El conductor del coche hizo una maniobra más, y como no calculó bien la curva de la calzada, se quedó con la rueda trasera suspendida en el bordillo, luego salió. Era un hombre alto, delgado, con flequillo que se movía hacia todos los lados y que intentaba apartarse de la cara con la mano izquierda mientras con la derecha agitaba una carpeta. La chica que iba sentada detrás —la ventanilla estaba bajada— no quería salir y seguía de perfil en el coche. «Como Cleopatra», diría mamá después cuando se lo relaté en la cena.

Mirándolo en retrospectiva, probablemente yo debería haber salido a ayudar y decir «Hola» a aquellos nuevos vecinos que venían a instalarse en la casa de enfrente. Una vivienda de dos pisos con tejado de pizarra que también miraba al mar en el cabo. Pero en aquel momento no pude dejar de contemplar el perfil de aquella chica tan guapa que, aun disgustada, me pareció la niña más hermosa del mundo.

—¿Quiénes son?

—Deben de ser los nuevos vecinos —le dije a mi hermana Liz, que acababa de llegar a la verja con los auriculares en el cuello.

—Mamá no había dicho nada de que fuéramos a tener vecinos. No parecen de aquí.

—Es que son extranjeros.

—¿Y tú cómo lo sabes, listo?

—Pues por la matrícula, mira. Tiene otras letras y los números están desordenados.

—No lo veo.

—¡El camión no! Mira el coche, es diferente. Gigante.

—Serán ricos.

—Qué bien tener vecinos ricos.

—Y tienen mil cosas en cajas.

Ya estaban bajándolas a la acera y las dejaban pegadas a la verja. Habían hecho una cadena de tres hombres y sin perder un segundo andaban ya manos a la obra.

—¿Y ella?

—¿La chica?

—Sigue en el coche. No sale. El padre ha ido dentro, no se le ve.

—Pues a mí no sé si me apetece ahora tener vecinos. Con lo bien que se está sin las tías dando por saco.

—Pues no tenemos más remedio.

—No lo entiendo. Nos dijeron que estaba abandonada.

—Será de una herencia. La nuestra es de la abuela. A lo mejor es de otra abuela.

—Ojalá viviera, así nos contaría quiénes son.

A los dos nos dio un pellizco nombrarla y nos callamos con la complicidad de dos hermanos.

—Yo me voy a ir para dentro —dijo mi hermana, recolocándose los auriculares—. Tu esperas, ¿no?

—Sí. Me quedo.

—Cotilla.

—No tengo nada que hacer... —dije sin dejar de mirar entre la verja y la hiedra.

—¡Ah! ¡Ya sé! ¡La chica!

—¡No grites, Liz!

—¡Huyyyy...! Me voy a lugar seguro. Te dejo babeando que mires a la chica y te deleites con su carita de porcelana fina de las que no se rompen.

—¡Vete a la mierda, Liz!

—Esa tía es una estirada, ni se mueve.

—¿Y tú qué sabes?

—Soy chica. Lo sé.

El problema es que yo era chico y mi corazón ya no estaba entre las hojas verdes de hiedra vigilando la escena de la mudanza; había volado hasta el coche de la chica extranjera. Es como si esas canciones que cantaba Visi me sirvieran en ese momento a mí. Tan cursis y tan redichas, con esas letras de *Campanitas de cristal*. Me sentí ridículo y feliz tarareando *Como si un ángel con manos de seda...* Liz Brightman me dejó allí y salió con ese aire de autosuficiencia que tenía salpicado de pecas. Mi madre llegó caminando con su *París* en la mano para asegurarse de que todo estaba bien.

—Son vecinos —le dije, rojo como los tomates.

—Qué bien, así no estamos solos.

—Ya. Así no estamos solos —repetí.

Deduje que mamá había visto mi corazón elevarse desde el coche, pasar por encima del camión, desaparecer entre las cajas, revolotear perdido y sobrevolar la valla para llegar hasta mi pecho atravesando la hiedra, porque me agarró del brazo como si fuéramos novios y me dijo: «Qué mayor te estás haciendo, casi somos iguales, ¿te has dado cuenta?». Y yo, al contrario que en cualquier otra ocasión, cuando me habría ilusionado por mis nuevos centímetros, sentí un inmenso pudor, una bola de vergüenza atravesada en la garganta porque se notara en ese instante de aquella tarde de verano que ya no era un niño. Precisamente en ese momento yo no quería ser mayor.

—¿Pasamos?

Asentí.

—¿Sabes qué vamos a cenar? He hecho calabacín con huevo revuelto, que sé que te gusta, y para después pechugas empanadas. Y si quieres salsa de tomate, te dejo ponerte, pero debes prometerme que...

Pero no la oí a ella, sino a los obreros que se pasaban unos a otros la vida en cajas.

Simplemente tuve que aceptar que aquella tarde había conocido el primer pinchazo del amor. Un amor que llegó de perfil. Jamás acabé el puzle del paisaje de Irlanda porque la pieza que me interesaba estaba justo en la casa de enfrente.

10

BUSCANDO SILUETAS EN LAS VENTANAS

Mi hermana me ayudó a perder los miedos a las alturas. De hecho, nos íbamos al acantilado y me obligaba a ponerme en el borde para que «sintiera la muerte». Esas palabras son de ella, mayor que yo y más loca que la tía Visi y la tía Honorina juntas.

Era irlandesa y rara. No sé si una cosa tenía que ver con la otra o eran consecuencia de ser todo junto. Aunque ser raro en aquella familia no era lo extraño, era lo normal. Así que a mí me tocaba ponerme en el borde del acantilado, cagado de miedo, con el aire dándome en la cara y la mano izquierda de mi hermana apretando mi hombro derecho. «Te protejo», decía. Yo rezaba porque me protegiera el aire, que me daba bastante más seguridad que ella.

—Mira al infinito.

—Lo hago.

—Tú no mires hacia abajo, mira al horizonte... Allá, a lo lejos.

—Sí, sí.

—¿Lo ves?

—¿El qué?

—Los barcos, ¿qué va a ser?

Yo sólo veía nubes volando a toda velocidad. Nubes que se deshacían, nubes que se juntaban, que se recomponían en dibujos nuevos.

—Si miras a lo lejos, pierdes el miedo.

—Sí, sí. Ya miro.

—¿Y no te parece bonito?

—¿El qué?

—Eres tonto. Los barcos que te digo.

—Sí, sí. Muy bonitos.

Intentaba girarme pero ella me volvía la cabeza para que siguiera mirando pegado al borde del quebrado. A Dios debía de caerle muy bien porque Él se ponía de acuerdo con la meteorología y soplaba flojito cuando Liz estaba indomable.

Las costumbres de mi hermana.

Empezó a beber cerveza muy pronto y yo opté también por imitarla. Eructábamos a la vez como un absurdo aprendizaje de madurez. Era su forma de cuidarme. Todo esto empezó a suceder cuando los vecinos ya estaban instalados en la casa de al lado y el invierno comenzaba a secar las flores y hacer imposible el paseo por el borde del acantilado. Yo no tenía más que esconderle la bufanda a mi hermana para que decidiera quedarse en casa caldeándose cerca de la chimenea. Mi madre había contratado a un hombre del pueblo que venía con un tractor lleno de leña, que arreglaba el garaje y las cosas que se nos estropeaban y, al mismo tiempo, cuidaba el jardín. Quiero decir que se encargaba de las podas y de dejar los árboles como manos de vieja, llenos de nudos y ramas torcidas. El tipo era un ignorante que subía en moto con el perro pastor corriendo detrás y que se volvía de la misma manera al pueblo, en la moto. Ciertas personas decían que era el hijo del alcalde, porque se le parecía mucho y porque también tenía encargos del ayuntamiento y de varios concejales. Amén de que, según mi tía Visi, había una estrecha relación entre la madre del muchacho —hombre hecho y derecho ya— y la autoridad de Calabella. No necesitaba más datos. Ramón era el hijo ilegítimo de don Manuel, y como le había salido tontaina y algo bruto, pues le tenía entretenido sin que se notara que lo abandonaba a la buena de Dios. Con todo, era un buen tipo, a nosotros nos hizo sentir seguros porque era fuerte, callado y rústico como la leña que descargaba en la parte de atrás. A mi hermana le parecía un mostrenco, aunque le reía a veces las gracias. Cuando llevaba tres meses en casa haciendo las gestiones agrestes de hombre necesario para una casa con una mujer y dos hijos, atropelló a su propio perro y sin gesto de dolor en su cara lo apartó de la carretera, lo dejó en el arcén, vino al garaje, sacó una pala de entre las herramientas, se fue con la pala, hizo un agujero hondo y enterró al pastor alemán sin soltar una sola lágrima. «Un mostrenco», dijo mi hermana para definirlo.

—A lo mejor lo ha llorado al irse de nuestra casa —le dije —. Me da pena. Bastante tiene con que al perro que le acompañaba todos los días lo ha matado él mismo.

—Éste no llora. Es un bestia, te lo digo yo.

—No tienes ni idea —le repliqué—. Lo que pasa es que tú le tienes manía. El hombre viene a hacer todo lo que nosotros no hacemos porque mamá prefiere que haya alguien fuerte y tú le llamas «mostrenco». Estamos solos, deberías estar agradecida.

—Te refieres a que no está papá.

—Claro.

—Entonces, ¿te recuerdo que tú no lloraste tampoco cuando murió?

Noté su odio en la respuesta. Ella se creía más hija de papá que yo porque no era hija de mamá y me echaba en cara que yo fuera el chico valiente que aguantó aquel día también sin llorar.

—Esto no me gusta, Liz. Yo soy chico. Ahora soy el hombre de la familia. Lo dijo mamá.

—¡Ja! Igual de tosco que éste.

Callé para reflexionar. Al fin y al cabo, Liz era mi hermana, y perder ante ella podía significar volver al acantilado a hacerme el valiente.

—A mí que se mantenga íntegro no me parece mal. No es tan mayor como parece. Debe tener treinta y es... íntegro.

—¿Dónde has aprendido eso? —preguntó, mirándome como una necia.

—De mamá.

—Pues no te hagas el listillo conmigo.

—Ni tú la chula.

—Ya lo sé —dijo Liz—. Pero no podemos hacer nada. Echo de menos a papá y me molesta la gente que no llora.

—Por mí no lo digas.

—Ya lo sé. Tú lloras por bobadas.

—Yo lloro por lo que me da la gana —dije, intentando salvarme.

—Debes de ser la primera persona en el mundo que elige llorar.

Me quedé pensando, porque tenía razón. Entonces y ahora he elegido llorar como si obedeciera a los dolores que se avivan. Al ir paseando hoy por Roma, nada más salir del hotel, al abandonar a la chica, lo he vuelto a hacer: llorar como si una balsámica suavidad me calmara por dentro y por fuera. Es un instante, pero como todos los instantes sé que tiene fin. Me desahogo, son lágrimas voluntarias, rompo el dique, sin heroísmos, sin más objetivo que llorar como huida. Mi cuerpo lo agradece ahora y entonces de la misma manera.

—¿Qué? —preguntó para que dijera algo.

—Mira, los vecinos —dije sin hacerle caso.

—¡Odio que me cortes! —me espetó mi hermana, resoplando como un bufido de vaca.

—Es que no tengo ganas de reñir.

Por un momento, hasta se me olvidó que mi hermana estaba allí. La nueva vecina y su padre paseaban abrigados hasta la nariz por su jardín con dos bufandones gordos de color verde, charlando en voz baja; fue verlos y callarnos. La chica estaba triste y se abrazaba a su padre con cariño y frío. Noté cómo mi hermana se veía reflejada en el espejo vecino, porque se separó de mí unos metros y escondió sus manos, que es algo que hacía cuando se ponía nerviosa.

—Los vecinos —repetí, subrayando el plural.

—Ya veo.

—Decías que no te caían bien.

—No dije eso, dije que no me parecen simpáticos.

—Bueno, más o menos— dije—. ¿Tú crees que deberíamos pasar a saludarlos?

—Eso deberían haberlo hecho ellos. Son raros.

En ese momento sonreí. Al escuchar eso sentí que acabaríamos siendo amigos, nadie como mi familia para llevarse bien con los raros.

—¿Los oyes? —dijo mi hermana, haciéndome gesto para que me callara.

—Sí.

—Hablan en italiano. Pero no sé qué dicen.

—Normal. No sabemos italiano.

—Calla, listillo.

Él andaba y silbaba una melodía que ella repetía con la misma intensidad, entonando a la vez en un juego de imitación cómplice. Nos asomamos cerca de la valla para escucharlos mejor. Para empezar, no eran palabras, era música. Al menos no todo lo que decían. «Do, re, mi, do, re, mi». Liz no quería seguir mirándolos y se fue hacia casa, la entendí porque ella se fijaba en él y yo no le quitaba los ojos a ella. La misma escena es idéntica y diferente según quien la mire. Quizá como el dolor. O el amor, en aquel caso.

La única parte de la valla que nos separaba de los vecinos podía saltarse y decidí hacerlo una de aquellas tardes en las que Liz prefería escuchar música con sus auriculares y yo escaparme al jardín del sauce llorón en el que tampoco hacía tanto frío si permanecías escondido entre las ramas colgantes. Más allá de los macizos de flores que cuidaba mamá y que podaba el «mostrenco», había un sitio pelado de hojas. Por allí pasé al otro lado. Y cuando digo al otro lado quiero decir exactamente eso. Unos metros más allá de mi adolescencia estaba ella, la vecina italiana, la que susurraba canciones junto a su padre.

Todo mi jardín se hizo pequeño comparado con lo que podía suceder al cruzar la valla.

Tenía ya trece años y supongo que ella también tenía mi edad porque cuando caminaba sus ojos quedaban a mi altura. Y su boca. Así que apreté los labios y crucé.

«Mañana cuando te vayas al colegio no podré decírtelo porque tú tendrás sueño y yo siempre tengo sueños. Sueños para ti. Así que, ahora que te acabas de ir a la cama, quiero que sepas que te quiero mucho.

Todo irá bien.

Tu madre. Te Adora».

11

CAMINANDO A SANTA MARIA IN TRASTEVERE

Roma, 14 de febrero.

A lo largo del día de cumpleaños de mamá, tras abandonar el hotel y la suerte de aquella chica, tuve tiempo de parar en muchas cafeterías para pensar cómo iba a explicarle todo tantos años después. Fui sumando cafés como quien suma preocupaciones, uno tras otro, una tras otra. Ni siquiera me di cuenta de que no tenía ni sueño.

Estaba picoteando una galleta cuando el camarero volvió con otro *espresso*.

—Mi señora dice que cuando tomamos mucho café es que tenemos prisa porque suceda algo.

—No sé si es mi caso.

—¿Está casado? ¿Turista?

—Ni una cosa ni la otra. Estoy de cumpleaños. Y creo que me falta lo principal.

—Por favor, no me diga que falta...

—Exacto. El regalo.

El camarero frunció el ceño.

Mamá nunca había querido que le hiciera regalos porque era «gastar por gastar». «A mí, con que me quieras mucho me basta», decía. Pero yo fui incapaz de dejar a mi madre sin regalo ningún año, ya podía ser un absurdo jarroncito del mercado de los jueves en Calabella, un jabón envuelto en papeles de colores o una pulsera que había hecho con bolitas de madera pintadas. Esta vez, contraviniendo a mi forma de ser y quebrantando mi historia, le había hecho caso y venía vacío.

Se había acabado la infancia y también había puesto fin a las sorpresas. Es más, tenía la sensación de que ella ya sabía cuál iba a ser mi regalo, por llamarlo de alguna manera. «Me harías el favor de quererte», me decía siempre.

—Muchacho. El café frío es un espanto. Le pongo otro. Corre a cuenta de la casa... y de sus pensamientos.

Ahora fui yo quien meneó la cabeza como agradecimiento. ¿Somos en algunos momentos transparentes como una fotografía mal revelada? Supongo que sí.

—Deje de darle vueltas a su quebradero. En el caso de que sea pasado, es pasado. Y si es futuro, no ha llegado.

—¿Y si es todo a la vez?

—No entiendo muy bien. Lo siento, pero ahí sí que ya no sé adónde quiere llegar.

—Lo voy a resumir: mi madre cumple años y le debo una explicación desde hace treinta años. Y lo único que me está salvando es este bendito café que tanto me gusta. Reconozco que esto no es una respuesta, pero aquí me tiene.

—Las madres... Cómo nos perdemos cuando no están... ¿Cree que no va a ser capaz de entenderle? Estoy seguro de que sí. Si ella vive aquí en Roma, ya tiene ganado la mitad. Ellas no necesitan explicación, las tienen todas. Estoy convencido de que eso que tanto le preocupa no tiene ni la mitad de peso del que usted le está poniendo. ¿Es usted religioso?

—No lo sé.

—Pues le invito.

—No, no, no... por favor.

—Si estuviese mi madre viva, desearía tener la misma preocupación que usted. En cierta medida le envidio. Hable con ella. Todo irá bien.

Suspiré al recordar la frase y prometí volver al café. Algunos recuerdos te parecen tan extraños, tan increíbles que, pase el tiempo que pase, tienen el mismo olor a madre. Y aunque no tengas deseo de que regrese esa época, vuelves sin querer.

Decidí almorzar en un lugar próximo a la Fontana di Trevi, Il Chianti, una vinería en la que me pasé de tinto por culpa de la lluvia y el violento frío húmedo que vestía la ciudad, en la que ya había estado y que encontré de nuevo por casualidad al salir de mi hotel. Revisé las fotos de la chica de la noche anterior y amplié en el visor varias veces su cara pegada a las sábanas como una mezcla de sueños y deseo. Después aumenté sus pechos, su culo y el sexo adivinándose entre las nalgas. A lo mejor me estaba cansando de fotografiar ciudades y la erección estaba pidiéndome volver a la carne femenina.

—Vino, *acqua*, ¿qué desea, señor...?

—La carta, por favor.

Retiré la servilleta, eché aceite en el plato y mojé uno de los panecillos como si volviera a su cuerpo, con el hambre que deja el placer y la satisfacción. Tenía tanto apetito en ese momento que me habría comido todo lo que, a modo de poema a mano venía escrito en la carta, pero los pensamientos que iban y venían me convertían el estómago en un espectáculo de ansiedad incapaz de decidir.

Los dos hombres de la mesa de al lado estaban parloteando —gesticulando a mano alzada como típicos italianos—, mencionando apellidos de políticos corruptos y fuentes de información de dentro de la administración, así que deduje que eran periodistas del Congreso confiados de que la escasa clientela en aquella vinería no molestaba a sus confesiones. Los dos bebían animosamente y soltaban las únicas carcajadas del local, así que pedí el mismo vino que ellos. La etiqueta y el resultado de bravura que les provocaba era perfecto para mi indecisión. Comí pasta rellena y pedí burrata para acompañar.

—¿Más vino?

El camarero vació la botella en mi copa.

La lluvia se había detenido y me di cuenta de ello cuando quise fotografiar la ventana de la vinería. Había estado mirando la galería de imágenes del móvil por entretenerme y me apeteció enviarle una foto a la chica de Buenos Aires. «Como si comiera contigo, besos», tecleé en el abecedario y disparé la foto sin *flash* para no parecer un quinceañero. Ya no caía una gota, apenas las que se descolgaban de las flores del exterior lagrimeando ligeramente. El pavimento de adoquines brillaba reflejando Roma dos veces, pensé en aquella bobada de «Roma al revés es amor» que decíamos en el colegio. Una simpleza que sólo entendíamos los españoles. Ni franceses ni ingleses, ni siquiera los italianos, podían hacer la gansada de jugar con el espejo de la palabra AMOROMA. «La ingenuidad se pierde si quieres perderla —decía Visi—. Mira a la Honorina, qué majadera es y lo contenta que vive».

—¿Qué vas a hacer? ¿Matarla? Matarla no puedes, la tienes que dejar.

Lo repetía siempre con las mismas palabras como un calco de ella misma. Yo, entonces, pensaba que nunca dejaría de sorprenderme ante su abanico de disparates. Pero la vida pasó muy rápida y de la misma manera que cicatrizó heridas y puso tierra sobre los recuerdos, yo empecé a perder la ingenuidad como quien nada hacia lo hondo. Un día notas que no haces pie y ya tienes que aguantarte de otro modo. Flotar siempre viene bien, pero no te mueves. Toca nadar. Nadar para buscar la arena, nadar para dejarse llevar. «O para escapar», oí en mi cabeza como si me hablara papá.

El barco que teníamos... Bueno, la barca que teníamos, corrijo, era una chalana azul marino, blanca y azul turquesa con las letras en rojo —*Teodora*— pintadas en la proa y con la popa cuadrada. Tenía poco fondo y no era muy grande, así que servía para salir a pescar y pasar la tarde en verano cuando queríamos aprender a nadar sin manguitos. Papá me los quitó de golpe una mañana y me lanzó como si fuera comida para los peces. Acabé tragando agua y, esto es más importante, tragando orgullo. Hice lo que pude para salir a flote y manotear para mantenerme a salvo mientras me miraba orgulloso.

—Eres un hombre, ¿no?

—Claro que sí —decía yo, escupiendo agua salada.

—Los Brightman somos fuertes y siempre seremos fuertes.

—Sí, papá.

Yo escupía agua y él echaba humo de su puro puesto en pie en una barca que se balanceaba.

—Procura nadar, si no te ahogas.

—Ya —dije. Si no hubiera nadado, me habría ahogado, claro. Y habría muerto y supongo que se habría lanzado a por mí al mar, pero no sucedió ni una cosa ni la otra. Ni yo morí ni él se lanzó a salvarme. En la orilla, tumbada mirando al mar, con los brazos cruzados, estaba mi hermana Liz desternillándose para que la oyera.

—¿Te lanzo un salvavidas? ¡Justo! ¿Te lanzo un salvaviiid...? —gritaba descoyuntada.

—¡Déjanos, Liz, y deja de reírte del pequeño Justo! —gritó papá, haciéndose cómplice mío. No sirvió de mucho porque las olas parecían estar de parte de ella, engulléndome y burlándose de mí. Y yo realmente no veía modo de asumir mi misión en el agua de aquella manera tan drástica: morir o aprender a nadar. Pero resultaba evidente que si papá quería que aprendiera la vida a golpes, lo mejor es que no hiciera pie. ¿Qué pasó? Que mi vida ha sido una continua manera de mantenerme a flote, haga o no haga pie. Siempre perdido, equivocándome de dirección, metiendo la llave en habitaciones de hotel que no eran la mía y saliendo de corazones que tampoco lo han sido.

Lo único que le angustiaba a mi padre en aquel verano en el que rasgó los manguitos con una navaja de su llavero era que yo no demostrara que era un hombre de la familia, irlandés, un auténtico Brightman.

—¿Tienes miedo a la muerte? —me dijo al ayudarme a subir a la barca.

—No a la mía —solté, escupiendo sal.

Las letras rojas del nombre de mamá (Teodora) se reflejaban también en el agua. Me di cuenta de que ella era la que me ayudaría a flotar, el bote de salvación en el que podría confiar siempre, aunque me lanzaran sin protección en aguas turbulentas. La infalible brújula interior que me haría mantener el norte toda la vida. Hoy también. Por eso, al volver a la barca y tumbarme al sol en la tabla de madera que cruzaba la chalana de babor a estribor fue como si me abrazara a ella de cuerpo entero.

Papá remó hacia la orilla.

Liz seguía tumbada tomando el sol.

El mar era inmenso a mis espaldas.

Había aprendido a flotar.

Cuento todo esto porque los periodistas que hablaban en voz alta de política y corruptos, algo habitual en Italia en uno y otro sentido, ya no estaban en su mesa y yo me había quedado con la mirada perdida en unas garrafas llenas de corchos de botellas colocadas bajo unas viejas redes de mar. La mente se va donde quiere, tan lejos como quiere y vuelve tan pronto como notas que nada existe ya. Me sigue pasando esto muchas veces. Lo llamo evaporarse, porque desapareces sin tu propio permiso, unas veces por una imagen, otras por un aroma. Precisamente eso. Me puse la mano en la frente, la tenía fría, tal vez de la evaporación momentánea. No sé si el camarero había dejado allí la cuenta, mi café ya estaba frío, el tiramisú derretido y en la ventana había empezado a salpicar el agua de las flores que colgaban y lagrimeaban lluvia. Miré la escena y decidí apurar lo que quedaba de vino tinto. Allí, exactamente dentro de ese restaurante, olía a lavanda. Pero no a lavanda de perfume, sino a lavanda de la que llenaba la calle en mi pueblo para que la pisaran las mujeres vestidas de fiesta y trotaran sobre ella machacándola en polvo y polen los caballos engalanados. Un intenso olor a lavanda.

El ventilador de madera del techo de la vinería no se movía. Llamé al camarero varias veces. No aparecía. Insistí. Cogí mis cosas y fui a pagar a la caja, justo al girar a mano izquierda, tras el arco donde se acababan las mesas y empezaba la salida, estaba la clave de la ausencia de atención. Allí, como en una Capilla Sixtina de botellas de vino de mil y una etiquetas diferentes, estaba besándose con una mujer que, por edad, parecía la dueña del restaurante; ella, sentada junto a la vieja máquina registradora, con los recibos pinchados en un clavo, y él abrazándola en un beso que me dio pena romper.

Tosí. Tan típico. La tía Esperanza habría hecho lo mismo si pillara a Isolina besándose con uno para separarlos. Yo, para diferenciarme de la genética, me giré hacia la puerta como si hiciera tiempo. ¡Tonto de mí! Los besos furtivos parecen eternos hasta para quien los evita. Justo en ese momento vi pasar a la chica del hotel caminando con un paraguas rojo en la mano.

—Lamento estropear el momento, me gustaría pagar, tengo prisa...

La dueña se volvió alarmada hacia mí con cara de desagrado.

—Disculpe. Sí. Esto es...

—¿Cuánto?

—A ver... Mmmm... Al café está invitado.

—Gracias.

—Un segundo y le doy la cuenta.

Oh, desde luego no quería dejar escapar el momento, además había escampado y la calle empezaba a llenarse otra vez de turistas en dirección a la Fontana di Trevi, lo que haría más difícil encontrarla en la multitud.

—¿Ha tomado tiramisú, verdad?

—No. Bueno, sí.

La señora arrugó el entrecejo mientras el camarero afirmaba con la barbilla que sí, que había pedido postre. Y, por lo visto, no le había hecho ninguna gracia que me dejara el plato sin tocar cuando fue a recoger la mesa. Volví la mirada hacia la puerta y sentí una punzada como las de siempre, esas que te dicen que llegas tarde otra vez. Así que allí estaba, intentando pagar y detener el tiempo en la calle. El rostro de la señora reflejaba perfectamente el fastidio por haberle roto el momento romántico con su amor y al mismo tiempo yo estaba notando que el mío se estaba también esfumando.

—Quédese con el cambio —dije, dejando el billete de cincuenta euros en el mostrador.

—Gracias. Disfrute Roma.

Ya en la calle encendí un cigarrillo, ese día no dejaría de fumar hasta el encuentro con mamá, y eché a andar hacia la Fontana, que se me apareció de pronto atestada de gente con helados a pesar del frío.

—¿Es usted español?

—No —dije.

—Disculpe.

No había modo de parecer invisible en un lugar así, preferí inventarme que era extranjero a todos cuantos paseaban y sentarme en el muro de la derecha ajeno a la multitud, consciente de que ya había perdido a la chica. Me giré a uno y otro lado, pero ya era evidente que era absurdo ponerse a buscar en medio de la zona más bulliciosa de Roma.

Me quedé sentado con la cámara en la mano, pero no quise encenderla.

Había nacido en una familia llena de gente y aprendí a ser silencioso en medio de las turbulencias. También es cierto que, con la perspectiva de los años, reconozco que eso también me había supuesto una cierta tendencia a la melancolía, y confieso que sucumbía a la soledad voluntaria. Lo hice bajo las escaleras de la casa de la abuela y lo repetí bajo el sauce llorón de la casa del acantilado. ¿Cuánto tiempo podía esconderme? ¿Cómo hacerme invisible? No sé. Me evaporaba como seguro de vida.

Estaba helado y pelín húmedo porque la piedra desde la que observaba a la gente mantenía el relente de la lluvia. «No puedes enfriarte, Justo —pensé—. Veo que vuelves a evaporarte y te quedas sin reaccionar». Hacía frío. «¿Qué quieres, constiparte? ¿Eh?». La gente subía y bajaba las escaleras de la Fontana, echaba su moneda con la mano derecha por el hombro izquierdo y sonreía para la foto. «¿Por qué no bajas, haces lo mismo y lanzas la moneda —me pregunté—. A lo mejor aparece la chica a la que has expulsado esta mañana».

«Es que no sé si quiero volver», me dije.

No se podía lanzar una moneda desde donde estaba apoyado; los japoneses abarrotaban todos los metros cuadrados de mi zona y taponaban el acceso. «¿Ves el frío que hace? Estás helado». Un café caliente en un café. Eso habría sido lo ideal, porque estaba húmedo y aislado, y me habría venido bien para recuperar el aliento. Nunca he hecho las cosas en orden desde aquel día de verano en el que anunciaron a Ava Gardner, y me he acostumbrado a improvisar. Tenía una larga batalla conmigo por mis costumbres, hábitos, manías... Llámalo como quieras.

«Por el amor de Dios, sal de aquí, te sobra gente, te falta abrigo».

Crucé la plaza entre la muchedumbre buscando ya lo imposible. Probablemente lo que no buscas aparece cuando es el momento, y en ese momento lo que buscaba era un café caliente. No dejaba de rondarme el relato de *La vela de sebo*, que había leído en el suplemento del periódico. Quedé sobrecogido al verlo, volvió a la memoria una tarde de Calabella.

—¿Tienes velas, mamá? ¿Dónde las has puesto?

Liz llevaba una palmatoria en la mano.

—Sí, claro, por supuesto... ¿Para qué las quieres?

Es como si me hubieran destapado aquella caja forrada con dibujos y fotos del Oeste que guardaba en casa. Me sentí desnudo, abrigado únicamente por el recuerdo.

En la prensa hablaban del hallazgo del considerado primer cuento del autor de *El patito feo*, Hans Christian Andersen: la historia de una vela que no hallaba su lugar en el mundo hasta que una caja de cerillas acudió en su rescate, iluminándola y dotándola de todo su sentido. Ese cuento, aventuraban, podría haber sido el primero de todos los que escribió el danés y había permanecido inédito durante casi dos siglos hasta su descubrimiento por un familiar. La prensa lo calificaba de «sensacional». A mí me daba miedo.

Escrito en tinta sobre papel amarillo, decía una tal Patricia Tubella, el documento fue encontrado en el fondo de una caja que contenía parte de los archivos de una familia danesa, los Plum. Durante su niñez, el autor contaba sus confidencias a la viuda de un vicario, Madame Bunklefod, a quien años más tarde quiso dedicar su primer cuento: «Para Madame Bunklefod de su devoto H. C. Andersen», rezaba la inscripción que el joven adjuntó en el manuscrito redactado cuando tenía unos catorce años. La familia heredera de la dama hizo una copia y la envió a unos familiares cercanos, los Plum, en cuyo legado ha permanecido desde entonces. Nadie había reparado en ella y en el valor que encerraba... hasta ahora.

Pensé en el secreto que debía contar a mamá esa misma tarde. Su regalo de cumpleaños. Una mezcla entre obsequio y confesión infantil dormida durante treinta años.

—¿Puede hacernos una foto?

—¿Perdón?

Estaba en mis ensoñaciones, como siempre. Cavilando.

—Que si puede hacernos una foto... Por favor.

—Bueno.

—¿Lo ve?, hemos notado que era español. Se nota. ¿También es turista?

—¿Cómo? ¿Por?

—Por la ropa.

—No sé qué decir. Estoy en Roma...

—¡Por amor! —me cortaron al unísono.

—Esta ciudad es perfecta —arrancó la chica, estirando la mano hacia mí con el brillo de su dedo anular—. Nosotros nos acabamos de casar.

—Yo también —dije.

—¿Nos ponemos aquí? —dijo ella, haciéndose hueco entre la barandilla y la multitud—. ¿Estamos bien?

—El amor sienta bien siempre —le contesté, intentando ser cómplice.

—Gracias —dijo el chico, agarrándola fuerte como si hubiera sentido que le arrebataban la propiedad.

—¡Qué ilusión, también recién casado!

—Ajá. Sonreíd.

Disparé varias veces para que pudieran elegir alguna de las fotografías porque la chica no dejaba de arreglarse el pelo mientras pegaba la cara a la de su novio, «su marido», como repitió masticando las letras. Enfoqué en la pupila de aquella recién casada y el verde de sus ojos me fue suficiente para evaporarme. Escuché la perorata que iba largando como un padrenuestro sin prestar mucha atención. Él y ella iban a pasar unos días en Roma, luego marcharían a Venecia y de allí en tren a Verona; me lo fueron contando mientras sonreían y volvían a guardar la cámara —a todas luces un regalo de bodas— en la incómoda bolsa negra que llevaba él en bandolera.

—¿No conoces Verona?

—Sí, sí —les dije.

—Tenemos tantas ganas... ¿Te gustó?

—Fui enamorado. Enamorado gusta todo. El lugar es lo de menos.

No sé si me entendieron porque hablaban del viaje como dos vendedores de agencia que van grapando papeleo y folletos con imágenes artificiales, más pendientes de los kilometrajes que de las emociones. Por entonces, yo me había vuelto a apoyar en el muro del otro lado de la fuente. Pensé en la pereza que me daban los viajes organizados al milímetro, horarios, desayunos, autobuses y, por el contrario, lo maravillosa que era la improvisación.

—De modo que... se nota que soy español.

Mi padre habría sacado la vena irlandesa para marcar el apellido en la cara de dos desconocidos.

—Sí. Cuando has nacido en un sitio, se nota. ¿No?

—No lo sé, la verdad.

—Yo creo que sí.

Se alejaron.

—¿Y si la vela decide pedir ayuda a una cerilla para arder en otro lugar? —dije cuando ya no me escuchaban, clavando la mirada en el agua de la fuente que reflejaba un fondo de monedas llenas de deseos.

La pequeña y entrañable historia de la vela fue probablemente escrita entre 1822 y 1826. Luego ya vinieron los cuentos que han sido leídos por generaciones y generaciones de niños. Todos menos la historia del encuentro entre una inocente vela y una caja de cerillas que logra insuflarle, dramáticamente, las ganas de vivir. La luz había sido una constante en las novelas de Andersen: «¿Habrán podido pasarlo mejor las velas de cera en sus candelabros de plata? ¡Me gustaría saberlo antes de consumirme!».

12

La primera magdalena de limón

Miércoles, julio de 1981. Calabella.

—Mamá, ¿dónde has dejado las velas?

Liz salía al jardín con una palmatoria en la mano que había encontrado en el desván.

—¿Para qué las necesitas?

—Cosas mías. Me apetece poner velas en casa. Lo he leído en las revistas, hablan de la luz tenue y de que da buena energía.

—¡Pero va a parecer Navidad y estamos a julio!

Vi que Liz se encogía de hombros, pero no era por el calor de aquella tarde y los meses que faltaban para diciembre, era porque para ella había empezado de otra manera el buen tiempo. Y sentí un gran bienestar.

—En el cajón del taquillón de la entrada tengo las que usamos cuando hay tormenta...

—Bueno, no me importa, pondré una de ésas. Me sirve.

Las velas de los apagones iban a tener por primera vez otra función.

En mi árbol —iba a decir palmatoria—, bajo la sombra del sauce, se estaba muy bien. Yo esperaba con una leve impaciencia jugando con los cromos repetidos que no podía pegar en mi álbum y necesitaban ser cambiados entre mis amigos. «¿Vas a estar todo el rato ahí?», dijo mamá. Me asomé por entre las ramas y me volví a esconder. Ella sacudió la cabeza y me señaló la mesa con los deberes de verano, aquel cuadernillo insoportable, pero yo tenía la mente en otro lugar.

No recuerdo todos los detalles de aquella tarde, pero sé que cambió todo para siempre. Llevaba horas bajo el sauce llorón pensando en nada, aunque probablemente ya había pensado en todo. En ella. Por entonces, la vecina y su padre se sentaban en un banco que habían puesto mirando hacia el mar, allí leían y se quedaban callados, que era lo que más me intrigaba. Aunque a los trece años las intrigas permiten crear mundos más gigantescos que los reales y todo se hace fascinante. Más aún cuando ella dejaba su libro en el regazo y se ponía a cantar en voz bajita ante la mirada de su padre... y de la mía.

Yo era muy capaz de todo, pero no era capaz de hablar con aquella chica nueva que se había instalado en la casa de al lado y que me quitaba todo el tiempo para pescar y para bajar a casa de las tías donde me ponía morado de pasteles de canela, cabello de ángel y bizcochos de limón.

Esperando a que la vida se fuera acercando a mí, salí de mi escondite de ramas pendulantes y me senté en la orilla de nuestra verja, desde donde se veían perfectamente los quehaceres de los nuevos vecinos. Cuando uno vive pendiente de los demás acaba olvidándose de uno mismo, eso me pasó. Llegó mamá hasta mi lugar.

—¿Has hecho los deberes? ¿A que no?

Al mirarme comprendió que, si no los tenía hechos, por lo menos no había que buscar la razón para mi despiste, y que la clave iba a resultar mucho menos nociva que la vagancia adolescente.

—Dentro de un rato los tengo hechos —le prometí, poniendo cara de bueno.

—Dentro de un rato no puede ser, Justo. Dentro de un rato vamos a cenar. Y quiero que los tengas hechos antes y te duches y te pongas el pijama y...

—Vale, mamá.

Movió la cabeza hacia los lados, zarandeándola, y preguntó:

—¿Qué hacías?

Mi respuesta se hizo esperar unos segundos por mi vacilación; opté por coger la mano de mamá para alejarnos del lugar de espionaje y evitar que se oyera algo al otro lado.

—Nada, miraba el mar.

—Ya veo.

—Está revuelto —dije.

—¿El mar o tú?

—No digas tonterías, mamá, ¡el mar!

—Pues vamos para dentro —dijo—. Si está revuelto, es que va a cambiar el tiempo.

—Supongo.

—Por lo que miras el mar, me da que ya debes de ser meteorólogo. Te quedas muchas tardes. Y eso que te daba vértigo.

—Bah, el vértigo se supera.

—Con los años, ¿no? —soltó mamá, riéndose.

Procuré hacer bien los ejercicios de matemáticas, pero mi mente estaba todavía más allá del jardín, cruzando la valla, al borde de su piscina, entre los arbustos que rodeaban su paseo de piedras.

—¿Los has hecho?

—Los he hecho.

—¿Y están bien?

—Yo qué sé. Haré lo que pueda.

—Me parece que tú sabes perfectamente cuando las cosas están bien, así que no te pongas farruco.

—Pareces la tía Visitación, mamá.

—¿Por lo de farruco o porque te dejo a tu aire?

—Por lo de farruco.

Mamá me puso cara de «eres un sinvergüenza», que era la cara que más me gustaba porque era incapaz de no reírse. Tenía entonces los ojos abiertos y miraba haciendo mohínes.

—Pues ve a ducharte y cenamos.

Cerré mi libreta con los deberes a medias y mis libros de ciencias naturales en los que me gustaba ponerle ojos a los árboles, antifaces a los animales y casas con chimeneas a todas las montañas de los Alpes que siempre estaban nevadas.

—¡Venga! Que es para hoy —apremió mamá, yéndose a la cocina—. Y al volver, pones el hule.

—El hule que lo ponga mi hermana.

—¡Noooo! —se oyó gritar desde la habitación—. Listillo, te toca a ti. Esta semana yo quito la mesa, así que tú la pones.

Mamá cerró los ojos y se fue hacia dentro. Yo me duché pensando en la vecina. Nunca hasta entonces había experimentado esa sensación y ya se convirtió en habitual desde aquella tarde. En un principio me pareció sórdido, incluso sucio, pero habitaba en mí una necesidad de esconderme —ya no sólo bajo el sauce llorón—, sino en el baño. Si no era amor, por ahí andaba. La chica me motivaba demasiado y decidí que ya me estaba haciendo mayor a la vista de todos. Aquel pensamiento hizo que las prioridades cambiaran por completo, incluso mi forma de andar cuando me acercaba a la valla. Aquella chica era efectivamente perfecta, un ángel que ocupaba todos mis pensamientos, y mis oraciones. Verla sentada en el banco o mirar su silueta tras su ventana, donde tocaba el piano moviendo la cabeza a un compás que no podía escuchar, era suficiente para que el reloj fuera innecesario. La observaba discretamente, abandonado durante horas, en un ahora que parecía siempre porque nada me apetecía más que llegar a casa y buscar su sombra como una extensión de mí.

Y así es cómo, al día siguiente por la tarde, bajé a casa de las tías con mi bici y estuve hablando con la tía Visitación mientras amasaba en la madera el dulce que estaba preparando. Tenía un montón de harina, agua, levadura, azúcar, limones y, lo más interesante, una botella de anís del Mono de la que iba pegando sorbos. «Hay que agotarla, que se caduca», me decía guiñando el ojo como una borracha de feria.

—¡Te la vas a acabar! ¡Tía, te la vas a acabar!

—Pues claro, eso quiero. ¿O cómo te crees que vamos a tocar villancicos en Navidad? Con esto, runrún.

Me meaba de la risa.

—¡Pero si falta mucho! Aunque mi hermana ha puesto velas en casa.

—Tu hermana es muy rara, pero no se lo digas. Las velas, en misa.

—En misa también hay vino.

—Y aquí anís, ¿lo ves? Es santo. Mira... ya no queda.

Le dio la vuelta a la botella para que la última gota cayera en la masa del bizcocho.

—Que se anime la masa —dijo riéndose o borracha.

—¿Me das la botella?

—No, que ésta la guardo, que somos muchos y luego todos querréis cantar y tocar.

—¡Ya te vale, tía!

Cogió un pellizco de masa y me manchó la cara de blanco mientras me decía: «Payasete, pa-ya-se-te». Le calculé que se había bebido media botella por el intenso brillo de ojos que llevaba y las muecas que me hacía con el hocico como si tuviera un tic; y daba gusto, porque se ponía a cantar y a amasar olvidándose de todo y de todas. No es que estuviera ella sola allí, abandonada, es que las otras habían huido escaleras arriba al verme llegar. «Quédate con la Visi, que nosotras tenemos faena y labores», me dijo Isolina haciéndose la jefa y tirando de la falda de Honorina, como si hubieran encontrado una salvación a la tajada que llevaba su hermana. Yo dije que sí con la cabeza y me quedé allí abajo, sin molestar mucho, pero cuando me cansé de mirar y de estar limando corteza de limón, tal y como me pidió mi tía, aproveché entre estrofa y estrofa de sus boleros para meterme a investigar.

—Tía, ¿tú has estado enamorada alguna vez?

—Todos los días.

—¡Qué dices!

—Por eso canto.

Ya sabía que estaba loca, no era ninguna sorpresa, y que no me servirían sus respuestas; me equivocaba.

—Me refiero a amor del verdadero.

—¿Amor verdadero? ¿Dónde has oído tú eso?

—En las revistas de mi hermana. Hablan de amor verdadero. Y en sus canciones.

—Chismes de niñata, que tu hermana es mayor, pero es una niñata. Tiene cada cosa... «Amor verdadero, amor verdadero» —dijo poniendo voz de pito—. ¡Ja! Menuda marrullera es tu hermana, si no fuera tu tía, te diría lo que pienso...

—También eres tía suya —le dije.

—Pero menos.

—Bueno...

—Es un poco mosquita muerta —masculló entre dientes y anís.

—Pero tía... ¿existe?

—¿El qué?

—Pues el amor verdadero.

—Como los gatos. Claro.

—¿Lo dices porque son mimosos?

—Ja, ja. Buena observación. No había caído en eso.

—Y... ¿cómo se nota?

Ya me daba miedo hasta preguntar porque se había puesto evasiva. Daba risa, pero entre la botella vacía y la mesa llena de harina se arrancaba a cantar por lo bajini para que yo me dejara de preguntas.

—Entonces... si existe como existen los gatos y se puede ver... ¿cómo se nota?

—Levadura.

—¿Qué?

—Pásame la levadura. ¿La ves? Sin ella, estas magdalenas no son nada, tienen sabor, pero no son nada. La vida igual. Sin amor, no es vida. Por eso canto.

Esbozó una sonrisa que acabó en trago de anís de un vasito que tenía reservado entre los trastos de la pastelería. No me enteré bien si mi nueva vecina era la levadura o si era el amor lo que hacía crecer las magdalenas. Aquél era su sitio, y la tía Visitación reinaba como nadie entre canciones y harinas.

«Tú me acostumbraste a todas esas cosas y tú me enseñaste que son maravillosas», repetí con ella. Luego dejé de escucharla, y el bolero se quedó como una banda sonora de mis pensamientos. Me di cuenta de que el valor para saltar la valla era aquella levadura y que necesitaba tragármela toda para superar los miedos. Decidí, mientras metía una cuchara en el bote de cabello de ángel, que había llegado el momento de actuar más allá de la valla del jardín, que no podía quedarme parado entre sobres de cromos repetidos y deberes de matemáticas. Y como si me hubiera leído el pensamiento, entonces ella intervino.

—Por cierto, ¿de quién te has enamorado?

—De nadie, tía. Es por saber.

—Nada, nada, menudo tunante estás hecho —siguió—. Soy una vieja estúpida. Pues escucha con atención. Te recuerdo que también lleva limón.

—¿El amor?

—... Y las magdalenas.

En lugar de quedarme a preguntar más cosas a la tía Visi, que andaba borracha y canturreando sus boleros, miré la bandeja de dulces que ya estaban fuera del horno enfriándose en la repisa de la ventana del patio y cogí uno antes de marcharme. Lo envolví en papel de estraza con mimo y lo puse en la cesta de mi bici.

—Te espero mañana.

—Besos, tía.

—Me temo que no vas a faltar próximamente...

—¿Qué?

—Nada. Ve con cuidado... con todo.

Sin atreverme a levantar los ojos del suelo, salí de allí con el cuidado y las mismas dudas con las que había bajado hasta la casa de las tías. No tuve tiempo ni de revisar mi vieja habitación en la que habían puesto las máquinas de coser y los rollos de tela con los que hacían bolsas del pan bordadas con iniciales y mantelitos de cuadros para las vecinas.

Aunque nadie me crea, no pensé en ningún momento en papá. Aquella casa era tan diferente sin él que sólo su ausencia la hacía ajena, nueva, incluso opuesta a todo lo que había vivido.

Me marché arrastrando la bici por la acera de la vieja carretera, pensando en la levadura, en el limón y en el regalo.

Cuando llegué a la casa de los vecinos, dibujé un corazón en el papel y abandoné la magdalena con cuidado en la puerta para que no me oyeran. Creo que toqué el timbre.

13

MAMÁ ESTABA ESPERANDO...

Roma, 14 de febrero.

—¿Quiere pasar?

—Gracias. Espero.

Y la puerta izquierda de Santa Maria in Trastevere se cerró haciendo sonar la madera vieja. Me quedé paralizado, porque de pequeño, ella me había dicho que allí encontraría la clave de la vida. «Cuando visites Roma no olvides pararte en la puerta y mirar con atención», me recordaba una y otra vez apretándome contra su pecho antes de dormir. Así que me detuve a mirar las verjas, sin querer pasar al interior.

Mi corazón, el de verdad, no el que hacía con vapor en los cristales, se detuvo.

Fue como si me cortaran en dos al ver mi nombre grabado en una de las lápidas de las catacumbas que cubrían por completo las paredes: JUSTO.

JUSTO, JUSTO, JUSTO, JUSTO... Es como si más allá de los mensajes de mamá que me dejaba todas las noches sobre la almohada escritos a mano hubiera algo del pasado escrito desde hace siglos. Mi nerviosismo fue en aumento, y eso que mamá estaba dentro esperándome, así que me asusté al notar en mi muslo una mano. Resultó ser la de una mujer que pedía limosna postrada en la entrada.

—Señor, por favor, señor... para mis hijos —lamentó en un italiano extraño.

Al ir a sacar algunas monedas le di la vuelta al bolsillo y rodaron todas las que llevaba encima, me arrodillé para ayudarla y me enfrenté a su mirada. Eran los ojos de una mujer morena que me recordó incomprensiblemente a la Visi. Como si todos tuviéramos un doble en otro lugar, como las velas de Andersen, en otro candelabro, viviendo diferente. Las monedas rodaron como mi cabeza guillotinada de la impresión. Uno de los euros había ido caprichosamente dando vueltas hasta tocar y frenarse en la puerta de la iglesia; al ir a gatas en su búsqueda, me encontré con que ya mismo estaba hincado en mi destino.

La mano ennegrecida de la señora paró el baile de la moneda que viraba ruidosa y en ese silencio del mármol oí el interior de la iglesia. Y yo, de rodillas.

Me puse de pie y vi otra vez mi nombre escrito en los mármoles. Justo, justo, justo. Una y otra vez. Justo, Justiniano, justicia. Tal vez a eso se refería mi madre cuando hablaba de la «clave de la vida» que encontraría en Santa Maria in Trastevere. O tal vez no. Tal vez sólo debía encontrarla a ella dentro, esperándome después de tanto tiempo.

Miré en derredor hacia las lápidas, buscando el inicio de todo, no sólo de aquel puzle de trozos de mármol ancestral.

Me fijé en un ancla que a la derecha de la puerta central se distinguía perfectamente, dos cabezas más arriba de mi nombre; y en un barril de madera que, sencillo y naif, parecía flotar en un mar invisible junto a un barco de vela que asomaba en otra de las lápidas. Todo a la misma altura. ¿Era un jeroglífico aquella mezcla de iconos? ¿Era el mensaje de mamá?

—¿Quiere pasar? —me dijo un señor que en ese momento salía del templo.

—No lo sé.

—¿Cómo?

El barco de la lápida seguía navegando en mi cabeza como si me llevara nuevamente al vértigo de cuando papá me echó al mar para que aprendiera a nadar, sin manguitos, sin ayuda, sin hacer pie, sin salvación y con las estúpidas risas de mi hermana en la orilla repiqueteando como las campanas del campanario en ese momento.

—Lo que usted quiera —me dijo el señor—. A veces no se sabe cuando se sale o cuando se entra.

—Entro. Yo entro —dije por responder al absurdo.

Sin embargo, con mamá esperando dentro de la iglesia, ese gesto de cruzar la puerta de Santa Maria in Trastevere significaba lo contrario: entraba, pero por fin iba a salir. Salía del laberinto en el que llevaba años silenciado, exactamente desde aquel día en que cambié el rumbo de mi familia con las manos en los bolsillos y los zapatos nuevos. El plan sacudía mis sienes a la misma velocidad que lo golpeó entonces.

Mi cuerpo de pequeño y adulto a la vez.

Se abrió la puerta de la iglesia y vi cómo se cerraba la del bar del pueblo, la cruz a mi izquierda, el grifo de cerveza a mi derecha, el cartel de horarios de misas a un lado, los precios de las tapas y bocadillos al otro, la barra del bar con las vitrinas empañadas, el altar cubierto con el mantel de puntillas, la mujer que agarraba el rosario, la vecina que apretaba el monedero con las fotos de sus hijos, el olor a velas, el humo de los puros caliqueños, los bancos de madera, las sillas de aluminio y escay... Todo emergía a la vez, mezclado y ordenado en un caos de recuerdos infantiles.

Metí la mano en el bolsillo y estaba vacío, no como aquella vez. Toda la vida intentando hacer feliz a los demás y me había olvidado de mí, del nombre que estaba grabado en las lápidas de la entrada y en mi carné. Pero no me había olvidado de ella, ni de la forma en que dejaba ladeada la cabeza.

La vi de espaldas.

Estaba la iglesia vacía, pero aunque hubiera estado llena en esa semipenumbra de velas a los santos con plegarias atendidas y no atendidas y mosaicos que jugaban reflejando ligeros brillos en el techo, la habría distinguido. Uno no olvida a su madre en la vida, nunca. Ni su mirada cuando llegas del colegio y te dice: «Pasa, ya está la comida, lávate las manos», ni cuando se acerca a ajustarte bien el cuello del jersey que se ha torcido con la camisa nueva recién planchada o cuando te vuelve a meter las sábanas y las mantas por los bordes de tu cuerpo como si fuera su cuerpo para abrigarte y darte las buenas noches con su beso. El beso que te lanza con la mirada al salir por la puerta y apagar la luz. El beso que se queda en tu almohada y en sus ojos.

Al verla sentada, inmóvil, pensé que rezaba a su modo. Esperé de pie recordando el sonido de sus pasos cuando se iba hacia el baño y notaba desde mi habitación que cerraba lo que papá se había dejado abierto, que ordenaba las cosas y recorría la casa apagando las luces: pasillo, entrada, cocina... después de limpiar todos los restos de galletas que había dejado en la mesa al robar «dos galletas más», recoger vasos usados y vaciar ceniceros.

La cantidad de cosas que no me gustaba comer de pequeño y ahora desearía comerlas.

Pensé en eso.

Mamá estaba en los últimos bancos, sentada y con las manos sobre los muslos. El pelo cepillado, la chaqueta sobre los hombros, la espalda arqueada ligeramente por la escoliosis, el temblor de sus dedos, sin anillos. Comencé a darle vueltas al mío de forma nerviosa antes de empezar a andar hacia ella. Casi podía sentir su perfume de siempre, el que le regalé en su cumpleaños y decidió hacerlo suyo. «Es mi favorito», dijo desde entonces a sus amigas. Caminé hacia ella con ganas de abrazarla y de cerrar el capítulo más importante de mi vida.

«Mamá —pensé—. ¿Te acuerdas?».

«Que sepas que estoy feliz de cómo creces, noto que te vas haciendo mayor y que me necesitas menos (esto último lo escribo, pero no lo pienso). Pero también sabes que me tienes pase lo que pase. Y que te quiero. Que lo sabes.

Todo irá bien.

Tu madre. Te Adora».

14

CUANDO TODOS SE CONVIERTEN EN CÓMPLICES

24 de julio de 1981.

La vecina de al lado no me hacía ni caso, a lo mejor porque era extranjera o a lo peor porque yo estaba un poco paralizado, pero como se había convertido en mi lugar de peregrinación de cada tarde, pues no había manera de sentirlo ni de darme cuenta. Ella era como una película, ajena al espectador. Yo la miraba, ella miraba en otra dirección y rogaba a Dios para que en algún momento de la tarde, de mi vida, aquellas miradas se cruzaran. Aunque fueran por azar buscando una nube a la que ponerle forma. En palabras de la Visi, me lo dijo poco después: «No hay más ciego que el que no quiere ver». Pero eso yo no lo entendía porque me pasaba el día mirando. Y, a veces, mirar es amar. Pero sólo a veces.

Sólo a veces amar es esperar. «A las plantas no sólo hay que regarlas para que no se sequen, también hay que hablarles». La primera frase es mía, la segunda de la tía. Lástima que esa primera máxima la haya aprendido con muchas nubes de paso sobre mi cabeza creando formas raras y animales inflados, siempre ovejas con alas, perros con hocicos grandes y caras de angelotes sin orejas volando, que se apartaban y dejaban ver el sol. Amar es esperar. «Y hablar», habría añadido la tía.

—Dices unas tonterías, Visi...

—¿Lo de hablarle a las plantas?

—Claro. Con el sol y el riego les basta. Son plantas, no personas. No creo que te escuchen, te lo inventas.

—¡Qué cosas! ¿Tú has visto las clavelinas? ¿Las pentas? ¿Has visto cómo tengo la verbena? ¡Qué fuerza! Y... ¿la lavanda?

—De colores.

—Y vivas. ¡Vivas! ¡Llenas de flores! Que se mueren de envidia las vecinas y los matorrales. Lo mismo me da unos que otros. Que algunos se secan de mirar.

—Y ahora va a ser porque les hablas...

—Pues claro, porque les cuento, porque les canto...

—Si tú lo dices, tía.

—¿No me crees?

—¿Que les hables a las plantas? —dije—. ¡Claro! ¡Claro que me lo creo! Si lo raro es que no te hablen a ti ellas.

—Pues entonces... Tú me dirás.

—Lo que no me creo es que eso ayude.

—Pues ayuda. Te lo digo yo. Las plantas, como las personas, si nos hablan mejor, si no nos hablan, nos volvemos locas. ¿Tú has visto a la Isolina? Cómo se calla todo, cómo cocina muda, cómo se queda traspuesta... Bueno, que lleva así toda la vida. Ya la ves. Pequeñita. Que no ha crecido.

—Ya. Muy alta no es.

—Y mira *Maríamontaña*, ¿cómo la ves?

—Gorda —dije tras asimilarlo poco.

—Gorda, sí, rolliza, hermosota, viva, rellena de dulce. Pero porque le gusta hablar.

—Bueno, ¡y comer!

—Y hablar, hazme caso. La gente callada está consumida, seca como mojamas. Mira mi buganvilla, la del porche, si sólo le falta cantar como la Guillot.

—Aham —solté como quien dice amén en misa.

Se calló y me miró fijando sus risueños ojos pintados de verde en los míos, aturdidos ante la matraca.

—... como las plantas. Así te lo digo. A ti te parecerá un invento... o lo que sea —aclaró como si viera mi incredulidad—. Pero no lo es. Así que haz como en las películas, no dejes de hablar; y si no hablas, pon canciones. Haz que la vida tenga música. Que no es tan larga, Justo, que no es tan larga.

Entonces sacó de la despensa uno de los botes de cabello de ángel que tanto me gustaban y dijo: «Come, que el dulce es bueno». Entendí que cuando hablaba de plantas quería decir amor y que en esa conversación ambigua de riegos y música de lo que estaba hablando era de amar. Comprendí que se trataba de estar preparado para mimar las cosas que quieres. Me lo guardé para mí.

Pero yo, durante un tiempo, aguanté así, mirando, mirándola, mientras las nubes cambiaban de forma, el sauce lloraba hojas más largas que espaguetis y los deberes de clase se acumulaban en mi buró de dos cajones repletos de cartas sin enviar. La ridícula idea de cruzar la mirada con ella, la vecina que silbaba en el banco de su jardín, era suficiente para hacer tiempo. Hacer tiempo, qué paradoja, cuando lo que hacía era gastarlo.

Los pensamientos, lo mismo que los acontecimientos, se me acumulaban y pasaban los días con ellos.

—Si quieres algo, debes buscarlo —me dijo a gritos mi hermana mientras me ponía a la fuerza en el límite del acantilado para que perdiera el vértigo—. ¡Si no haces nada, no pasa nada! Escucha, miedica: si haces algo, algo pasa. Si no, ¡no!

—Eres tonta.

—Y tú un imbécil. Medio bobo.

—Y tú medio tonta. Bueno, ¡tonta entera!

—Te tiro, ¿eh?

—No serías capaz.

—Y tú, ¿vas a ser capaz? —me provocaba, agarrándome los hombros con sus manos—. ¿O vas a quedarte mirando como un pajarito tímido que espera que se vayan de la mesa para coger las migajas?

—¡Déjame!

—Te dejo libre si me prometes que pones un plan en marcha.

—Prometido.

—¿No tienes náuseas?

—Qué va.

—¿Y miedo?

—En absoluto. No. Nada.

—No quiero que seas un hermano miedoso nunca más —me dijo de forma cortante—. No me importa que seas un hermano raro, pero no quiero que por ésa te conviertas en un pelele.

—Pues no la llames «ésa».

—No sé cómo se llama... ¡Ni tú! Además, no me gusta que te quedes ahí, mirándola.

—Entonces, no lo hagas.

—¡Bah! La vecina no tiene nombre. ¿Cuál? —preguntó ella.

—Bueno, ya lo sabré.

—No soporto verte mirarla como un pasmado. Piensa en un plan...

Yo la miré con calma y pensé en el otro plan. Pero aquél ya estaba cerrado. Por eso vivíamos allí, por eso mi madre sonreía y leía en el jardín a Ernest Hemingway junto al sauce llorón, y por eso todo había cambiado. O casi todo. Mi hermana no era consciente de que yo sí sabía tramar planes sin que nadie se enterara de nada. Absolutamente de nada. De hecho, yo ya había perdido el miedo a las alturas, pero seguía haciéndome el miedoso para que ella se creyera la fuerte, la valiente. Prefería tener una hermana fanfarrona e indomable a una de esas crías del pueblo que sólo andaban coqueteando de forma ñoña con los chicos de la pandilla ajena. La mía, en cambio, bajaba sin frenos en su bicicleta por toda la cuesta desde el acantilado hasta casa de las tías. Y, lo mejor, sólo lo sabía yo. Bueno, lo sabía yo y el mostrenco con el que había empezado a hablar demasiado de música y con el que intercambiaba casetes de sus grupos favoritos.

—Te lo prometo, Liz.

—Vale, te suelto.

Me soltó y ambos nos quedamos callados, fascinados por el barco que pasaba a lo lejos dejando una línea en el azul. El mar bajo nuestros pies golpeaba las rocas y los dos escupimos en vertical para ver quién llegaba antes a la espuma de las olas. Fue la forma de firmar la promesa. Para ella fue un escupitajo, para mí una lágrima que voló hasta mezclarse con más sal. Deduje que así empezaba el otro plan.

Abrí las puertas del garaje y cogí mi bici. La sensación de bajar a casa de las tías para ver de nuevo a la Visi fue distinta a otras veces. El aire golpeaba mi cara y me despeinaba con fuerza, como si fuera a más velocidad que nunca. Me quité la camiseta —ya sabía ir sin manos— y sentí el aire en todo mi cuerpo, como si respirara por dentro y por fuera. Una idea brillante había surgido en mi cabeza, otra vez, más vital que nunca, y decidido me pasé la tarde esperando a que mi tía me diera conversación y magdalenas de limón.

Me senté en la cocina con ella y charlamos.

—Tía...

—¿Qué?

—¿Cómo se llama esa cantante que siempre...?

No me dejó acabar.

—Olga Guillot. Una diosa.

—Y... ¿cómo se llama esa canción que dice eso de «parte de mi alma»?

Ella nunca era normal —gracias a Dios, diría hoy—, y en lugar de responderme, se quitó el mandil y mientras se retiraba el pelo tras las orejas se arrancó a cantar a voz en grito mientras yo moría de vergüenza y de risa.

—«¡No existe un momeeeento del día en que pueda apartarte de mí. El mundo parece distinto cuando no estás junto a mííííí...».

Yo no paraba de reír tapándome la boca. Y ella seguía:

—«... No hay beeeeella melodía en que no surjas tú, ni yo quiero escucharla si no la escuchas túúúú...!».

—Ya. ¡Para tía, que me empacho! Y —insistí—, ¿cómo se titula esa canción?

A partir de entonces ella ya estaba dentro de la balada, sumergida en la letra como el pecio de un barco; había reemplazado la cocina en su imaginación por una pista de teatro de terciopelos y candilejas, aquello era ya su escenario y daba vueltas con rabiosa energía, recorría su cuerpo con sus manos manchándose de harina la falda y haciendo gestos de pasión. «Ni yo quiero escucharla si no la escuchas túúúú —seguía—, es que te has convertido en parte de mi almaaaaa...». La miré embobado, con otros ojos, buscando significado a la letra. Me senté en el suelo y ella cantó entera la canción para mí.

Entonces, sobre aquel escenario, apareció la voz ronca de Honorina desde la barandilla del patio:

—¿Cómo te atreves? ¡Loca! ¡Podías bajar el volumen de la voz! —dijo, haciendo aspavientos para que callara de una vez—. Están durmiendo la siesta tus hermanas, la Iluminada, Maravillas y la Ciriaca, con la noche que han tenido de fiebre las tres y tu aquí, ¡teatrera!

—Anda quita, ¡déjanos! Que estoy con el pequeño Justo.

—Que ya lo veo al muchacho, que no estoy ciega; pero no hace falta echar voces. ¡Qué valor tienes! —Y añadió haciendo un esfuerzo para no hablar de más—: Cara de prusiana.

Y resopló para cerrar y volverse arriba.

Casi en un susurro, pregunté:

—¿Qué te ha llamado?

—*Ná*.

Ella nunca me explicó qué era eso, pero me sonó a tremendo y yo lo he repetido muchas veces con las caras de la gente que no me gusta.

—Ya nos ha roto el clima —soltó la tía Visi, dejando los terciopelos y las luces de su imaginación y volviendo a las harinas y al cuenco de claras de huevo a medio batir.

Yo no paraba de reír y ella se sonreía por dentro, cómplice.

—*Contigo en la distancia*. Eso.

—¿Eso? Eso ¿qué?

—Pues eso, que así se titula. *Contigo en la distancia*. Ya me dirás tú para qué quieres saber la canción. No te irás a volver cantante...

—No, que me gusta.

—¿Quién?

—¡La canción, tía!

—Anda ya. Pero si eres muy crío. Y esa canción es de mayores.

—He crecido.

—Como si sirviera de algo crecer, mírame. ¿Vale de algo? Pues no, no vale de nada. Creces y te pones vieja. Claro, que mejor así a...

—Tía Visi, no llores.

La tía Visitación se giró hacia los azulejos de su cocina donde hacía años también había visto girarse a mi madre para ocultar otro tipo de lágrimas. La miré dejar caer su peso sobre el mármol como si todos sus años y su felicidad a medio batir entre claras y canciones se estuvieran derrumbando en sus muñecas, cansadas. Y del mismo modo que de más niño conseguí adivinar la cara de mamá en el reflejo de las baldosas, pude ver su tristeza, esa que ocultaba con canciones de amor. Me pregunté qué tecla había tocado para que se viniera abajo ella, la que siempre estaba alegre, la más espumosa de todas mis tías, la que enseñaba las piernas cuando bailaba moviendo las faldas como alas de mariposas para fastidiar a las otras, las secas de Isolina, Honorina, Esperanza, María Montaña... «Yo soy la rara porque he salido a la abuela Tránsito», decía justificando su singularidad ante Filomena, Ciriaca, Iluminada... Justificándose ante sí. Y yo, que no conocí a la abuela, me imaginaba que, si era como ella, habría sido también maravilloso oírla cantar y mover las faldas como mariposas. Por eso mi madre la adoraba como yo y me decía: «Cuida de la Visi, que nos necesita», porque seguramente en sus peculiaridades de ternura y excentricidad estaba la figura de la abuela ausente.

En los azulejos estaba el reflejo de la tristeza desplomada en la repisa, igual que aquel día que mamá me dijo que se había golpeado con la puerta del armario de los vasos «por tonta» y me dejó que le pusiera el paño mojado. «Como siempre voy con prisas...», explicó. Y yo, recuerdo, me sentí culpable y me quedé con ella, sentados los dos junto a la mesa puesta.

—No digas nada.

—No, mamá. No diré nada a nadie.

—Si papá pregunta algo, diremos que tú me has curado.

A mí, entonces, me pareció raro que mamá dijera eso, porque un golpe con las puertas puede dárselo cualquiera, ¿no? Fue decirlo y entrar la Isolina con la Visi y nos preguntó:

—¿Le ha pasado algo?

—La puerta del mueble, que los hacen muy altos.

—¿Y le ha dado?

—Al abrir.

La Isolina dijo que eran mejor cuando no tenían puertas y llevaban cortinillas de visillo. Pero la Visitación nos miró diferente.

—Aquí las puertas las carga el diablo— dijo—. El diablo.

Y todos se callaron.

Antes de que mamá se explicara, se oyó cómo entraba también la Ciriaca con no sé qué cosas para los embutidos, tripas o cuerdas de atar, y todas se pusieron en pie junto al fregadero. Unas vaciaron los platos y los vasos para que no estorbaran en el mármol y mamá me guiñó el ojo que le quedaba al aire, porque con la mano seguía tapándose el otro con el trapo mojado.

—¿Se puede saber qué le ha pasado? —preguntó María Montaña, que entraba taciturna con la cesta de flores rebosante de color para rellenar los jarrones.

—La puerta —se apresuró a decir la Visi. Y repitió—: Las carga el diablo.

Me volví hacia ellas y comprendí que mi lugar ya estaba fuera de allí, salí hacia el pasillo pero me esperé con la cara en los cristales. En los mismos que seguía ahora esperando que las baldosas blancas reflejaran el cambio de cara de mi tía. A veces es más fácil mudar de casa que mudar de emociones.

Esperé con las manos en los bolsillos contando las canicas de cristal con los dedos.

Hice tiempo para que se volviera a girar con su sonrisa y se me ocurrió hacer como con mamá. Pegué mi cara a los cristales de la puerta, soplé vapor abriendo la boca y dibujé un corazón. Luego toqué con los nudillos para alertarla.

Toc, toc, toc.

La tía Visi se giró buscándome en la cocina mientras se subía las gafas con el revés de la mano mojada, me sonrió y se dio cuenta de mi corazón. Vino hacia mí y agachándose hasta mi altura hizo lo mismo: soltó vapor, noté como se sonaba los mocos y dibujaba lentamente otro corazón desde el otro lado del cristal. En voz baja, no por hacer ruido, sino por sentirse confidente mía, me susurró: «Te quiero, mi pequeño Justo». Lo entendí como si lo hubiera cantado la misma Olga Guillot.

La miré y en lo que quedaba de vapor en el cristal, escribí: «Y yo».

Nunca una puerta cerrada ha estado más abierta que aquella tarde en la que las claras de huevo se quedaron hechas líquido, las nubes del cielo de mi pueblo crearon merengue para regalar pasteles a todos los vecinos y supe que *Contigo en la distancia* era el nombre de la valla que me separaba de la vecina.

«Querido Justo. Querido hijo. Hay días en los que mamá a lo mejor no está tan feliz como debiera. Pero sólo es por fuera, por dentro —debes saberlo—, te quiero con toda mi alma. Y también soy feliz de verte. Pero me pasa como a estas notas, que hasta que no las desdoblas no sabes lo que hay escrito. Hoy ha sido un día duro, pero porque estaba cansada. No me lo tengas en cuenta, ni tampoco busques culpables. Será el calendario, que no me gusta que pase el tiempo y ver que te haces tan alto... No podía irme a la cama sin decírtelo, que mañana ya será otro día, que te quiero.

Todo irá bien.

Te Adora, mamá».

15

Por caminar en tus zapatos

Roma, 14 de febrero, 17.30.

«¿Recuerdas, mamá, cuando te dije que te compraría unos zapatos con mi primer sueldo?». Rememoré, como si lo estuviera volviendo a decir con aquella voz de niño que crece con ganas de ser mayor urgentemente, mientras miraba a mi madre sentada en la iglesia, de espaldas, y a mi derecha se colaban unos turistas, de esos que van con prisas y mapas desplegados. «Quiero que mi primer dinero sea para comprarte unos zapatos. ¿Verdad, mamá? ¿Verdad que será mi primer regalo?». «¿Lo recuerdas?».

Los rayos del sol habían entrado sin permiso en la basílica de Santa Maria in Trastevere. Las sombras y los reflejos eran un juego de colores que enmudecía mi presencia. Llevaba el bolsillo del abrigo lleno de tus notas, coleccionadas y conservadas y releídas y aprendidas y pegadas y tatuadas. Todo eso que siempre me escribías para dejarlo junto a la almohada yo lo tenía guardado desde el primer día. Primero fue quedándose en la caja forrada de vaqueros del Oeste, luego pasó a una carpeta que me sobró del instituto y, con los años, cuando empecé a viajar por el mundo con la cámara, las metí en sobres como si fueran cartas para leerlas como si me acabaran de llegar y me hablaras. En realidad, llevaba años guardándote a ti. Porque guardar tus letras era guardar tus pensamientos y, siempre, como la raza humana es débil por naturaleza y yo lo he sido en más ocasiones de las necesarias, recurría a ellas como quien recurre al alcohol para subirse el ánimo. Y en cada nota yo me descubría como un ser nuevo.

—Cuando te encuentres mal, sube el volumen de la música.

Ya me hubiera gustado parecerme a la tía Visitación en esos momentos de anemia emocional y hacer caso a sus palabras. «Menos mal que no has salido a tu padre, menos mal», decía ella. Y lo repetía moviendo las alas de su falda para volar a su modo y quitarse las migas de la comida al mismo tiempo. La respuesta que quedaba entre líneas era que el segundo armario de la cocina estaba muy desatendido —afortunadamente— desde que él murió. El único vino que quedó en nuestra nueva casa era el jerez para las comidas, el anís de la Visi y el moscatel para las visitas que mojaban la tarde con roscos de canela y conversaciones sobre el tiempo.

La iglesia romana tenía el olor que tienen las iglesias cerradas. Esa paz extraña que mezcla madera, cirios calientes y la humedad de la piedra que va sorbiendo perfumes e inciensos. Igual que la capilla de Calabella. Lo único que de verdad me apetecía era sentarme al lado de mamá y hablar largo y tendido de los recuerdos, pero me invadió de lleno una repentina culpa. «Todo ha ido bien, ¿de qué te puedes quejar? Soltaste únicamente las cuerdas del barco y la nave desapareció mar adentro», me dije. Fue en ese momento cuando me di cuenta de que la Madre y el Niño del altar éramos tú y yo, que no habían cambiado las cosas tanto, que seguías confiando en mí y que, a pesar de los traspiés y los errores, seguirías haciéndolo. Pero continuaba parado. Debería decir paralizado. Todavía estaba pegado a la pila del agua bendita como si papá me fuera a empujar al fondo. Mi defensa ante un jurado sería: «Entonces era un niño. Mi intención era ser feliz». Pero una parte de mí, esa que a veces recapacita y remueve los cajones, seguía castigándose por el pecado.

—Tía, y si he pecado... ¿qué hago?

Noté que la Visi se concentraba.

—Vamos andando hacia la calle, que te dé el aire, que los niños no pecan, que si pecan es de buenos, y tú eres bueno. Y... ¿sabes qué?

—¿Qué, tía?

—Que el tiempo cura los pecados de niño. Porque se olvidan y porque el resto los olvidamos.

Me abrazó y me llenó la cara de restos de azúcar.

—Yo, que lo sepas —remarcó—, no me he dado cuenta de tu pecado y si la tía Visi no se ha dado cuenta de tu pecado es que nadie se ha dado cuenta de nada. Así que no lo vuelvas a repetir y punto.

Efectivamente.

—No, no. Si no lo voy a repetir.

Silenciamos los dos. Nadie dijo nada por unos segundos. Mi corazón iba tan alterado que podían moverse los botones de mi camisa. Arrancó ella a hablar de nuevo.

—El tiempo pasa y... —añadió—: El tiempo está de tu parte.

—Y tú, tía, ¿estás de mi parte? —pregunté cómplice, ofreciendo pistas infantiles con ganas de agarrarme a las alas de su falda.

Se lamió los dedos en los que debían quedar más restos de azúcar de algún dulce que estaba haciendo y me dijo:

—Querido Justo, el tiempo, yo y todos estamos de tu parte. No podemos cargar con el pasado, Justo, no podemos.

«¿Recuerdas, mamá, cuando te dije que te compraría unos zapatos con mi primer sueldo?», repetí hacia dentro en una muda pregunta mientras te miraba sentada de espaldas.

Ese ser producido que era yo, cuyo nacimiento llegó en una madrugada llena de lluvia (cuántas veces me lo habías contado el día de mi cumpleaños, ¡cuántas!, para que me hiciera a la idea del parto, de las lentas contracciones, de lo feliz y atropellada que fue mi llegada), estaba allí. Toda nuestra breve historia —cambiada con un perverso plan infantil que revolvió la casa, la familia y hasta la vida del pueblo— había sido distinta. O no, a lo mejor en el destino estaba que yo hiciera aquello y que nos tocara ser felices. O sí, en mis manos había estado cambiar el rumbo de todo.

Te los compré y estoy seguro de que lo recuerdas. Te compré con mi sueldo aquellos primeros zapatos porque era una promesa y porque siempre decías que necesitarías el tacón para ser tan alta como yo, que había crecido mucho y que sería como ir a mi paso caminando. Toda mi vida he pensado en esos zapatos, en los tuyos. Y mi mayor obsesión desde niño ha sido crecer para trabajar y esperar cuatro semanas a que me pagaran para —lo recuerdo como si fuera hoy— ir a la zapatería a elegir unos de tu número. El 38. Así fue.

Y cuando sonaron las campanillas de metal de la puerta de aquel establecimiento al que iba por primera vez, porque yo tampoco he sido de comprar muchos zapatos, sino de agotarlos por comodidad, sonó tu voz con esos carrillones y fue como si alguien arrancara las hojas de los meses de muchos calendarios, una tras otra, arrastrando el tiempo a la fuerza, para que desde aquel día en que te lo prometí de pequeño y ese otro día en el que cumplía la promesa no hubiera más que una insignificante elipsis temporal.

Un joven dependiente se aproximó a mí para ver qué deseaba.

—Unos zapatos de madre, de mujer, quiero decir.

También recuerdo su cara de sorprendido. Yo ya era fotógrafo y esos gestos de pasmo, como de sobresalto y recelo, sabía lo bien que quedaban al revelarlos en el laboratorio. Pero no llevaba mi cámara, llevaba el dinero en el bolsillo.

—Para mi madre.

—Para su madre —repitió como un eco.

Y en ese momento en el que él, ya fuera de la incertidumbre absurda, dijo «su madre» en una resonancia de dependiente que empieza en el trabajo y quiere ser amable, yo me metí las manos en los bolsillos —como de niño, ¿recuerdas?— para que la reverberación de la palabra no hiciera más estrépito en mi emocionada ilusión: tus zapatos.

—Mi madre lleva el número 38 y es una mujer muy sencilla. Querría algo normal.

Me giré buscando algo que me recordara a ella entre aquella inmensa galería de pares impares y precios en rojo.

—¿Ha pensado en algún color?

No contesté. Me quedé abstraído en un reluciente mar que, entre unas barcas cubiertas de redes y velas plegadas, aparecía pintado en un cuadro tras el mostrador. El cielo, más claro que el mar, también azul, me llevó al verano. En Roma, esa tarde de reencuentro, hacía frío. De hecho, tenía los pies helados y podía sentir todos y cada uno de los azulejos bizantinos de la basílica de Santa María bajo los míos. Siempre hace frío los 14 de febrero.

Te acuerdas, mamá, ¿verdad? Dime que te acuerdas de cuando llegué a casa con la caja envuelta en un papel de camelias dibujadas —aún no lo sé, porque nosotros nunca tuvimos camelias en el jardín, pero debían recordarte a Francia y a esos libros de Hemingway y su París— que busqué a propósito para la caja. Era como si llevara un joyero. Esos zapatos eran la promesa y la confirmación de que todas tus notas sobre mi almohada habían surtido efecto, que igual que yo cambié nuestra vida con mi plan, tú habías cambiado la mía con tus palabras. Qué poco hablabas en persona y cuánto hablabas entre líneas.

Sonó una música de órgano en el templo y te moviste ligeramente en el banco buscando de dónde venía el sonido. Yo me estremecí porque todavía no estaba preparado para sentarme a tu lado.

Me invadió de lleno todo tu amor al meter mi mano en el bolsillo y como en un sistema braille notar tus letras en mis yemas. Cerré los ojos. Al abrirlos eché a andar hacia tu asiento para ponerme a tu lado, pero con ganas de acurrucarme en tus brazos.

Hablé. Me temblaba la garganta.

—Mamá. Soy Justo.

«Hoy me he ido a la playa y he cogido este bote de arena para ti. Te lo he dejado en tu mesilla de noche. ¿A que es bonito? Tu hermana está muy rara, pero ya sabes cómo es... Ha salido a papá. Y quiero que sepas que estoy muy contenta de que te parezcas a mí... Tú mismo lo dices, y cada vez que lo dices, me tengo que esconder a llorar (de alegría). Por eso hoy quería cogerte este bote de arena, porque sé que un día te irás, te harás mayor —no tengas prisa, que el tiempo es lo único seguro que pasa— y buscarás otros lugares. Será otra orilla, pero tendrás nuestra arena.

Que me tienes. Que te quiero. Que te adoro.

Mamá.

Te Adora».

16

EMPECÉ A ENAMORARME PERDIDAMENTE DE ELLA

1 de agosto de 1981.

No me atrevía a saltar la valla. El señor y su hija —todavía no sabía los nombres de nuestros vecinos— caminaban con sus papeles de música por su jardín y la mano acompasando las notas tal y como el padre iba indicando. Señalaban al norte, al sur, al este y al oeste, pero se suponía que eran «compases».

Había ido cambiando el entorno, no sólo porque el señor italiano cuidaba las plantas con un mimo calmoso y podaba los árboles subido a una escalera de tijera, también había hecho un camino de piedras en forma de ese que llegaba hasta su banco de madera que, fijado al suelo, miraba al horizonte, y la mesa vieja de unos dos metros de largo había pasado de ser un trasto estropeado a parecer una extensión del mar, pintada de azul índigo, como dijo mi hermana Liz. Las cosas iban cambiando. De momento parecía que no deseaban mantener una relación con nosotros, sólo una privada y muy simple con su entorno. Madrugaban, desayunaban en el gran ventanal que daba al porche, su porche, y se ponían la música a sonar. Parecía piano. «Es él el que toca», dijo mi hermana. «O ella», dije yo en su defensa.

En mí crecía un enamoramiento ingenuo e intranquilo, como son todos los enamoramientos al principio. Y esperaba que salieran al jardín con obstinado entusiasmo. Allí es donde se ponían con los compases y con esa forma tan femenina de lanzar la mano al norte, la mano al sur, la mano al este, la mano al oeste... que parecía volar.

Yo no sabía que las mujeres tenían las manos tan delicadas porque las de mi familia siempre llevaban callos de coser, de picar almendras, de subir troncos para el hogar o, simplemente, de apretarlas para rezar. Ella, la vecina, tenía los dedos largos y finos, «como para tocar el piano». Esto también me lo dijo mi hermana. O la tía cuando le pregunté. No lo recuerdo. Pero sí me acuerdo de lo que me dijo:

—A las personas que tocan el piano se les alargan los dedos porque necesitan llegar a las teclas negras. Es como el cura, que de abrir los brazos en misa los tiene más largos. ¿No lo ves? Debe ser cosa de Cristo.

Yo no sabía que con la ilusión o con el esfuerzo podíamos cambiar nuestro cuerpo. Yo, creo, agudicé la vista. Y el oído, porque de tanto escucharlos ya estaba aprendiendo italiano.

—*Sabato pomeriggio, domenica, tempo libero, vuole andare a casa sua, come ti chiami, di dove sei, dove abiti... piacere... bene... grazie...*

Necesitaba seguir conquistándola. Me fui al garaje a por la bici, grité: «¡Ahora vuelvo, mamá!».

—¿Has adelantado algo en el cuadernillo?

—Sí, *ciao!* —dije. Y me lancé por mi particular camino de baldosas amarillas hasta casa de las tías.

Mamá me dirigió una sonrisa benevolente.

—*Ciao* —contestó.

El camino de arena a toda velocidad era como las nubes del oeste que tanto me gustaban, parecía que en lugar de sobre dos ruedas —remendadas con parches por el mostrenco— iba sobre un caballo de manchas indio galopando en busca de tesoros. Esa sensación se me repitió de mayor cuando en vez de saltar charcos imaginaba que evitaba océanos. Corrí, o debería decir, galopé con mi bici hasta girar la curva en la que ya se divisaba el pueblo, dejando mis miedos en casa. Las manos me temblaban en el manillar —las riendas— por los baches, por los nervios, por las ganas, por el deseo, por todo.

—No vayas deprisa —me había dicho mamá mientras cerraba la portezuela—. ¡Y ten cuidado!

Pero el «ten cuidado» me pilló ya lejos. Como siempre te pillan las advertencias.

La casa de las tías —antes de la abuela Tránsito— estaba abierta de par en par y desde la misma calle se oía el murmullo del agua del grifo del patio al que ataban un pañuelo para que chorreara recto y salpicara menos. Ese trapo siempre me pareció un fantasma, porque no dejaba de moverse con el agua en su interior. Absurdo, sí.

Antes de que pudiera dejar la bici apoyada en la entrada, junto al paragüero de los sombreros, me sobresalté.

—¡¿Qué ha pasado?! —grité.

Se giraron todas. La Isolina, la Filo, la Ciriaca, la Iluminada, Maravillas, la Esperanza —gruñendo—, la Honorina, María Montaña masticando algo y, claro, la Visi. Todas al tiempo, como uno de los compases de música de los italianos. Pero no dijeron nada. Vamos, como si nada.

—¿Que qué ha pasado...? —repetí, esta vez con menos énfasis porque ellas me miraban serenas y sin el alboroto de otros días.

—Aquí estamos.

—Ya veo.

Era lo único que podía certificar. Que sí, que estaban. Todas. Dispuestas en abanico negro.

—¿Quién ha muerto? —solté al verlas.

Debería haberme callado, pensé. Mamá siempre tenía razón: «Ante la duda, mejor callar».

Aquel aquelarre de tías vestidas de negro era el escenario de un cortejo fúnebre pero rodeadas de geranios, pentas y clavelinas.

—Alguien ha muerto, ¿verdad?

Nunca lo había preguntado así desde que desapareció mi padre, pero aquello fue otra cosa.

—Es el final de una etapa, Justo.

—¿Quién? —espeté, volviendo a meterme las manos en los bolsillos.

—Nosotras.

Ahora, treinta años después y vistas tantas noticias por el mundo, con las fotografías que he realizado a lo largo de mi vida, habría pensado en un suicidio colectivo, en una secta satánica de mujeres vestidas de negro. Entonces no. Entonces no había oído hablar de eso, ni siquiera había leído *La casa de Bernarda Alba,* que era —lo miro con la distancia de la tranquilidad— lo más parecido a aquel cuadro de tías vestidas de luto, velos sobre la cara y rosarios entre los dedos.

—¿Vosotras? ¿¡Estáis muertas!? ¿Os habéis muerto todas? —Miré el grifo. Y el pañuelito que mantenía el agua en un chorro fijo me pareció que iba a echar a volar sobre sus cabezas haciendo la función de fantasma—. ¿Todas muertas?

La bici se descompensó del paragüero y cayó. El estrépito fue definitivo. Me derrumbé en el suelo del susto. Y las «muertas» se arremolinaron sobre mí para salvarme, con el acierto de que Isolina, ella tenía que ser, arrancó el pañuelo mojado de la espita del patio para refrescarme la cara. (De buenas intenciones está hecha la vida). Fue sentir la cara mojada y el pañuelo blanco en mis ojos y... creer que yo, como ellas, también estaba muerto. Esa niebla de algodón húmedo sobre mi rostro sólo es comparable a la primera y última vez que tomé drogas en un garito de Londres.

—¡Justo! ¡Justo! ¡Justo!

—¡Mi niño!

—¿Qué pasa? ¡Despierta!

—¡Vamos!

—No pienso moverme hasta que despiertes...

—¿Pero qué te pasa?

Nunca conté a nadie lo sucedido. Sólo ahora. Y aguanté con los ojos cerrados porque, tumbado en medio de tías, geranios y clavelinas, me rasqué los bolsillos y luego intenté mover los dedos de los pies tal y como había visto en las películas del Oeste. Estaba vivo.

—Ha vuelto —dijo la Visi, estudiando mi cabeza en busca de heridas.

—Ya abre los ojos —soltó la gorda de la María Montaña, dejándome sin aliento con su peso muerto sobre mi pecho. Si ellas eran las apóstoles de Dios en la tierra, ya podía darse por seguro la Creación; aquella marabunta de monas y afecto para levantarme era tan excesiva como agobiante.

—He vuelto, sí. Y estáis locas. Todas estáis locas.

Entonces, lo pienso ahora, debería haber dicho que estaba muerto y que se fastidiaran. Pero como estaba la Visi, me daba pena.

El funeral de mujeres vestidas de luto se descompuso y rompieron filas hacia sus sillas. «Ay, creía que todo había terminado», «El susto que me he *llevao*», «El hueco de angustia que se me ha puesto en el pecho no se me va», «Traiga agua del Carmen», «Venga, Isolina», «Vamos», «Y anís».

A lo largo de los años he asistido a muchos funerales y la mayoría se parecen, pero nunca había participado en el mío.

Mientras se retiraban los velos de la cara y se guardaban los rosarios en sus cajitas, yo me fui hasta la entrada para ver mi bici y ponerla bien. Esta vez la apoyé entre dos sillas de boga que pesaban más y la mantenían recta. Una semana después, por cierto, el mostrenco amigo de mi hermana me puso un caballete para que pudiera apoyarla donde quisiera sin miedo a muertes. «Te lo he *robao* del taller del José», me dijo al atornillarlo. Supuse que lo había desatornillado de otro lugar.

—¿Dónde te creías que estabas? —me preguntó la Visi.

—En el infierno —repuse—. En algún lugar del limbo.

—Pero muchacho, ¿no ves que estamos todas?

—Ya lo veo.

—¡Estupendo! —soltó Maravillas sin venir a cuento.

—Toma agua del Carmen. Mantiene la calma.

Yo obedecí y sólo el olor a dulce me colocó como a los borrachos. Aquello era azucarado y alcohólico a partes iguales.

—Es suave, un caramelo. ¡Venga!

Me puse la mano en la frente porque todavía tenía el agua del trapo del grifo chorreándome por las pestañas. El sol entraba en el patio y también ayudó a poner luz en aquel funeral.

—Justo, nos estábamos probando las mortajas.

No daba crédito.

—Pero pensáis moriros... ¿ya?

—No, es por las tallas.

—Mírame —soltó María Montaña—. Como subo de peso una semana y bajo la siguiente...

—Bajar no baja, más bien sube —dijo perezosamente la Honorina.

—Despiérteme cuando se calle, guapa.

En aquel instante sentí que la muerte, para ellas, era una fiesta, que se preparaban como si fuera el día de la patrona. Que les daba igual vivir que morir, pero —por si acaso— preferían estar listas para ese momento.

Las observé a todas. Todas de negro. Alguna con las costuras abiertas y sujetadas por alfileres, otras con los hilos colgando y la aguja peligrando por la rodilla.

—Pero... ¿todo va bien? —pregunté.

—Sí —repuso la Ciriaca de una forma totalmente irreflexiva—. Claro que va bien. Esto es todos los años, que se empeña la Isolina que hay que estar listas para el Señor.

—Sin ofender, pero es el único señor que va usted a catar.

—Calle, indecente.

La tía Visi sonrió iluminando la negrura, lo que sirvió para salir del naufragio de muertes y mortajas preparadas en el que se habían instalado. Nada me calmaba más que su risa.

—¿Qué diferencia hay entre un vestido de boda y una mortaja?

—El color.

—Al menos la mortaja te vale para toda la vida.

—... eterna.

—¿Y no sería mejor que os hicierais vestidos de novia...? —dije sin dejar de frotarme el brazo.

—¡Ah, no! Eso da mala suerte.

—¿Y esto no?

El olor a melocotones me llevó al interior de la cocina, cogí dos y me los metí en los bolsillos de la cazadora.

—¿No quieres magdalenas? —comentó la tía Visi—. ¿Magdalenas de chocolate? Las he hecho con una cobertura dulce buenísima que seguro que te apetece...

—¿Tienes?

—Las acabo de hacer. Están calientes. ¿No hueles?

—Mmmmm... Vale.

—Ya voy yo —se ofreció la Isolina.

Se levantó de la silla y la acompañó a la cocina. Al pasar a mi lado olí su perfume, imaginé que además de mortaja, también se irían al otro mundo perfumadas con Joya. Mi tía favorita me envolvió una en una bolsa de papel y las restantes en otra diferente. «Me temo que te vendrá mejor llevar una separada», me dijo.

En cualquiera de las circunstancias de la vida habría pensado que me leía el pensamiento. Fue un gesto feliz —más que la escena con la que me había encontrado al llegar— y que hablaba de la conexión que siempre tuve con mi tía.

—¿Te acuerdas del título de la canción? —me preguntó, dándome las dos bolsas.

—¿La del otro día? —me hice el inocente.

—Pues claro, ¿cuál va a ser?

—*Contigo en la distancia.*

Abrí las puertas de la entrada y contemplé la calle. La sensación de libertad y amor que proporciona tener un destino es incomparable con nada; salí de allí después de ver resucitar a las mujeres de mi casa y con la vida como rumbo en mi hoja de ruta: ella. ¿Por qué no había de hacerme caso? ¿Por qué aquella chica extranjera de flequillo al viento no iba a girarse alguna vez hacia la valla de mi jardín? ¿Por qué no, en uno de sus compases al norte, al sur, al este y al oeste, iba a tropezarse con mi mirada? Tenía mi magdalena para ella. Mi felicidad era comparable a la levadura que había hecho estallar aquella masa de azúcar, harina y ralladura de limón. Yo iba en esa bolsa. Entregársela en secreto, otra vez, en su puerta, era como entregarme yo.

Me senté en la bici y eché a correr, debería decir a galopar otra vez, porque la calle en cuesta de los Remedios fue como una corriente de aire que jugaba a mi favor, levantando mis ruedas del suelo, llevándome mis pensamientos hacia ella.

«¡Mírame! —pensaba con los brazos extendidos en el manillar—. ¡Mira quién corre hacia ti!».

Las magdalenas rebotaban en la cesta de la bici, sin peligro, sin perderlas de vista, con la sensación de que habían desaparecido los vértigos, los miedos y el empuje de aquellas olas que estallaban en el acantilado. Todo eso que sientes la primera vez que te enamoras y que es imposible de ocultar, porque el amor, como el dinero, tiene campanillas.

De buena gana habría entrado volando por la ventana, pero es evidente que la fantasía puede más que la realidad. Me detuve unos segundos en la valla de la entrada a la vivienda de los italianos. Apoyé la bici en su coche y caminando con sigilo llegué a la puerta de su casa, que es como decir que llegué al amor. Por suerte, no había nadie.

Dejé la bolsa con la magdalena en el suelo y... —¿por qué no hacer lo mismo que en la anterior ocasión?— dibujé con una tiza un corazón rodeando el regalo.

«Abrirá, me entenderá, me buscará, me mirará en el jardín...», pensé nervioso mientras cerraba el corazón de tiza.

Toqué el timbre y, frenético, me subí a la bici para ir corriendo a mi casa. Volando. No me giré ni un solo segundo, y mucho menos en una propiedad privada. Creo que fue entonces cuando se me pellizcó el pantalón en la cadena de la bici, o en los pedales, porque no lo recuerdo, y tiré fuerte para salir de allí; en aquel momento, me pareció que tal vez podía salir su padre.

—¿Dónde estabas?

—He bajado a merendar con las tías... Estaban muertas.

—¿Qué dices?

—Probándose las mortajas, han dicho.

—Y por eso estás tan blanco, imagino, ¿no?

Tenía hambre y me senté bajo el sauce para comerme una de las magdalenas de la tía Visitación. ¿Nervioso? Mucho. Todo lo nervioso que se puede estar cuando sabes que has encendido por segunda vez la mecha de la pólvora.

17

La cena está servida

—¡Justo!

El mar estaba algo alterado, como si conociera mi estado de ánimo. Pero no era él quien me llamaba, era mamá.

—¡Justo! ¡A cenar! —gritó desde la cocina.

Yo seguía bajo el sauce empapado todavía en sudor. ¿Cómo había llegado tan rápido desde la casa de las tías? ¿Cómo no había esperado a que abriera la puerta? ¿La habría cogido ya?

—¡Justo!

La cara de mamá estaba pegada en la cristalera, y al verme salir de entre las hojas del árbol, me guiñó un ojo y me dijo vocalizando: «Pa-sa den-tro». Sonrió.

Levanté los ojos hacia el otro jardín: nadie me contemplaba. Estaba vacío. Temblé de placer al imaginar que ELLA ya había rescatado mi regalo del corazón.

—¿Qué? ¿No oyes a mamá? —preguntó de pronto mi hermana Liz, que venía con el pelo alborotado como si ella fuera la que hubiera subido a toda prisa desde casa de las tías—. ¿Vienes o no vienes a cenar? ¿No oyes a mamá? —Intenté, sin remedio, hacerme de rogar—. Creo que has «cruzado la frontera», ¿me equivoco? Te he visto salir de su verja...

Yo, como es conveniente en estos casos, mentí.

—En absoluto.

—Te he visto —afirmó ella, poniéndose seria—. Y he visto que dejabas algo en la puerta. Lo sé. Y que pintabas algo.

¿Tu nombre? —Cogió aire—. Pero ahora, como eres mi hermano y yo soy tu hermana, me dices qué es lo que has dejado y pasamos dentro. Mamá nos espera.

Persuadido por su tono de voz, me levanté y me retiré los espaguetis verdes de mi cara, y recuerdo la sensación de agobio, no por las hojas, sino por mi hermana, que fue como si estuviera cruzando el Amazonas a machetazos.

—¿Me lo vas a decir?

Puse una mano sobre su hombro, igual que hacía ella conmigo para quitarme los miedos a las alturas en el acantilado, y le solté tranquilamente —no sé cómo, debió ser la genética familiar—, con tono de persona mayor:

—Ni es asunto tuyo ni te importa.

Hacía tiempo que mi hermana no se quedaba impávida ante mis palabras, porque siempre había sido al revés. «Ni te importa». Parecía como si el amor, súbitamente, cobrara fuerza en mis cuerdas vocales y hubiera hablado por su cuenta.

Retiré la mano de su hombro y ella ni se movió.

Yo eché a andar hacia casa.

—¡Justo Brightman!

Me giré. Era mi hermana otra vez. Mal asunto si utilizaba el apellido de papá.

—¿Qué? —contesté.

Se acercó a mí, cogiéndome de la mano.

—Deja de hacerte el chulo conmigo.

—¿Cómo?

—Que te has puesto muy gallito. Y te conozco.

—Yo también te conozco a ti.

—A lo mejor no tanto.

—Mejor.

—¡Deja de juguetear con las palabras!

—Vale —dije mientras echaba otra vez a andar.

—¡Tú! ¡Espérate! —gritó.

Yo inhalé hondo y me metí las manos en los bolsillos. Había perdido el miedo a las alturas y ahora, supongo que por el amor, había crecido también en autoestima.

—¿Qué me dirías si te cuento una cosa que sólo sé yo...? ¿Qué me dirías si te cuento el secreto?

—¿Cómo? —contesté.

—¿Te encuentras bien?

—Sí.

—Pues no lo parece.

—¿Cómo? —repetí.

De repente me puse nervioso.

—Somos hermanos —dijo Liz.

—¿Y de qué secreto hablas?

—El garaje.

Me sobresalté. El día del «plan» apareció otra vez por mi cabeza, como si un tren pasara de largo por la estación y dejara espantados a los pasajeros del andén. «¿Qué?».

—Es necesario que estés dispuesto a lo peor. Vuelve a meterte bajo el sauce, por favor.

—¿Qué te hace pensar que quiero saber tu secreto? —le pregunté.

Retrocedí un poco.

—Que es mejor para los dos.

Sus palabras me llenaron de dudas. De pronto me acordé del día de la fiesta, de cómo salí de casa con papá, del bar, de la conversación, de Ava Gardner esperando en la estación, de mamá al saber la noticia, de mi caja...

—No tengo otra alternativa, ¿no?

Ella rio mansamente.

—Mamá no lo sabe. —Nos callamos durante unos segundos; luego, mi hermana prosiguió—: Ni lo sabe ni se lo vamos a contar.

—No te estarás haciendo la interesante... —pregunté con voz meliflua.

—Lo único que quiero es compartir un secreto. Y así tú compartes el tuyo.

Bajé las defensas y dije:

—Pero si ya me has visto entrar en casa de los italianos, qué más te voy a decir.

—¡Ja! Pues lo que has dejado allí.

—Me da vergüenza.

—Ahora, de repente, al chulito le da vergüenza. Pues cuando te cuente yo...

—Sé que no pararás hasta sonsacarme todo.

—Adelante —indicó mi hermana.

Aquella tarde, mi madre había guisado ternera con verduras, mi segundo plato favorito después del calabacín rebozado con huevo. Y debía de tener los sentidos tan a flor de piel que podía oler la ternera humeante desde el sauce llorón. La luz del salón se encendió y la silueta de mamá se vio otra vez en el ventanal.

Mi madre nos hizo gestos con la mano de que pasáramos.

—¡Venga! —me dijo mi hermana apurada.

—Después te lo digo —sugerí.

Yo asentí con la cabeza a mamá. Y mi hermana aprovechó para lanzarme: «Eres un gallina», pero me dio igual. A mí lo que me daba era vergüenza y eso que ya había enterrado el único miedo posible: que supiera lo de la noche de San Juan. La tía Visi siempre me decía que «Dios estaba de parte de los buenos, que yo era bueno y que los buenos siempre ganan al final». Parecería razonable el argumento si uno supiera de antemano cuándo es el final, pero nunca se sabe. Ni siquiera con las mortajas preparadas en la talla justa.

—No te preocupes —me soltó mi hermana—. No se lo pienso decir a nadie. Además, lo mío es más fuerte.

—Cuéntame —le dije tranquilizándola.

—Ahora no me da la gana a mí.

—Tablas entonces.

Sin embargo, ella estaba dispuesta a hablar y mientras caminábamos hacia el porche me pidió que no se lo dijera a mamá. Fui a jurarle que no se lo diría, abrí la boca y ella lo soltó:

—Me he tirado a Ramón.

—¡¿A Ramón?! —pregunté sin dar crédito.

—¡No grites! ¡Sí!

—¿Al mostrenco? —susurré al verla alterada.

El olor a guisado era intenso cuando mamá abrió la puerta para dejarnos entrar. «No digas nada», me dijo pasando al salón. Evidentemente que no iba a decir nada.

Sucedió de repente. De repente supe que mi hermana era mi hermana de verdad, que todo lo que nos separaba nos unía más fuerte, que esas diferencias que se ven desde fuera no lo son desde dentro y que, a pesar de los tropiezos y de los genes, ella era «mi hermana, mi confidente». Los viejos barcos vislumbran los faros que los avisan del peligro de rocas, de escollos, de peligros. Y mis ojos, para ella, en ese momento, fueron eso: dos faros en los que evitó más obstáculos. Las preguntas. A partir de entonces la observé con atención. La empecé a mirar con otros ojos.

Pasamos a la mesa y los tres platos —con el consecuente y eterno hueco de papá— nos esperaban llenos de ternera guisada todavía humeante. Hummm. Nunca he vuelto a saborear ese gusto ni en los mejores restaurantes del mundo. El sazón de una madre se queda con ella. No creo que el paladar cambie con los años, cambian los recuerdos que pasan a ser fábulas de tu niñez.

Mi hermana me susurró «gracias», al mismo tiempo que me daba una patada bajo la mesa. Sonreímos. Creo que ella se quedó en esa mezcla de rechazo y deseo que provoca el sexo con alguien a quien quieres y no quieres al mismo tiempo, y yo, por el contrario, me teletransporté al jardín vecino como una cometa que necesita viento a favor para volar. Crucé los muros como Drácula cruzaba los siglos en busca de su amor.

—¿Está rico?

Ni mi hermana ni yo contestamos. Mamá optó por rellenar los vasos de agua.

Pensé qué estaría pasando en la otra casa. Oí incluso la voz de la vecina al sonreír descubriendo su regalo con mi corazón de tiza pintado en el suelo de su puerta. Yo había empezado a convertirme en su Romeo.

—¿Cómo te ha ido el día, Justo? Contadme, que nunca me contáis nada.

—Muy bien, mamá.

—Tienes mejor aspecto que antes. ¿Y tú, Liz?

—Como siempre. ¿Qué le ha pasado antes?

—Nada, que tu hermano ha visto a las tías muertas.

—¿Qué dices? ¿Muertas? ¿Cómo va a verlas muertas?

—Ya sabes, las cosas de las tías, que hoy las ha pillado probándose las mortajas a todas juntas y se habrá quedado...

—Flipando. Están locas.

—No están locas, están preparándose para el final. Es lo que me han dicho, que como engordan y adelgazan van cambiando de talla.

—¿Y tú, Liz?

—Yo, bien, gracias. De momento, muy viva.

Mamá se quedó extrañada ante la respuesta de mi hermana y yo salí en su ayuda:

—Las tías me han dado recuerdos. Y me han dado una bolsa de magdalenas para ti. Para desayunar, ¿no?

—¿Ha sido la Visi? —preguntó mamá.

—¡Quién va a ser! El resto se las habrían comido.

Experimenté la sensación que deben tener los fantasmas, atravesar paredes. Me desabroché un botón de la camisa y me arremangué. ¿Por no mancharme? No. Por calor. ¿Por qué no habría esperado a que me viera en pie frente a su puerta? ¿Le habría gustado? ¿Yo? ¿El dulce? ¿Los dos? Mi decepción era comprensible. El primer amor. Hoy, tantos años después, puedo decir que el único.

—¿Y qué demonios has hecho bajando a casa de las tías cuando debías estar con el cuadernillo?, ¿eh? Te avisé, seguro que ahora te toca quedarte.

—Para que me diera el aire.

—¿Aire?

—Hace buen tiempo, mamá —saltó mi hermana—. Yo a lo mejor también pido al ayudante que me arregle la bici, la mía.

—¿A Ramón?

Peligro, pensé.

—Sí.

A partir de entonces, vi las miradas de dos mujeres, no las de mi madre y las de mi hermana cruzándose entre ternera, ensalada, pan y jarra de agua, no. Vi el encuentro de dos mujeres que saben de aullidos y de parpadeos inconscientes. Liz tampoco me contó mucho lo que había sucedido y si iba a suceder más, porque ni me importaba ni estaba dispuesto a corresponderle con mis secretos. Bastantes tenía.

Desapareció la tensión cuando encendí la tele.

18

Las estrellas se iluminan si quieres

Unos días más tarde, mi hermana estaba tumbada en su cama mirando el techo. Tenía unas pegatinas de estrellas que no se veían con la luz encendida y por eso se quedaba a oscuras, porque provocaba —según ella— un efecto muy agradable «sentirse iluminada por su constelación». Yo tenía algo parecido, pero en forma de virgen, una que me trajo la tía Visi de Lourdes y que cuando apagabas la luz se ponía brillante y te acompañaba toda la noche como un faro. Bueno, te acompañaba hasta que te dormías, porque en mis desvelos descubría que la figurita ya no estaba encendida. Sólo tenía que encender la luz y que se cargara otra vez de fósforo fluorescente.

—¿Crees que puedo estar embarazada? —dijo en voz baja en cuanto cerré la puerta de su habitación estrellada.

No me dio ni tiempo a reaccionar.

—¿Lo has hecho del todo?

—Pues claro que lo he hecho del todo. ¿Cómo, si no?

—Y... ¿ahora?

—Pues silencio en esta casa. Te callas. Y si me engordo, me tiro por el acantilado.

—No seas bruta.

—¡No tengo ningún miedo!

—Si no tuvieras miedo, Liz, no dirías eso. Lo asumirías.

—¡Niñato!

—Odio que me hables así. A ver si te crees que me chupo el dedo. La mayor eres tú, pero yo no voy andando a gatas. Ya son trece años y sé más cosas de las que tú te crees.

—¡Ja! ¡Trece años...! —repitió con ironía.

—Pues mira, sí. Te recuerdo que la que se le ha olvidado que ya no los tiene eres tú. Y, además, si no te gustaba el mostrenco, ¿por qué lo has hecho?

Entonces se oyó un chirrido proveniente de las escaleras. Debía estar subiendo mamá. Nos quedamos paralizados. Podía significar que nos había escuchado o que, mosqueada, sospechaba algo al no vernos ni en el jardín, ni en el salón, ni en ningún sitio de la casa. Las estrellas del cielo de la habitación desaparecieron al encender mi hermana la luz. Y del mismo modo que se hace de día, se perdió la magia de la falsa noche. Los dos fingimos que estábamos hablando de una de sus revistas de *Fotogramas*.

La puerta se abrió. Era mamá.

—¿Qué hacéis?

—Hablar —espetó mi hermana, como si mi madre tuviera toda la culpa de su asunto.

—No me hables con odio, Liz. Soy tu madre, no tu enemiga. Os estaba buscando por toda la casa y sólo he subido a ver qué pasaba. Si pasa algo... Ya imagino que estáis hablando.

—Pues entonces, ¿para qué preguntas?

—¡Liz! ¡Soy tu madre!

—Pero ¡no eres mi padre! —soltó a bocajarro. Yo tragué saliva.

Mamá suspiró y abrió la boca como los peces que sacas del mar con la caña enganchados en el anzuelo; a medio camino entre el desconcierto y el ahogo mortal.

Entonces lo que se oyó es el chirrido de su corazón. Mamá seguía en pie, callada, mirándola con condescendencia, silenciando lo que le pedía el cuerpo. Se agarró las manos, entrelazando los dedos, y quizá fue para detener un bofetón que el pasado —lo vivido junto a papá— le estaba pidiendo a gritos como respuesta. Pero yo sé por qué se detuvo y no se atrevió ni a respirar mientras avanzaba muy despacio hacia atrás. El anzuelo de la provocación es mejor quitárselo con cuidado, para que no sangre, para que haga el justo daño y volver a lanzarse al mar. La sal lo cura todo, como las lágrimas.

Mamá salió y cerró la puerta. Noté cómo arrancaba a llorar fuera de la habitación de Liz. Mi hermana no. Se giró sobre su cama mirando a la pared llena de pósteres de sus cantantes favoritos. Yo sí. Durante muchos años de mi entonces escasa vida estuve escuchando esa forma de gemido, discreto, que caracterizaba el dolor de mamá, y pude sentirla al otro lado de la pared sacar su pañuelo guardado como siempre en la manga y secarse las lágrimas.

—Eres injusta, Liz, hace tiempo de todo eso y mamá no tiene la culpa de nada. No sé a qué viene este enfado, no te pega, ya no te pega... y además, todo está siendo perfecto desde que vivimos en esta casa. Las cosas han cambiado, hasta tú estabas cambiando... —dije, levantándome de su cama. No contestó—. Eres injusta y un día lo sabrás.

Salí y apagué la luz. Su constelación de estrellas debió iluminarse al mismo tiempo que yo intentaba iluminar el corazón de mamá con un abrazo por detrás, agarrándome a su espalda, apretándola con fuerza por la cintura.

—Yo sé cómo era papá, mamá. Y no llores. Si lloras tú, lloro yo —dije serio y agobiado, pero haciéndome el importante.

—No estoy llorando.

—Somos felices. ¿No lo ves? —añadí.

De nuevo sintió ganas de llorar, pero se contuvo, porque noté que mi felicidad era su felicidad. Suele pasar con las madres. Me abrazó y me prometí en sus brazos que todo lo que hiciera en mi vida sería para que ella fuera feliz. Justo el mismo pensamiento que tuve la noche aquella en la que planeé todo.

«Mi pequeño Justo, hoy sólo quiero decirte que te quiero. Antes no te lo dije en las escaleras, aunque me di cuenta de que te quedaste mirando y esperando a decirme algo. Tranquilo, no hace falta. Soy tu madre, ¡qué más puedo pedirle a la vida! Aunque no lo diga, lo sabes, ¿eh? Y que sí, que somos felices y que lo vamos a ser más. Sobre todo tú.

Sobre todo tú. ¿Te lo repito? Todo irá bien.

Mamá.

Te Adora».

19

UNOS ROSCOS DE ANÍS SOBRE EL CORAZÓN

—Toma —dijo mi tía, ofreciéndome una bolsa de roscos de anís que había hecho.

Observé a la Visi mientras hacía un nudo doble en la bolsa para que no se saliera la cantidad indecente de azúcar que llevaban. En su costumbre de hacer la vida dulce y de engordar a la familia, sobre todo a María Montaña, golosa por naturaleza y por espíritu, se había acostumbrado a echar azúcar en todo, hasta en el tomate frito. Mientras anudaba la bolsa de forma parsimoniosa, lo hacía muy lento, demasiado, como si estuviera esperando a que le contara algo que yo no tenía intención de contar, dijo:

—¿Todo va bien? —preguntó, dándome por fin la bolsa.

—Sí —repuse.

—Ya se nota.

—¿El qué se nota?

—Pues eso, que todo va bien.

—¿Pues para qué preguntas, tía?

Agarró uno de los roscos que se había dejado en la bandeja y se relamió los dedos. La contemplé mientras me hacía gestos para que cogiera otro.

Obedecí, y estuvimos los dos frente a frente, rosco en boca y calladitos hasta que masticamos y engullimos el orgullo.

—Los roscos le van a gustar más —me dijo de pronto.

—¡Y tú qué sabes! —exclamé yo, y me lancé a por un vaso de agua.

La tía Visi sonrió y no hizo falta que habláramos ni ella ni yo. Pero volvió a sonreír y me entraron ganas de disipar mis dudas. Ninguna de las tías sabía nada y mi hermana andaba a lo suyo. Así que mientras me secaba las manos con el trapo de la cocina, le eché morro.

—A ver, ¿qué sabes?

—Pues que tienes otra cara, que tienes lustre, que se te nota que hay alguien que te hace tilín.

—Tííííía.

—Eres igualito que tu madre, la mismita cara de felicidad que cuando empezó a fijarse en el vecino.

Ni ella ni yo nombramos a papá. Así que tuve que preguntar.

—¿Quién era el vecino?

—Un muchacho de su quinta, uno que le echaba cuentas.

—¿Y a mamá le gustaba? —pregunté.

—Mucho. Pero bueno, como luego se torció todo y a ella le dio por lo exótico, pues ahí se quedó. En miradas. La de amores que se quedan sólo en eso, ¡Virgen santa!

—¿En miradas?

—Sí.

—Me explico. Para que veas. Que yo soy muy gráfica. Hay ciruelas maduras, jugosas, puestas en el cajón del mercado de los viernes, las ves, te apetecen, las miras, te dices: «Me voy a comprar un kilo», de puritita gana que te entra con sólo mirarlas. Pero no sé qué pasa, esas cosas de la vida que no tienen respuesta, que, de pronto, queriendo llevarte ciruelas te llevas manzanas.

—Las manzanas están ricas —dije.

—Las reineta son perfectas para tarta o para asarlas al horno, sí. Cierto.

—Ya. Mamá las asa y luego les pone nata.

—Pero ¡Justo! El caso es que tú no querías manzanas, ¡querías ciruelas! Y allí se quedan, esperando. Y lo único que has hecho es mirarlas.

Silenciamos. Ella cogió otra rosquilla.

—¿Quieres decir que nos perdemos a veces lo que nos gusta? —pregunté de nuevo.

—¡Peor aún! —dijo, salpicándome de azúcar—. Que por sólo mirar nos perdemos lo que verdaderamente nos apetece. Y comer por comer es tontería.

En aquel instante sentí la responsabilidad de la bolsa de roscos de anís y azúcar que tenía en mi mano. Como si en lugar de roscos de vino llevara decisiones. Mi tía siguió hablando, se puso en jarras y me dijo:

—Otra cosa es que tú quieras... manzanas.

—No, yo quiero ciruelas —dije de manera irreflexiva.

—Pues por eso te doy esto.

Vi en la bolsa de roscos de vino la posibilidad de enamorar un poco más a mi vecina italiana. Mi tía sabía cómo meterme en una ratonera y que cayera en todas sus trampas, pero disfrutaba. Quiero decir que disfrutaba ella y disfrutaba yo. Dicho todo y zanjado el asunto me preguntó más.

—¿Y tu madre? ¿Cómo está?

—Muy bien, se pasa el día leyendo.

—Ella ha sido siempre de leer mucho, es como si viajara, como... —Hizo una pausa—. Nunca ha sido mucho de salir.

La entendí. Absolutamente.

—Lee y se sienta en el jardín.

—Así da gusto, relajada. Aquella casa es preciosa, tiene unas vistas...

—El mar es como si fuera nuestro. Tooooodo el horizonte, tía, todo se pone delante de nuestra valla. Y parece que no tiene fin.

—Pues me alegra. Era una pena que estuviera vacía. Así mejor. Que la casa tenga vida. Las casas sin vida se mueren como la ropa, se apolillan.

—Lo pasamos bien, estamos felices.

—Ya lo veo. Mamá tiene otra cara. Y yo que me alegro... Que no quiere decir que no haya sufrido lo suyo, pero ahora, pasado el trago, pues a empezar de nuevo.

—La cuido.

—¡Huy, Justo! Eso ya lo sé. Si yo sé mucho...

De repente el escenario cambió y tuve que recurrir a uno de los roscos de vino que quedaban en la bandeja de porcelana de ribete azul que había en la bancada de la cocina. «Lo cojo», dije mientras sonaba todavía su «Yo sé mucho».

—Los lutos —siguió ella— no son necesarios cuando tienes hijos jóvenes. Y Liz y tú sois jóvenes, y eso es lo que le da vida a tu madre. Bueno, eso y estar tranquila.

Asentí porque estaba masticando y no podía hablar. O no hablé porque masticaba para no hablar, no sé. Cuando acabé de tragar le dije que estaba riquísimo, por cambiar de conversación y evitar su espiral de artimañas. Y ella aprovechó para explicarme que estaban hechos con amor y con canciones.

—¿Qué querías ser de mayor?

—Ya te lo dije, fotógrafo, como el abuelo. Quiero ver mundo.

La tía Visitación cogió uno de los roscos y se volvió, sonriente, hacia mí.

—Estoy segura de eso. Los países están esperándote para que los mires. Tampoco se van a mover de su sitio...

Y lo dijo con el rosco en el ojo, como si mirara a través del dulce. Me reí al ver cómo se manchaba de azúcar toda la blusa y fingía que era una cámara de fotos lo que llevaba en la mano.

—¿Te enfoco bien? A ver... hago clic. Sonríe, Justo, sonríe para la foto. ¡Clic! Toma, tu primera cámara de fotos.

Y me alcanzó otro de los roscos de anís que esperaban en la bandeja de porcelana para que mirara con ella hacia el jardín del limonero, el que crecía atado a cuerdas para no dispersarse. «Mira qué bonitas hojas tiene, ¿has visto?». «Y el cielo... qué azul, fíjate». «¿Has visto el pájaro...? Se me ha escapado».

Dejé de mirar por el agujero dulce y la observé a ella, que seguía fingiendo que hacía fotos con su rosco.

—No sé cómo será el mundo, no lo conozco. Una vez fuimos a Madrid, al Gran Hotel París de la Puerta del Sol, y el abuelo nos hizo una foto desde la calle, nos asomamos todas a las ventanas y gritamos «¡Parííííís!», la gente se creía que estábamos locas todas las hermanas. Pero el abuelo decía:

«Gritad para la foto, que eso luego se nota». Y debió de notarlo hasta el de recepción de aquella fonda porque nos prohibieron asomarnos más. Qué miedo cuando subió aquella sota de bastos con su gorra y su manojo de llaves...

—¿Os riñó?

—Huy, creo que el abuelo tuvo que ganárselo diciendo que era para unas postales importantes que iban a hacer para Madrid y que tenía autorización de gobernación, pero yo creo que no le creyó mucho.

—¿Y qué hizo?

—Le dijo que al día siguiente les haría una foto para él y su novia porque se iban a casar y no tenían retratista. Pero al día siguiente ya no estábamos. Nos habíamos ido.

—Vaya con el abuelo.

—Y nos marchamos de aquel París hasta Barcelona. La abuela tenía ganas de volver al pueblo y nosotras también.

—¿No queríais ver mundo?

—Queríamos gritar con ganas, éramos niñas, nos daba igual el lugar. Además, cuando llegamos a Madrid, aquel señor de recepción nos dijo: «Bienvenidos al Gran Hotel París», y yo no entendía que París estuviera bajo una botella de vino y el letrero del Tío Pepe. El abuelo dijo que era surrealista pero gracioso, porque él era un socarrón tremendo.

—¿Ya no viajaste más?

—De pequeña todo parece igual y en aquel presuntuoso lugar no nos dejaban gritar. ¿Viajar? No mucho más. —La tía Visitación se quedó un momento callada—. Los mundos pequeños huelen mejor —dijo a mi lado—, como este rosco.

—Me temo que ése te lo vas a comer, querida tía.

—Y tú te vas a comer el otro, el grande. Estoy convencida de eso. Mira éste, qué chiquito y qué fácil... Ñam, ñam, ñam. Dame un beso antes de irte —sentenció.

—¡Y veinte! —exclamé en un exceso de felicidad.

—No sabes lo que me alegra que las cosas vayan bien allí arriba.

—¿En el cielo? —contesté medio aturdido, porque yo pensaba en el muerto.

—No, en la casa. Que me alegro. Y buena culpa de que vaya todo bien la tienes tú, que ya eres un hombrecito.

Antes de que su perfume se me pegara a la cara con sus besos de tía y me subiera a la bicicleta para volver a casa con mis roscos de anís me atreví a decir:

—¡Y en el cielo también!

Volé con la bicicleta hasta la casa del acantilado, sintiendo que la tía Visi sabía mucho más de lo que contaba, aunque con sus faldas de mariposa y sus gorgoritos de cantante de bolero pareciera que la vida jugara con ella. Al revés: ella jugaba con la vida. Y con esa fuerza que da el saber que puedes ganar, pedaleé más fuerte, volando por la carretera de vuelta a casa, y queriendo ser aquel cesto de ciruelas que mi madre en algún momento debió mirar. Si ella no lo hizo, yo sí.

Cuando pienso en el pasado, creo que empecé verdaderamente a interesarme por la vecina y por el mundo a partir de aquella tarde, después de saber que en realidad lo que yo quería mirar y probar eran las ciruelas. No nos habíamos dicho nada y, tal vez, ella disimulaba que yo la observaba desde el otro lado del cercado. Yo, confieso, más tímidamente que ella. Pero ahora —pienso en ese momento de nuevo—, subiendo a toda velocidad y sobrevolando la calzada de arena, tenía necesidad de ella. Sólo quería que supiera que yo existía.

Me detuve palpitante y boquiabierto en la puerta de la italiana, nervioso porque tras ella estaban sus maravillosas facciones y esas manos que se movían al compás en el jardín rayano. Oí la música del piano al otro lado de su puerta y —recuerdo que ya estaba casi atardeciendo, medio sol sobre el mar y medio colado en su interior como una galleta que se moja en la leche— apoyé la oreja en la puerta para escuchar. Era el piano y el sonido de sus voces susurrando do re mi, do re mi...

Bajo los efectos de la música y la imagen de mi tía moviendo la falda como si avivara las brasas del fuego, nuevos nervios empezaron para mi agitado corazón.

—No —dije débilmente.

No pude.

Al detenerse el piano y escuchar unos pasos, sentí un escalofrío de vergüenza y dejé las rosquillas de anís en el escalón donde me había sentado.

Cedí sin reflexionar más. De nuevo perdí sin llegar a jugar. Y con la respiración alterada y entrecortada por el miedo a que el padre abriera la puerta y me encontrara allí, rodeé con mi tiza el regalo con un corazón.

Había momentos en que, para mitigar un poco mi pudor, me autoconvencía de que «era mejor la sorpresa». Pero inmediatamente me sentía derrotado por no haber podido esperar a que saliera ella y decir: «Hola, soy yo».

No encontré alivio más que dibujando ese corazón de tiza en el suelo, como si me sacara el mío y lo pusiera a asar con las manzanas de mamá. ¿Qué más podía hacer?

Atravesé el seto con la solemnidad de un cartero que se siente propietario de los buzones porque los usa todos los días y volví a mi casa con el amargo sabor de las ciruelas ásperas y verdes.

—Por favor, abre la puerta. Mira el corazón —musité mientras me metía en mi casa al mismo tiempo que el sol daba por concluida su función y comenzaban los sueños.

20

Las ciruelas

—Mira lo que dijo Voltaire —soltó de pronto mi hermana Liz al decirme que pasara a su habitación.

—¿Qué?

—«Yo, como don Quijote, me invento pasiones para ejercitarme».

—Pues muy bien.

—¿Y tú? —me preguntó como si me asaltara con un revólver entre las cejas.

—¿Yo?

—Que si te inventas pasiones...

No tardé en contestar, porque con mi hermana era siempre un reto de espadas tras otro. Cuando terminé mi curso de mecanografía, su obsesión se concentraba en obligarme a estar sentado a su lado, en su escritorio, con las dos máquinas Olivetti y «echar carreras» a ver quién copiaba más rápido una de las páginas de los libros de Julio Verne. «Una página al azar», decía. Después de tanta intensidad al teclado, traqueteos, golpes y zascas del rodillo, ella contaba los errores y comparaba los tiempos. Mi meñique acabó hundiéndose en la letra eñe para siempre y con una tensión imposible de aguantar en el nudillo. Así que respondí rápidamente.

—Yo me curo cantando, como la tía Visi.

Era una de las frases que repetía con más frecuencia.

—¿Cantando?

Ella, Liz, vivía en la realidad y yo, en la fantasía. Y así ha sido durante toda nuestra vida. Tal vez ella creció siendo más práctica, pero yo lo hice siendo más sigiloso. A mí me gustaba el frío, a ella el calor, a mí quedarme mirando las cosas y a ella «hacer algo» (tal cual).

Pero a pesar de los años, los genes y las diferencias, lo pasábamos bien. Un único pensamiento borraba todo lo demás: éramos hermanos.

Al quedarnos solos en la habitación noté que Liz quería seguir contándome porque sólo me miraba. Cerré los ojos. «Por favor, que no me pregunte nada». Yo nunca la había visto llorar. Nos cogimos de las manos apretándolas con fuerza para evitar el temblor y las imposibilidad de arrancar a hablar. Estaba destemplada. A pesar de la angustia y las lágrimas que llegaban a su boca parecía fuerte. Así era ella. «Liz...». No tuve el valor de preguntarle —lo suyo con Ramón, el mostrenco— fundamentalmente por no hablar de lo mío —iluso— con la vecina italiana. Así que lo soltó como quien desguaza un coche:

—Si estoy embarazada, voy a tener que abortar y tú vas a quedarte callado.

Me sobresalté. Estábamos los dos sentados en su cama, aún sin hacer, frente a la ventana. Se volvió a mí, y vi que dejaba de llorar para morderse los labios. La imité. Estaba tan sorprendido que no pude decir nada, ni siquiera su nombre. Conforme mencionaba la palabra clave en un susurro, trataba de comprender su preocupación y qué podía yo responder a eso. Hasta aquel momento, me creía mayor. Y no. Casi todo eran espejismos de la realidad: la edad llega cuando llega, aunque sea a hostias. Pero en ese lado de la cama, con la ventana iluminándonos sólo de la cintura para abajo porque la persiana parecía entornar los ojos, la que había recibido el primer susto de su vida personal era ella. Justo Brightman, en cambio, estaba mudo.

No pude decir nada porque de nada me servía en ese momento mi rapidez de reflejos, mi velocidad en la bicicleta ni mi imaginación para ver ciervos salir de los cuadros. Pero su mirada perdida en el techo de estrellas apagadas no dejaba lugar a dudas. Me lo contaba para sentirse menos culpable y más fortalecida.

—Si es así, si lo estoy, necesito que tú lo sepas Justo.

—¿Crees que...?

—Sí, creo.

—Soy tu hermano.

—En este momento lo único que quiero es que seas mi confidente. Los secretos pesan demasiado si los carga uno solo.

Inconscientemente nos tumbamos de espaldas a la vez a mirar las estrellas del techo. Supongo que cada uno buscó su constelación y su secreto.

¡A mí me lo iba a decir! Mi padre era un hombre guapo, alto, delgado, seco y avinagrado por la bebida. Sólo yo sabía cómo había muerto y esa profunda imagen pertenecería a mí todos los años de mi vida. Hasta hoy, que estoy sentado en un banco de una iglesia italiana junto a mamá para celebrar su setenta y cinco cumpleaños.

Tú lo llamarías clandestino, por lo reservado que he sido siempre en este tema, yo lo calificaría de disfraz. ¿Qué son sino las máscaras? Engaños.

Para disimular su preocupación, Liz giró la cabeza hacia mí y me dijo: «A veces echo de menos a papá». Me estremecí. «Sin embargo —añadió mirándome a los ojos—, me doy cuenta de que hasta en este momento de dudas agradezco que no esté. Me mataría».

—Sí, mejor— respondí—. Mejor que no esté.

Ella calló como si en lugar de tumbada sobre el lecho estuviera pisoteada por el cansancio. Intenté seguir hablando azorado y torpe.

—¿Quieres que haga algo, Liz?

—¿Qué puedes hacer, bobo? ¿Eres médico? No.

—Me pregunto si puedo o quieres que pregunte.

—De momento esperamos. Sólo necesitaba que lo supieras, por si acaso.

—Sí, vale —respondí como si fuera mecánico—. Pues ya lo sé.

Ella se había liado con él por lástima, me contó, para que la dejara en paz. Y que él lo hizo por gusto, para tener un cuerpo donde desfogarse de tanto músculo. Pero aquellas explicaciones a mí me sonaban simuladas, tan deformes como el cristal de la cocina donde yo hacía corazones de vapor. La realidad a uno y otro lado. Las mentiras que queremos ver. Engañar a otro está bien, pero ¿engañarse a uno mismo? ¿De qué sirve? Tuve que respirar un buen rato y escucharla cómo construía su embuste para que todo pareciera un chisporroteo de fuego en el garaje sin más. Pero escuchando cómo hablaba de la tarde de sexo a escondidas y «a toda prisa» —en sus palabras—, ciertamente sonaba a un pastel atiborrado de levadura a punto de desbordarse del molde, imposible de controlar.

Mi hermana no era tan fuerte.

De niña lloraba con facilidad.

Y ahora, ella había confundido deseo con antojo y por eso era más creíble mirar por el cristal geométrico de aquella cocina para llegar a la conclusión de que era ella la que lo había hecho por desahogarse con él y que él, bobo y simple, había cedido por babear en otro cuerpo. O se gustaban y no encontraban explicación, como yo entonces.

No he podido encontrar la respuesta. Lo cierto es que mientras ella mezclaba lágrimas y aclaraciones con excesivo detalle, me di cuenta de que todo aquello era porque éramos felices, porque la casa era más que una casa, era libertad. Mamá leyendo bajo el árbol, tranquila, maquillada incluso para bajar a comprar en el Seat 131, el mar sirviendo de paisaje a nuestras cambiadas vidas, la hiedra colándose por las jambas de las puertas, el sauce agigantando la sombra, la casa recién pintada, una hermana que tenía sexo en el garaje y unos vecinos que habían acercado el extranjero a pocos metros de mi vida. Y encima, mamá:

—He traído ciruelas.

Abrí los ojos como cuando en el cielo hay luna y sol al mismo tiempo.

—¡Ciruelas! Mira cómo huelen... hummm. He bajado al pueblo esta tarde, me he comprado una blusa...

—¡A ver, mamá!— dijo Liz, levantándose ilusionada de la cama.

—Coge la bolsa, está en el suelo. Verás. Violeta, como la lavanda. Y vengo agotada, he subido caminando con la compra... El coche se quedó parado en la primera curva y allí lo dejé, tendré que avisar a Ramón para que vaya a ver.

Tosí.

—Habría bajado con la bici, yo también me di una vuelta esta tarde.

—Me lo ha dicho la tía Visi. Y por eso traigo ciruelas, he comprado.

Olían a fruta madura y a casualidad.

—Me ha dicho que te harían ilusión.

Enmudecí, y supongo que me entendieron las dos mujeres: mi hermana y mamá.

—¡Ah! Y otra cosa. Me parece que como ya ha pasado el tiempo suficiente y los vecinos se han aclimatado a su casa, ya es hora de saludarlos. Deberíamos ir. Me parece que seguir ignorando que viven al lado está feo. No está mal tener compañía en esta zona tan separada del pueblo... Además, somos dos familias muy pequeñas; es un regalo que hayan llegado hasta aquí y son los únicos que tenemos cerca. Podemos necesitar cualquier cosa, ellos o nosotros. ¿No? —El silencio se hizo el dueño de la casa. Ella siguió—: Hay que ser amables y tienen pinta de encantadores. Son italianos, pero hablan castellano bastante bien, se les entiende perfectamente. Bueno, bajo a la cocina y luego os digo.

—¿El qué? —no pude resistir con la mordaza.

—Pues que son encantadores, hablan mezclando italiano y español y me han dicho que están felices de vivir aquí.

Me di cuenta de que nuestra familia no era como las demás. Todo estaba cambiando a la misma velocidad que yo bajaba con mi bicicleta.

—Toma —dijo mamá, alargándome una fruta—. Una ciruela.

La cogí.

—¿Y cómo sabes que hablan castellano? —preguntó mi hermana, haciendo de portavoz. Habló por mí porque yo estaba pensando lo mismo.

—Pues porque he pasado. Venía del pueblo, he pasado por su puerta, lo tienen todo precioso, el jardín no es lo que era, aquel campo de yerbas y cardos... Bueno, bueno, bueno, está todo tan cambiado... No lo reconoceríais. Lo tienen lleno de flores y han pintado las macetas de colores.

—¿Lo podemos hacer nosotros?

—Pues no... Bueno, no sé. Ya veremos.

—¿Y cuándo vienen? —pregunté.

—No sé.

—¿Los invitamos? —continué preguntando nervioso.

—Vaya, los hay con suerte —mascullό mi hermana, dándome un codazo.

—¿Os parece pronto? Es un poco feo que lleven aquí viviendo ya un tiempo y no nos hayamos visto todos... Ya os digo, creo que ha pasado un tiempo y que estamos muy solos en la colina. Somos sus únicos vecinos y ellos los nuestros. Me ha parecido ver que ella está muy sola, la hija, y será bueno que conozca gente de su edad como vosotros.

—No, no. Genial.

—Parecen majos.

—Y... ¿ya los conoces? ¿Qué te han dicho? ¿Cómo se llaman? —pregunté azorado.

—Francesco el padre y la niña Sofia.

—Guau, como Sofia Loren —precisó mi hermana—. Qué nombre más bonito.

—Sofia —repetí.

«Es más o menos de tu edad», dijo mi madre de espaldas al salir de la habitación, pasándome otra ciruela por encima del hombro.

—Te va a gustar.

—¿Cómo?

—La ciruela.

«Querido Justo, sólo escribo esta nota de hoy para darte las buenas noches y para decirte que el corazón no es un lugar en tu pecho que haya que repartir, sirve para amar y para vivir.

Todo irá bien.

Te Adora, mamá».

21

Atardece

Roma.

A veces ocurre que te acuerdas de las cosas muchos años después. Sentado junto a mamá, silenciosa y ausente, recordé aquella frase de aquella nota: «El corazón no es un lugar».

Ella me pedía en ese momento que no repartiera los espacios de mi órgano principal como si fuera una casa llena de habitaciones. Eso que muchos erróneamente creen, que el corazón se tiene que compartir. Una cosa es repartir el tiempo, otra el amor. Lo suplicaba en su nota porque sabía que cuando me enamorara empezaría a vivir desordenadamente, sin rumbo, con un único destino, olvidando el origen. Pero no lo explican en las instrucciones y consagras válvulas, arterias, aortas y nudos ventriculares a un solo fin. Mamá me avisó.

Aquel día de agosto mi corazón dejó de ser un lugar para ser una brújula.

Los únicos turistas que estaban en Santa Maria in Trastevere debían haber salido ya de la nave porque apenas se escuchaba el motor de mi reloj... y la respiración agitada de mamá, un asma que había heredado de la abuela, a la que un día ahogó en uno de sus esfuerzos subiendo al desván donde se salaban los jamones. Y que, supongo, heredaré yo.

Le puse la mano en el pecho para intentar calmarla, como si mi respiración pudiera atravesar de un cuerpo a otro.

—Mamá, ¿me oyes? Soy Justo.

Se giró hacia mí tranquila y no sé si me reconoció, pero —lo importante— es que yo a ella sí. Era mamá, los mismos ojos verdes que me daban las buenas noches, los buenos días y el beso para ir al colegio.

No sirve de nada que lo diga, pero lo escribo: lloré. Empecé a llorar sin consuelo con mi mano en su pecho y con toda mi angustia concentrada en su respiración, en ese pitido horrible que la angustiaba y que poco a poco fue parándose, como si mi mano en su pecho estuviera siendo el conducto de mi amor.

—¿Quién eres? —dijo casi susurrando cuando empezó a calmarse el aire en su interior.

—Mamá, Justo. Tu hijo.

Sonrió y me sirvió de consuelo para secarme las lágrimas en su hombro, donde me quedé apoyado sin hablar durante unos minutos. Sin movernos. Yo sobre mamá, como tantas veces ella me abrazó. Respiré hondo para sentir el aroma de siempre, ese aroma de madre que no hay perfumista que pueda imitarlo. Como tampoco hay manera de olvidar el olor de un bebé. Esto último me lo decía ella cuando me contaba una y otra vez, todos los eneros, la noche previa a mi cumpleaños, cómo fue el parto, lo larga que se le hizo aquella noche y los días que estuvo dilatando en el sillón de casa sin yo querer salir de su interior. Seguramente era eso, que nunca quise salir de ella. Fuera me esperaba el miedo, la inseguridad y los complejos que he ido borrando en cada fotografía que he hecho. No he sabido posar, pero he sabido mirar. Y fueron tantas veces las que me narró cómo había nacido y tantas veces las que le dije: «Ya me lo contaste, mamá, el año pasado, también en mi cumpleaños»... Ahora mataría porque me relatara otra vez, mil veces más, aquella noche de parto en la que en ningún momento ella mencionó la palabra dolor.

Miré hacia el altar sin dejar de sentir el corazón de mi madre en mi interior. Y su perfume. Creo que el mío estaba parado en ese momento. Mi corazón. Y yo, que no he sido creyente, ni litúrgico, ni por ser he sido ateo, sentí que aquella otra Madre me miraba a mí desde lo alto llena de colores.

El que sabe de dolor todo lo sabe, me dije como si compartiera con Ella mi soledad compartida.

—¿Justo?

—Sí, mamá. Yo.

—Me quieres, ¿verdad?

—Mucho.

—Y... ¿quién eres?

—Tu hijo, mamá.

—Qué guapo. Y qué bien hueles.

—Tú también hueles muy bien, mamá. Es lo único que le falta a mi cámara de fotos, quedarse para siempre con este olor. ¿Quieres que te haga una foto?

Mamá no me contestaba, sólo me miraba, tan dolorosamente que me parecía un espejo del dolor en ese momento. La iglesia fría y mis pensamientos dispersos planeando sobre nuestra historia que se evaporaba. Saqué la cámara de la bolsa en un acto reflejo de los que haces cuando estás en silencio y las palabras no fluyen. «Puedo hacerte una foto aquí sentada, como la que te hice en el jardín, junto al sauce, nuestro refugio. Hueles tan bien como siempre. Llevas el mismo perfume y todo huele como siempre».

—Mamá... —balbuceé, casi a su oído. Cerré los ojos y, estando tan cerca de ella, pude oler los días felices de Calabella.

—Y... ¿me conoces?

—Mucho. No sabes cuánto, más que tú a mí. Me enseñaste a rezar, aunque lo olvidé. Y me enseñaste a leer antes de llegar al colegio, y a contar del revés, y a hacerme los lazos de los zapatos con truco, y...

22

LOVE STORY

3 de agosto de 1981.

Leías *Love Story* en el jardín, tranquila. Me dijiste que te gustaba porque habías visto la película y que no había historia más maravillosa que ésa en la que dos se dicen que «amar significa no tener que decir nunca lo siento».

—¿De qué va?

—Pues como todos los libros: de amor.

—Qué rollo, ¿no?

—¿El libro o el amor?

Esa pregunta tuvo un efecto contradictorio en mi imaginación.

—Pues... que todos los libros hablen de amor.

—¿Cómo puedes estar tan seguro?

—No sé. Si todos hablan de amor, te basta con leer uno.

—Pero, Justo, ¡el amor es distinto siempre! No hay dos historias de amor parecidas, aunque por fuera lo parezcan. ¿Te crees que todas las parejas de Calabella son la misma historia de amor?

—No lo sé. Pero si se quieren...

—El amor por fuera parece igual, pero por dentro es siempre distinto. Como las tapas de los libros.

—Como las casas...

—Claro.

—¿Quieres hablar de amor?

—No, no, no.

—Si te apetece, hablamos.

—Me lo pensaré.

—Cuando dices que te lo pensarás es que ya lo estás pensando.

Ignoro por qué recuerdo ahora ese momento en el que leías, querida mamá, aquella novelita de portada de colores y dos actores apoyados en blanco y negro uno sobre otro. Sería uno de esos días en los que habías dejado de leer a Hemingway y su *París era una fiesta,* que ya debías saberte de memoria. Pero la tarde estaba luminosa y el mar era una lámina azul por la que no pasaban ni barcos hacia el puerto natural donde fondeaban los veleros; será por eso por lo que recuerdo aquel día exactamente ahora.

—¿Alguien como yo se enamora una vez o muchas?

—Yo te desearía que muchas.

—Pero... Si ves de pronto al amor de tu vida, ¿cómo sabes que te debes quedar?

—¿Quedar plantado?

—Sí, ¿cómo sé si ya debo parar de buscar y quedarme con ese amor?

—Digamos que es un misterio por resolver, Justo.

—O sea, que no tienes respuesta.

—Es que no soy yo quien te tiene que dar esa respuesta, eso lo notarás tú.

—Pero... ¿cómo?

—Dentro.

—¿Dentro de mí?

—Tal cual.

Me senté junto a ella. Había decidido volver al tema.

—En mis libros no se habla de amor. Julio Verne habla de aventuras.

—¡Como si amar no fuera una aventura! Ya verás...

—Entonces, si amo, no puedo viajar.

Me miró con dulzura.

—¿Esto es un interrogatorio, querido Justo?

—No, es que pienso que viajar y amar debe ser complicado. ¿No? Eso me parece.

He sido contradictorio toda mi vida, y en ese ir y venir de dudas y miedos —como los barcos— me he recorrido el mundo haciendo fotografías. Los de la revista *Traveller* me contrataron cuando vieron mi insistencia enviando fotos con mi primera cámara, aquella Nikon ftn, y me dejaron que «probara» en Italia. Qué difícil fue fotografiar algo tan cinematográfico como Roma para un «Especial Extra Omnes» y qué maravilloso fue perderse buscando encuadres entre esas calles que ya conocía. Estaba tan acostumbrado a fotografiar el sauce llorón con el mar de fondo, las olas rompiendo en el acantilado y a la tía Visitación bailando su falda como cuando las mariposas envejecen y pierden sus alas en uno de sus vuelos que Roma se me caía encima. Tanta piedra, tanta fuente, tanta iglesia, tanta chica de melena recogida con coleta. En todas busqué a Sofia.

Repito, en todas busqué a Sofia.

Y seguramente esa búsqueda me hizo conseguir el contrato, perseguir mujeres de espaldas mirando embobadas los monumentos mientras yo las enfocaba entontecido por sus cuellos.

—Y... ¿hay un para siempre en el amor?

Apoyó el libro en su regazo.

—Lo hay. Digo yo que lo hay. Eso no se sabe.

—En tus libros, ¿se enamoran para siempre, mamá?

—Hasta que lo decide el autor.

—¿Cómo si fuera Dios?

—Más o menos. Eso no son vidas reales —explicó mamá mientras aprovechaba para mirar al otro lado de la casa—. Son novelas.

—Pues vaya. Si no son reales, no es amor.

—Son historias.

—Ya.

—¿En qué piensas?

—En que a lo mejor prefiero mis viajes de aventuras.

—¿Antes que el amor?

Después de un rato observando las nubes tirado justo en el límite del risco que ponía fin a mi jardín, nuestro jardín, y daba paso al horizonte, pensé que la mejor manera de acelerar mi vida era seguir con mi regalo secreto.

«Unas magdalenas más, unas rosquillas, unos palitos de anís, unas galletas de chocolate... — me dije—. Voy a ir dejando en su puerta regalos furtivos como si fuera el cielo quien los deja en medio de un corazón de tiza. Sospechará que soy yo».

Sonreí. Tal vez porque mi madre ya me había dicho que *Love Story* significaba «historia de amor».

Precisamente fue esa forma de traducirme a modo de confidencia lo que me sirvió de acicate. Lo recuerdo igual que cuando en el verano de 1991 pisé Roma como fotógrafo profesional dispuesto a recorrer aquellos adoquines, sampietrinos, y el mundo entero después. Me había comprado un capricho: la Hasselblad cm 500, y cargaba con ella con las dos manos, como quien lleva un tesoro. Lo paradójico es que me he pasado la vida haciendo fotos para guardar instantes, pero como excusa para olvidar los míos. Por eso nunca he dicho «disparo», me parecía demasiado agresivo para algo que quieres guardar en la memoria, en tu carrete. Da igual cómo lo llames.

La tía Visi intervino con celeridad y una oportuna complicidad. Nos fuimos al horno de la Reme y cogimos una bolsa de lo que acababa de sacar del calor: unos hojaldres en forma de rombo que estaban espolvoreados de azúcar glas. «Perfectos», dijo mi tía.

—¿Quieres uno? —me preguntó la Reme.

Y alargándome de la bandeja de latón que quedaba sobre el mostrador uno de los hojaldres, me lo zampé de un mordisco. La tía Visi hizo gestos con la mano porque el azúcar, como nieve, empezó a mancharme todo el jersey azul en un alud de prisas y enamoramiento.

—¿Rico, eh? —dijo.

—Mmmm —mascullé con la boca llena, intentando tragar.

—Pues quítate ahora el jersey, que te has puesto perdido.

—Cierro la bolsa y... ¿os pongo algo más?

—Me llevo dos de cuarto y unos platanitos de bizcocho —dijo la Visi, agarrando mi jersey por los hombros. Me lo sacó como si desenfundara una almohada. Tal cual. Yo me quedé en camiseta y ella empezó a sacudirlo en la puerta de la calle. Las campanillas no pararon de sonar, atascadas por el movimiento enérgico de mi tía.

—¿Te vas a subir a casa o te quedas aquí?

—Me subo. He bajado con bici.

—Si quieres, pasa antes y saludas a las tías. Que van a creer que sólo vienes a verme a mí.

—Es que sólo vengo a verte a ti.

—¡Justo! No hace falta ser tan sincero, quedar bien no te cuesta nada y ellas se ponen contentas. Sobre todo Montaña, que está pachucha.

—De indigestión, será.

Me eché a reír y la tía disimuló su risa.

—Pues no sé, porque le pasa como a la perra, que lo come todo. Hoy ha venido el médico y le ha dicho que tome sólo agua de arroz hervido. Y la pobre está... Pues imagina.

—Imagino.

—Calla, no te rías.

No había podido disimular mi sonrisa como si me hicieran cosquillas.

—Vale, vamos. ¿Te llevo en bici, tía?

—Estás loco. Anda, llega tú antes. Yo voy al paso, que así parecerá que has ido por tu voluntad.

—¡Cántame algo! —vociferé subido ya en la bici y dando la vuelta a la fuente para coger el sentido de la calle.

—¿¡El qué!?

—Algo.

Un segundo de duda con el ceño fruncido y se arrancó a voz en grito mientras la Reme se apoyaba en jarras en la puerta del horno con uno de los platanitos en la mano, el delantal enharinado por mi eclosión navideña y desternillándose de risa cuando mi tía empezó...

—«Lléeeeevame a la verbena de San Antonio, que por ser la primera no quiero faltar, juntos que parezcamos un matrimonio, no haga el demonio que una chulapa me amargue el día de San Antonioooo porque le guste coqueteaaaar...».

—¿De la tal Olga Guillot? —pregunté yéndome.

—Noooo, de *Las Leandras.*

—¿De quiénes? —dije confuso, dando otra vuelta a la fuente seguido por varios perros que ladraban.

—¡Que te has *equivocao!* —gritó desde el horno la Reme sin parar de reír.

—No, que yo recuerde.

—Pues claro, mujer.

—Anda, déjame cantar y come, que mi Justo y yo somos artistas.

—Ja, ja.

—Tú, Reme, atenta un día, que ahora es pequeño, pero de mayor va a dar que hablar. Ya verás. ¡Va a dar que hablar!

—¿Y qué voy a ser de mayor, tía?

Ni me enteré. Qué más me daba. La vida no tenía el guion escrito, como decía mamá de sus novelas, y a mi tía le gustaba inventarse canciones, que para el caso era lo mismo. Con esas hojas en blanco era muy fácil soñar. A nadie se le ocurre de pequeño que su futuro está cerca, ni siquiera que va a llegar el día de mañana. En cualquier caso, en esos días de mi infancia, dando vueltas a la fuente con los perros ladrando tras de mí, manchándome de azúcar glas o corriendo a toda velocidad con los pies fuera de los pedales y el aire en mi cara, no quería fantasear con el «mañana». Aunque no consiguiera otra cosa en la vida que vivirla, pensé que ya era suficiente. El final quedaba en mis manos.

¿Y yo? Te preguntarás. ¿Cómo acabó aquella tarde? Yo corrí feliz con mis hojaldres en la bolsa y mi tiza en el bolsillo para dibujar otro corazón en el suelo de Sofia.

23

Un vaso de leche caliente

Roma, 18.45.

«... Y necesito que recuerdes que me enseñaste a hacer barcos de papel con las hojas que arrancaba de mis libretas, que luego los dejábamos en el reguero del bordillo y se iban calle abajo al gran océano —como tú llamabas al Mediterráneo— con el resto de grandes barcos de papel que van cargados de sueños.

»Puedo recrear la escena como si fuera ahora que estás tan ausente y tan presente a la vez: yo en cuclillas poniendo el barquito en el arroyuelo, tú agarrándote la falda para no mojarte y pegada a mí, con esa sonrisa tan tuya, mezcla de vida y desilusión por el pasado. Entonces no lo notaba, pero sabía que algo no iba bien, por eso focalizábamos la fuerza en el barco de papiroflexia. No me gustaban las pajaritas, no les encontraba el sentido. ¿Para qué? ¿De qué servían? Prefería galeones de hoja de libreta de cuadros o dos rayas. Les pintabas ancla y claraboyas con mi caricatura en alguno de los círculos como si yo fuera el marinero que se asoma y... que viaja. "Sonrisa y buen viaje", decías. Siempre con una sonrisa porque creo que notabas que mi tendencia a la melancolía era genética o, quién sabe, culpa tuya por aquellos años de lapsus. ¡Qué cosas! Tanto insistir en esos viajes junto al bordillo y acabé igual. Por el mundo, haciendo fotos, pidiendo a los demás que sonrieran.

»Muchos años después me dijiste: "Siento esa nostalgia tuya, ese temor a la soledad, ese miedo a no ser suficientemente bueno", como si fueras la causante de mi carácter taciturno. Y no. Lo que pasa es que... tampoco podía decirte que el culpable fue él. Papá. Papá para lo bueno y para lo malo.

»Mamá, escúchame, si me escuchas, si existe algún recóndito lugar por el que colarme en tus recuerdos, déjame pasar y hablarte todo este tiempo después de lo más importante: has sido feliz. Tal vez no lo recuerdas, pero yo sí. Me basta. Ése fue el único objetivo de mi plan: tú».

Alguien encendió un cirio cerca de nosotros con cerillas.

Cerré los ojos, recliné la cabeza en el hombro de mamá y sentí que su corazón latía ya con suavidad, que el pitido de sus pulmones había desaparecido y que, curiosamente, había más velas encendidas en las capillas centelleando como estrellas a los lados de la basílica de Santa María. Debían haber entrado más turistas, de esos que van perdidos dando vueltas por el Trastevere, en ese espacio de tiempo en el que me cogí de su mano abandonada en tus rodillas y marchita por los pliegues pero suave como siempre.

—Yo sigo usando la Nivea de caja azul, ¿sabes? —te dije—. Y guardo las cajas por si me sirven para algo. ¿Sabes que he ido escondiendo? Monedas de otros países. Cada vez que volvía de un viaje me sobraban céntimos y calderilla que acababa perdiéndose y mezclada con otros trastos. Tú me dijiste: «Como estoy segura de que has de volver otra vez, guárdalas». Y eso hice. Ya ves qué costumbres más tontas se me han quedado. Tengo la estantería del salón llena de cajas azules con el nombre del país escrito con la Dymo y, dentro, el suelto convertido en *porsiacasos*. ¿Me crees?

No contestaste. No me sentía capaz de preguntártelo otra vez. Tomé tu mano y le di vueltas a tu anillo, qué raro que nunca te lo hubieras quitado, esas cosas que siempre me han quedado por saber de ti. Estoy convencido de que a pesar de todo preferías llevarlo como cicatriz de guerra, como forma de asegurarte de que el olvido es mejor tenerlo cerca. Es mejor ser feliz sabiendo quién es el enemigo.

Y así se quedó la alianza en tu anular, como archivo del dolor.

Una noche, la recuerdo como si fuera hoy porque fue días antes de que preparara mi plan para las fiestas del pueblo y ya anunciaban la llegada de Ava Gardner, viniste a mi habitación.

—Justo, ¿estás despierto? ¿Duermes?

Era imposible que durmiera después de aquellos golpes. Pero preferí decirte que sí, que estaba durmiendo y que me habías despertado al sentarte en el borde de mi cama.

—¿Qué pasa, mamá? —pregunté, remoloneando entre las sábanas que abrigaban del frío y de los ruidos—. Es tarde.

—Ya, ya sé que es tarde. Pero quería ver si dormías ya.

No, mamá.

Querías asegurarte de que estaba bien. Has sido la mejor oculista de sentimientos. Y también la que mejor ha dejado herméticos los dolores como si fueran botes de conserva para el invierno.

—¿Quieres un vaso de leche caliente?

—Vale, pero con Cola Cao.

—Pero... no tienes hambre, ¿no?

—No.

—Bien, entonces te ayudará a dormir.

—Pero tú te tomas otro conmigo aquí —te dije con tono de súplica.

—Vale, ahora vengo.

—Y galletas... ¿hay?

—Claro que hay, de las tuyas.

Al levantarte hiciste un gesto de dolor y te tocaste en el riñón, pero lo achaqué a tu trabajo. Habías estado toda la mañana arrodillada rascando los rodapiés para dejarlos blancos con un pincel y pintura, sin ayuda de nadie. En ese momento me di cuenta de que, en lugar de haber buscado erizos en las rocas, podía haber estado contigo, ayudándote a pintar o limpiar. Pero siempre nos damos cuenta de todo tarde. Incluso hoy, que cumples años y tu memoria se ha ido a algún lugar de este mundo que ya no es el tuyo.

—Está caliente, cuidado —te acercaste diciendo.

—Me espero, ya no tengo sueño.

Toqué el vaso y hervía. ¿Cómo es posible que vinieras desde la cocina con el vaso en la mano, sin quemarte?

—Pero luego te duermes, ¿eh, Justo?

—Sí, mamá.

Tú te habías puesto Nescafé y vi cómo disimuladamente te tomabas una pastilla rosa que llevabas apretada en la palma de la mano. Yo, cuando advertí que dejaba de salir humo de la leche, me comí los grumos del chocolate con la cuchara —¿te puedes creer que lo sigo haciendo tantos años después?— y me abrigué entre la almohada y tú.

—¿Quieres que te deje la luz encendida?

—¿Ya te vas? Espérate un poco...

—Pero hasta que te duermas otra vez, no tardarás.

Me pasaste la mano por la frente, retirándome el flequillo rebelde para verme la cara.

—Tienes las manos frías —te dije.

—... y el corazón caliente.

De aquella noche sólo recuerdo que me volví a hacer el dormido y saliste de la habitación después de darme un beso. Estabas nerviosa, aunque te esforzaras en disimularlo una noche más. Presentí que no te colabas en tu cuarto porque conté tus pasos silenciosos —él roncaba— y al llegar al salón te sentabas. «No te duermas ahora, Justo», me dije. Me abracé a la almohada...

La noche fue mi cómplice como luego han sido otras.

La luna daba la luz necesaria para iluminar la oscuridad del pasillo. Salí descalzo y caminé hacia donde estabas. Se escuchaba el tictac del reloj de madera y el oscilante movimiento del péndulo dorado. Pegué la cara al cristal de la puerta y vi cómo te levantabas la camisola y te ponías crema en un enorme morado que descubrías entre las costillas.

Su ira tan virulenta en aquel mapa en tu piel de color morado me ayudó a tomar una decisión.

Nunca más en la vida.

Sentí tu sufrimiento como el frío del vidrio pegado en mi frente. Fue una punzada. De súbito recordé otras muchas noches, esos otros ruidos, esos silencios en los que sólo se escuchaba el tictac amenazante del tiempo y esas carreras por el pasillo.

Me quedé en silencio, mirándote. No quise abrir la puerta y pasar contigo porque no iba a ayudarte con el dolor. Al contrario, si entraba a preguntarte qué pasaba, te iba a obligar a mentirme como otras veces. En aquella noche lo único que deseé fue ser la crema que curaba tu tormento desde el otro lado de la puerta.

Inexplicablemente la imagen no me asustó.

Fue en ese momento cuando elegí el destino. Sólo eres libre cuando lo eliges. Y elegí por todos. Tenía dos opciones: convertir aquello en habitual o seguir mi instinto. ¿Animal?

Al día siguiente no fui al colegio. Me llevé el bocadillo hasta el final de la tapia de la fábrica textil donde trabajaban Isolina, María Montaña y Esperanza, y allí me quedé. Por aquel entonces yo ya había leído las historias de *Los Cinco,* de la escritora Enid Blyton, y en televisión veía las series de detectives después de los deberes. Pero me sentí más cercano a Tom Sawyer en la soledad de la tapia, comiendo solo y preparando un plan para pasar a la acción. Me bastaron dos días para buscar lo que necesitaba, leer en la biblioteca las respuestas a mis dudas y poner rumbo como los barcos de papel. Tal vez frágiles, pero navegan.

¿Estoy defendiéndome? No soy consciente. Quizá, y esto puede que sea cierto, también elegí en contra de ti, pero de eso no tengo certidumbre porque he estado callado treinta años.

—Mamá, ¿me escuchas?

24

Los paraísos cercanos

6 de agosto de 1981.

Sucedió precisamente al revés de como tenía que pasar.

Estaba volviendo a casa después de dejar en la puerta de Sofia una nueva bolsa con dulces, esta vez eran galletas de coco del horno de la Reme, cuando me crucé con mi madre, que llegaba de comprar fruta.

—Te va a gustar la noticia, Justo. Seguro que te gustará.

Los vecinos italianos nos invitaban a cenar. Podría haber subido al Everest sin oxígeno y bajar a bucear a pulmón en el acantilado de nuestra casa o caminar como un funambulista en una cuerda atravesando el Mediterráneo cuando me comunicó la noticia. Mamá no paraba de reír, porque cuando dijo «Francesco y Sofia quieren que cenemos con ellos», me entró un ataque de nervios y empecé a estornudar.

—Ya estás otra vez con la alergia, esta primavera... —dijo para disimular.

—¡¿Cuándo?!

—Mañana sábado. Hoy viernes nos quedamos tranquilos en casa. Y como hace buen tiempo, podemos girar la tele en la ventana y la vemos desde el jardín.

—¡Qué bien!

—Sabía que te gustaría. He subido dulces, me ha dicho la Reme que pasaste con la tía Visi y que te apetecerían. —Me sonrojé. Ella continuó—: Como no acertaba con unos o con otros, he subido unos pocos de hojaldre y otros pocos de coco.

Hasta aquel momento de mi vida lo más emocionante que me pasaba era lo que veía por televisión y los cuentos que leía bajo el sauce llorón. Mientras ayudaba a mi madre con el carro de la compra —pesaba mucho por culpa de una sandía gigante que llenaba medio carro—, aspiré el olor de las flores que cubrían el camino, me gustaba dejar mi imaginación mariposear en torno a la felicidad. Y la felicidad era entonces Sofia. Se me figuraba que yo era un capitán de barco de un país nuevo que llegaba a conquistar un castillo en el que tenían a una princesa italiana encerrada que siempre tocaba la misma canción al piano. Así andaba yo desde que llegó el camión de la mudanza y empezó a descargar sus cajas, para más tarde empezar a vigilarla desde el otro lado del jardín, con sus movimientos de brazo al compás de su padre.

Aún me acuerdo de las sensaciones que me provocaba volar con mi bicicleta en busca de regalos y el temblor de mis manos dibujando un corazón de tiza en su suelo a toda prisa. Las mismas manos que ahora arrastraban con fuerza el pesado carro de la compra hasta el interior de la cocina y que descargaban las bolsas encima de la mesa con ayuda de mamá.

—Tal vez comamos pasta —dije.

—Vaya, como si fuera la primera vez. ¿Cuántas veces comemos macarrones porque el señorito quiere macarrones? ¿Eh? ¿Cuántas?

—Ya. Pero como son italianos...

—Pues a lo mejor es sopa de marisco.

—Puag.

Detestaba la sopa de marisco y cualquier cosa caldosa.

—Te comerás lo que nos pongan.

Asentí.

—Yo creo que deberíamos hacer una tarta de moca para el postre, estaría bien llevar algo como bienvenida. Un dulce siempre cambia los estados de ánimo. ¿Quién decía eso? No sé. ¿Te parece?

—¿Dulces?

—Sí, he comprado bizcochos para hacer la tarta. A ti siempre te gusta y me sale muy bien. Luego nos ponemos y me ayudas.

—Perfecto —dije nervioso de pura ilusión.

—¿Y tu hermana?

—Estará en su cuarto. Voy a decírselo.

Desde la muerte de mi padre, nos gustaba hacer tartas de moca en la cocina. Las hacíamos a medias porque antes papá siempre me soltaba que ese lugar era de mujeres y para mujeres. Y así fue durante años, hasta que desapareció. Por esa razón nada más llegar a la casa del acantilado conquistamos la cocina y se convirtió en el epicentro de nuestro nuevo mundo. En la misma mesa que comíamos también hacíamos los deberes y poníamos claras a punto de nieve. El grueso hule de cuadros verdes, que enrollábamos en un viejo tubo de tela que nos había dado el sastre de la Comercial y servía de eje para guardarlo en vertical junto a la nevera, era la geografía de la nueva cocina. Puesto para comer, enrollado para los deberes.

—Venga, sube a por tu hermana.

—Ya voy. Luego te ayudo, mamá.

—Es raro, lleva mucho rato desaparecida, muy callada, miedo me da... ¿Sabes si le pasa algo?

—¿Yo? Ni idea.

Me la encontré llena de polvo, sentada en el suelo del desván y con cara de estar alucinando. Había desplegado varios decorados del abuelo y eran como puertas a otro mundo.

—He limpiado los telares. Mira —me dijo con un mechón en la frente lleno de telarañas—, parecen fotografías pero sin gente, son perfectos.

—Es tamaño real.

Me incliné para mirarlos y tuve la sensación de que si daba un paso me colaba en aquel despacho de mármol con chimenea de candelabros pintados y puerta semiabierta al fondo.

—Adelante, pequeño.

—¿A ti también te ha pasado?

—Sí, lo mismo que estás pensando. Parece que sea una puerta.

—¿Has buscado la firma? A lo mejor los pintó el abuelo...

—No, ya les he dado la vuelta y pone que son de Lyon. De unos talleres llamados La Marsellesa.

El cuero de la butaca pintada junto a la mesa redonda de tres patas relucía; había un jarrón de flores blancas y un pisapapeles en forma de corales. Todo pintado. Todo absolutamente real.

—Mira aquel otro —dijo mi hermana.

Era un paisaje infinito, con aves suspendidas entre las nubes, a diferentes tamaños, que huían de los árboles como espantadas por un palmada. ¡Chas! En la ladera de la montaña se dibujaba un camino serpenteante de piedras que venía de una casa tipo suizo con tejados negros muy verticales, de pizarra. Brillaba.

—Lo he limpiado todo con un trapo y paciencia.

—¿Llevas aquí toda la tarde?

—Llevo aquí semanas, cuando tú te vas al pueblo a por tus cosas de amores, que te conozco, yo me escondo aquí arriba. He ido quitando sillas, ¿lo ves? He descubierto este caballete de madera, es en el que se apoyan los telares. Para eso he tenido que ir amontonando todo tal y como lo iba encontrando, y limpiando... Lo voy poniendo allí en el fondo para tener espacio donde extender las telas. Mira.

Habrían pasado decenas de años, los lienzos como sábanas grandes habían estado dormidos en el desván, ni siquiera puedo imaginar cuánto tiempo, porque de eso todavía no me he hecho a la idea. Ahora el verde de la montaña era verde, el emparrado que en primer término parecía salirse de los bordes era real como el de nuestra fachada, las nubes como algodones, limpias, sin amenazar lluvia, y las flores que salpicaban el sendero más rojas que los hibiscos del jardín.

Mi hermana se levantó y se puso delante de la sábana pintada.

—Mírame —me dijo—. Tú eres el abuelo ahora. Seguro que se ponía ahí para hacer las fotos a los que retrataba.

Yo caminé unos pasos hacia atrás y de pronto vi a mi hermana en un paisaje suizo.

—Y... ¿por qué es en color, si entonces la fotografía era en blanco y negro?

—No sé. No había caído.

—A lo mejor el abuelo sospechaba que llegaría la fotografía en color.

—¿Te imaginas?

Nos percatamos de que quedaban varios rollos por desplegar. Procurando no estropear los dos que ya teníamos colgados en el bastidor y el que estaba extendido en el suelo imitando un cortinaje de terciopelo granate que quedaba recogido a los lados como si fuera un teatro, fuimos a por otro más, sin pisarlo.

—Mamá ha dicho que ahora haríamos una tarta de moca —le dije a mi hermana mientras caminábamos casi de puntillas por el borde que quedaba libre.

—¿Para?

—Para los vecinos. Nos han invitado a cenar.

—¿Los italianos?

—Sí. Sofia y Francesco. Me lo ha dicho mamá antes de subir a buscarte, no me lo puedo creer. Vamos a su casa. ¡A su casa!

—Te ayudaré.

—¿Cómo? ¿A qué? —solté.

—A estar calmado.

—¿Se me nota? Bueno, no contestes. Da igual. Y tú, ¿cómo estás...?

—Si te refieres a eso del otro día... estoy bien. Venga, va. ¿Estás contento?

No podía disimularlo. Así que fui escueto.

—Sí.

—Pues venga, ayúdame con los telares. ¿No te parece emocionante que el abuelo guardara todo este mundo?

El siguiente rollo era más gordo que los demás y sospechamos que sería un paisaje gigante. Al colgarlo de las dos argollas del caballete y darnos una señal uno al otro para soltar el telar al mismo tiempo sin que se rompiera —«¡Allá va!», dijimos—, una nube de polvo cubrió todo del desván. En medio de la niebla y de las toses fue apareciendo un ser mitológico, agua, piedra esculpida, caballos, un hombre saliendo de una concha...

—¡La Fontana di Trevi!

—¿Qué?

—Es Roma, Justo, la fuente famosa. Qué pasada.

Los dos nos quedamos embobados cuando el nubarrón de polvo fue desapareciendo como una fantasía de magia y nos encontramos ante una asombrosa reproducción de la Fontana di Trevi. El agua parecía que nos iba a salpicar, de hecho extendí la mano para tocarla como si fuera a mojarme en aquellos chorros que brotaban bajo las patas de los caballos enloquecidos con cola de sirena.

—¿No te parece maravillosa? —dijo mi hermana Liz.

Pero precisamente porque la realidad en la que me había metido aquella visión hacía totalmente distinta mi vida, en ese instante no pude responder. En mi corazón aquella fuente se hizo gigantesca y quise traspasar el lienzo para aparecer en ese mismo momento frente a la Fontana di Trevi.

Mi hermana se puso en medio de la pintura y fingió que se duchaba bajo el agua.

—¡Marcelo, ven aquí, date prisa! —dijo, imitando un acento forzado.

—¿Qué dices, Liz?

—No me llames Liz, llámame Sylvia, como en *La dolce vita*. Qué pena que no haya un gato por aquí...

—¿Para qué?

—Como en la peli. Llega este año, lo he visto en *Fotogramas*. Seguro que el abuelo fotografiaba en este escenario a las señoras como si fueran de *La dolce vita*. Serían las frescas de Calabella... ¿No te parece fascinante? Es alucinante. Es perfecta. Parece de piedra, parece agua...

Era verdad. Aquel escenario era una puerta a otros lugares que jamás había visitado. Juro que la sensación era como si se traspasara el tiempo y el espacio. «Quiero visitar todo esto», dije en voz baja. Liz sonrió, y yo por contagio también.

—Es como si no conociéramos a nuestra familia, ¿verdad?

—Deberíamos desplegar los que quedan —añadí disimulando y con los ojos empañados de lágrimas por la emoción y el polvo.

—Seguro que los abuelos vivieron a lo grande. Me intriga saber qué vida tuvieron, adónde fueron, cómo se besaban, dónde...

—Os diré que se amaron mucho, si es lo que os intriga. Fue la pareja perfecta. No ha habido nadie como ellos. Ni lo habrá. Es imposible quererse tan bien.

Era mamá. Había entrado en el desván y no sé cuánto rato llevaría allí escuchándonos y viendo el parque de atracciones que habíamos desplegado como aduanas del tiempo.

—La vida de los abuelos fue muy intensa. Tanto que la guardaban celosamente... siempre. No había nada que les hiciera temblar, ni separarse, ni dejar de hablar entre ellos. Siempre parecieron dos adolescentes que empezaban a quererse. Ojalá... bueno...

Se quedó mirando la Fontana di Trevi.

—Italia, no conozco Italia. Qué casualidad.

En nuestra casa no existían las casualidades, o vivíamos en una eterna casualidad. La cena. Los italianos.

Pasó un ángel, como se suele decir, un silencio, hasta que Liz arrancó a hablar emocionada:

—¡Podemos hacernos fotos delante de todos estos tapices y parecerá que hemos visitado medio mundo! —dijo totalmente animada.

—¿Quedan más? —preguntó mamá.

—Quedan varios sin destapar —solté yo, acercándome a donde Liz había apoyado las sillas, ya limpias de telarañas, y los baúles oxidados. Me tropecé con un aguamanil que todavía tenía la toalla puesta; la palangana y la jarra de porcelana blancas vibraron como campanillas, pasé la mano por el espejo, lleno de polvo, y dibujé un corazón con el dedo. Mamá me miró.

—Tú y los corazones, Justo...

Lo borré rápidamente con la palma y sonreí.

Mi hermana había dispuesto el siguiente rollo de tela en otro caballete y cuando fue a desplegarlo, solté:

—¡Espera! Que desaparecemos entre el polvo como antes.

La ayudé y lo colocamos en el suelo, justo encima del que representaba un telón de terciopelo de teatro. La primera impresión que me causó fue de sorpresa, por tratarse de una nueva ciudad. Pero eso no era todo. Fuimos desplegándolo poco a poco y los colores se mezclaban alegremente llamando la atención con intensidad. Eran diferentes sacos de especias rojas, azules, verdes, amarillas, naranjas... delante de azulejos y tenderetes de madera con toldos llenos de estampados de más colores. Era un instante del bullicio de algún mercado marroquí parado en el tiempo que aparecía al girar una esquina de una casa recién enjalbegada y con las jambas de las ventanas pintadas de añil. La ventana tenía flores y quedaba un hueco virgen para que los protagonistas pudieran posar como si fueran jeques o comerciantes de especias.

—¿Tánger? —dijo mi hermana.

—Tal vez.

—¿Pone algo detrás? —pregunté—. En el de antes ponía Lyon y en el de la montaña, Suiza —expliqué, mirando a mamá.

Liz fue levantando las esquinas del telar hasta que encontró el texto.

—Casablanca. Qué bonito suena.

Yo repetí la palabra separando las sílabas lentamente: «Ca-sa-blan-ca».

—Le voy a pasar el paño mojado como con los otros —añadió mi hermana—, los colores deben ser todavía más alucinantes de lo que parecen.

Efectivamente, a medida que Liz iba limpiando el lienzo aparecía el azul más azul, el rojo más rojo, el naranja más naranja, el amarillo más luminoso... Aquella visión de otros lugares del mundo que no conocíamos y que a veces salían por la televisión en blanco y negro se nos hizo tan mágica como evocadora de una vida que desconocíamos.

Mi hermana se repitió a sí misma, mirando a mamá:

—Es como si no conociéramos a nuestra familia, ¿verdad?

25

El cielo del Trastevere

Roma, 19.00.

Si quisiera explicar con unas palabras quién era mamá, podría decir que fue una niña a la que le encantaba cantar sentada en la mesa y que se ponía sombreros para el sol. «No sé qué día dejé de cantar, seguramente el día que me bajé de la mesa y toqué tierra», me dijo en una de sus notas.

No sé muy bien por qué le gustaba tanto el sabor de la canela; guardaba manojitos atados con cintas color lavanda, que desmenuzaba en la palma de su mano, estrujaba y aspiraba el aroma cerrando los ojos. Llevaba el pelo atado en una coleta desde que era pequeña, la misma cadena con la cruz de su padre colgada al cuello y el anillo de papá que, a veces, giraba en un pasatiempo nervioso.

Las amigas de mamá siempre hablaban bien de ella, y las tías, y las vecinas. Todos. El mar le daba miedo y se quedaba sentada en la orilla, ovillada en la toalla, y en las tormentas sacaba un pan seco por la ventana «para calmar los truenos». Sólo le relajaba la lluvia y sospecho que era porque nos tenía cerca, de niños, con la tele en el salón o hablando del día de mañana. Leía mucho y ponía siempre su nombre en la primera hoja con la fecha del inicio de lectura y en la última una palabra que, supongo, resumía la historia. El día que repasé la biblioteca revisé las últimas páginas y encontré «corazón», «tinieblas», «amparada», «lentamente», «crecer», «esperar», «hechuras»... Quise componer una frase como si hablara de mí. Si ocultaba un mensaje, nunca lo supe y temo que ya nunca lo sabré.

En el Seat 131 de color crema y techo negro que había utilizado papá, nos dejaba poner cintas con la música que grababa mi hermana de la radio, aunque acababa bajando el volumen y jugábamos todos a adivinar palabras. Sabía sacar el niño que todos llevamos dentro, aunque yo me quejara siempre: «Ve más rápido, mamá, que no llegamos nunca».

—Pues mirad el paisaje por la ventanilla o contad números de matrícula. A ver... con la B, veo veo.

—Botella.

—No.

—Bocadillo.

—No.

—Bambas.

—No.

—Barco.

—No.

—¿El qué?

—¿Te rindes?

—Yo no —decía mi hermana—. ¿Con la B...?

—Sí. Veo, veo, con la B.

—Hummm... Bisonte.

—¿Dónde ves un bisonte, Liz?

Lancé una mirada a mi hermana entre la contención para no desternillarme y la incredulidad. Su fantasía superaba a la mía cuando entraba en ebullición. Mamá se mordía el labio para no reír. Arrugó su frente e insistió con ironía:

—¿Un bisonte, Liz? ¿Tú crees que por el Mediterráneo hay bisontes?

—Pues me rindo —dijo mi hermana con aire orgulloso.

—¿Os rendís?

Asentimos.

—¡Bigote!

—¿Dónde hay un bigote, mamá?

—Creo que Justo se está haciendo mayor...

Mi hermana casi se meó de la risa y yo de la rabia.

—Vaya, qué graciosas las dos... —exclamé con viveza antes de ponerme a mirar por la ventanilla y verme reflejado. Las dos no paraban de reír compinchadas con la broma y vi en el cristal que ya estaba pasando el tiempo, jugando a mi favor y al de ellas. El tiempo... En aquel momento, mientras miraba la carretera por la ventana, no imaginé que pasaría tan rápido, que no hacía falta esperar porque irremediablemente llega. Solté vaho y dibujé con el dedo índice un corazón; estuve mirándolo hasta que se evaporó.

Al contemplar ahora a mamá sentada en la iglesia, observé las velas y toda la cera que chorreaba por los huecos de las capillas. Pensé en aquellos viajes que hacíamos los tres por aquella carretera de curvas de Calabella a la casa y de la casa a Calabella. Susurré a su oído: «Con la C, veo veo», apretándole la mano para que sintiera mi pregunta. Y mamá, extraña y ausente, al mirarme para oír bien mi voz sentí que tenuemente decía:

—Cielo.

26

Cena en casa de Sofia y Francesco

7 de agosto de 1981.

Me incliné todo cuanto podía sobre la tapia para ver si alcanzaba a ver qué estaba pasando dentro de la casa de los italianos.

De pronto, Sofia se paró en el ventanal y se quedó mirando el horizonte, las manos en su cintura y los labios moviéndose como si respondiera a su padre. Era una película de cine mudo. Estuvo así unos minutos, aunque al recordarlo me parecen horas. Casi sin darme cuenta, me descubrí moviendo los labios como si imitara sus sonidos mudos. Es algo que me sigue pasando. Debía de estar hablando en italiano porque sólo adiviné las sílabas «pa-pá», el resto eran jeroglíficos. En ese momento giró la cabeza, me vio, levantó la mano y me saludó.

Eché a correr a casa.

Una hora después estaba entrando en la suya.

Antes de que abrieran la puerta, miré el resto de corazón de tiza que quedaba en el suelo que yo mismo había dibujado. Noté que un corazón se superponía al otro. Así debe ser el amor.

«Ding-dong».

Tocamos dos veces. Yo seguía mirando el suelo. Y me entró tal miedo que, en vez de agarrar la bolsa que llevaba mamá, me puse a borrar el dibujo del escalón con el zapato. Se oía música dentro y, más dentro de mí, el latido nervioso de mi corazón. Por fin abrió.

—Pasen.

Era una señora gordita, redonda, que tenía la cara llena de pecas como la constelación del techo de mi hermana. Busqué la osa mayor entre su nariz y las orejas.

—Les esperan dentro. Bienvenidos.

La primera impresión cuando crucé el umbral de la casa de los italianos fue de sorpresa absoluta por tratarse de una entrada llena de particularidades que a mí se me hacían extravagantes. Había un violín gigante sin cuerdas apoyado en la pared del que salía luz por el agujero redondo. «Esto es un violonchelo», dijo mi hermana, entusiasmada como si la visita fuera una expedición de *Los Cinco* de Enid Blyton. El taquillón donde había llaves y ceniceros de cristales de colores estaba lleno de fotos de Sofia, su padre y una señora que debía de ser la madre, porque en alguno de los marcos estaba con un bebé en sus brazos, que luego llevaba de la mano con vestido corto y tenía la misma cara que Sofia. Entramos caminando con la solemnidad de un cortejo nupcial. A mí se me habían revuelto las tripas y tenía la boca seca por la emoción. La pared de la entrada estaba forrada con partituras de música como si se hubieran pegado por el viento. Todas salpicadas. Pero eso no era todo.

—¡Mira! —gritó Liz.

Soltó la rebeca en mis manos y se tapó la boca para parecer prudente, porque mamá le hizo un gesto para que se contuviera como el de las enfermeras de los hospitales.

—¡Son botellas con mensajes! —exclamó.

En la estantería que recorría el pasillo sobre nuestras cabezas había decenas de botellas verdes con mensajes enrollados como cuentan en las novelas, rulos de papel encajados en la boca.

—¿Qué tendrán?

«Cartas de amor», pensé.

—No sé —dije.

La admiración de mis ya trece años era gigantesca, sobrepasaba cualquier fiesta de cumpleaños en casa de las tías. Caminaba en silencio tras la mujer gorda de constelaciones en la cara que nos conducía hasta la música que provenía del fondo de la casa. Mamá iba con la tarta de moca que había hecho para el postre y mi hermana con unas flores —según ella peonías— que les gustarían a los italianos. Mientras tanto, yo no dejaba de mirar las partituras de música desperdigadas y pegadas en las paredes, oyendo cada vez más alto el sonido de la música de piano. Comparar aquello con nuestra vida de campo y árboles, nuestra casa forrada con papel de flores y cuadros de llaves antiguas, era como meterse en un cuento de Julio Verne. No era el futuro, era otro lugar.

—Coge las flores tú —me dijo.

—No.

—Sí. Cógelas.

Me las puso en mis brazos y agarró su rebeca otra vez.

Las puertas de madera estaban pintadas de blanco, los cuadros que tenían eran de señores con pinta de músicos —pude leer Verdi, Vivaldi, Chopin en la base de las litografías—, las lámparas de cristalitos bailaban a nuestro paso o por la vibración de la música, y al entrar al salón me sorprendió la cantidad de candelabros con velas encendidas que chorreaban cera sobre las mesas. Las alfombras bajo nuestros pies eran viejas, muy desgastadas, muy finitas, como si las hubiera pisado todo el pueblo y los colores se hubieran ido mezclando con el tiempo y las visitas. Los libros, muchos, se amontonaban en columnas y podían leerse los títulos al estar apoyados en horizontal.

Comparada con las casas que yo conocía, incluso la del horno de Reme, que estaba medio loca y coleccionaba trastos viejos, era muy distinta, y pensé que aquello era como atravesar uno de los telares del abuelo que teníamos en el desván.

—¡*Buonasera,* vecinos! Encantado de conocerlos a todos, qué bien que vengan... ¡Y tan puntuales! Bienvenidos a nuestro mundo...

Era Francesco, vestido como un presentador de televisión, con traje y gafas que se quitó y dejó colgando en el bolsillo de la solapa. Abandonó unas partituras que llevaba en la mano sobre la mesa donde había un montón de libros y llamó a Sofia.

—¡Sofia! *Per favore*. Acércate. Han venido nuestros invitados.

Al fondo, delante casi de la ventana que yo conocía desde el otro lado, estaba ella, frente al piano de cola negro brillante. Paró de tocar y se recogió el pelo en una coleta mientras venía caminando hacia nosotros.

—Hola —dijo.

—Hola.

—Soy Sofia. Encantada.

—Hola.

—Un placer.

—Hola, hola.

«Encantada». Dijo «encantada», mirándome a mí. Estoy seguro. El padre cogió las flores, se las dio a la mujer gordita de pecas. «Póngalas en uno de los jarrones», le indicó amablemente; mi madre besó a Sofia, mi hermana la saludó con una sonrisa, Francesco agradeció el detalle y la tarta que mi madre había hecho, nos invitó a pasar a donde estaban los sillones, nos sentamos, la señora se llevó la tarta y la rebeca de mi hermana, volvió con las flores en un jarrón de cristal azul, las puso en un mueble de cajones donde había cajitas pequeñas, nos sirvió un plato con queso rascado en trozos, «Es parmesano» explicó; dejó en la mesa de café una botella de vino rosa de la que salían burbujas y varios refrescos en una bandeja con vasos también de cristal azul.

¿Y yo? Yo, por más que quiera, por muchos años que pasen, no consigo recordar qué hice. Memoricé las veintitrés botellas con mensaje que había en el pasillo, el violonchelo con luz, las lámparas de cristalitos, las alfombras y los nombres de los compositores que había en las fotografías: Verdi, Vivaldi, Chopin y Erik Satie.

—Ésta es una zona preciosa, ¿verdad? —se arrancó mi madre después de que Francesco le sirviera una copa de vino espumoso.

—Es maravilloso. ¡Maravilloso! Tanto Sofia como yo estamos felices de estar aquí. Las vistas... El mar... Esta casa...

—Lleva tantos años vacía...

—Si llego a saber que era tan hermosa, habríamos venido antes, pero... —miró a Sofia— preferíamos continuar un tiempo en Roma hasta arreglar la vida.

Sofia no había abierto la boca. Ni yo. Mi hermana sí.

—¿Puedo? —dijo, acercándose un botellín de cola.

—*Per favore*, sírvete. —En ese momento se dirigió a mí—: ¿Justo, quieres? —Sabía mi nombre. Debió de notar mi cara de confusión y sonrió—. He oído muchas veces cómo tu madre te llama para comer. Justo es un nombre bonito. Sueles pasarte mucho rato en el jardín. ¿Mirando el mar, no?

Asentí sin decir nada. Sentí que me había pillado mirando la casa, que era como decir mirando a Sofia. Así que callé y seguí sentado en el sofá mientras mamá conversaba con Francesco y mi hermana preguntaba a su nueva amiga.

—¿Todavía no te has apuntado en el instituto?

—Este próximo curso —dijo ella, recogiéndose un mechón que le caía sobre la cara.

—¿Cuántos años tienes?

—Quince.

—Ah, yo dieciséis. Y Justo trece. Él va al colegio. Aunque es el mismo edificio.

Asentí otra vez como si fuera una tecla del piano de cola, pero sin emitir sonido.

—Vendrás con nosotros. Está muy bien. Te gustará. Bueno, si te gusta estudiar, a mí no me gusta.

—No hay opción.

—Ya —dijo mi hermana.

—Debe ser precioso saber tocar el piano —dijo mi madre, haciéndose partícipe de la conversación.

—Precioso y difícil al mismo tiempo —admitió Sofia—. Mi padre es muy especial cuando empiezo con una partitura. Quiere que...

Francesco la interrumpió.

—Quiero que sea perfecta. El piano es una fábrica de sueños. Es un arcoíris de teclas que puede generar todas las emociones.

—Y cuando no lo hago perfecto me dice que...

—Que no hay emoción. Es que debe haber emoción en las cosas. Si no se eriza la piel, no es música. Debe llenar la sala de sonido, pero antes debe llenar el corazón.

Ella se encogió de hombros y sonrió.

—Ya veis. Papá quiere que sea pianista.

—¿Y tú? —dijo mi hermana.

—¡Liz! —la reprendió mamá.

—Yo también. Amo la música. Y entiendo lo que dice papá.

—El corazón no es un músculo, es un lugar.

Mamá frunció el ceño interesada por las palabras del italiano. Pero, naturalmente, no quiso decir nada porque nosotros no sabíamos de música. Sabíamos de corazón.

—Mamá dice que no es un lugar —dije yo.

—¡Justo!

—Eso es lo que dices tú, ¿no?

—Mamá se refiere a que no es un lugar que se pueda repartir.

—*Certo!* Es un lugar para la emoción. Si algo no llega al corazón, es como si no hubiera salido del destino. Es una carta no echada.

—¿Como las botellas? —pregunté.

—Como las botellas con mensaje.

Sonrió y me miró con complicidad.

—Eres muy observador, ya veo que te has fijado en el pasillo... ¿Sabes qué son?

—Partituras —dije como si hubiera acertado un premio.

—Efectivamente. Son las partituras que me han hecho llorar, son la banda sonora de mis emociones. —Miró a mamá y continuó—: Les parecerá cursi, romántico, sentimental... Sí, sí, sí. Todo lo que quieran. Y tienen razón. Lo es. Es cursi, romántico y sentimental. Es la sangre de la Toscana que me pone melancólico y festivo, altibajos de emoción. Será la música, será la tierra, será la *mamma*. —Lo decía todo rápido, con la copa de vino en la mano y dando pequeños sorbos que saboreaba en el paladar—. Me gusta guardar en las botellas las notas de aquellas canciones, aquellas arias o, qué se yo, las composiciones que me han arañado, son todas esas que han llenado el corazón, diríamos que son las canciones que han llegado a destino.

La voz de Francesco sonó tan real que sin querer dirigí la mirada hacia Sofia.

Imaginé el corazón que hacía con vaho y se evaporaba y, nervioso, pensé en los corazones que había dibujado en la puerta. ¿Le habrían llegado las magdalenas de limón? ¿Los bizcochos de coco? ¿Las rosquillas de canela? ¿Los hojaldres de azúcar?... ¿Habrían llegado a destino?

—Suena bonito —dijo mamá.

—Suena, suena... Así es. Cuando la vida va bien, tiene música, cuando no va bien... hay que buscar la canción. —Paró en ese momento, como en seco—. ¿Cuál es su canción favorita? —dijo, dirigiéndose a mamá.

—Hummm... No sé. No lo había pensado.

—¡Oh! ¡No! No me diga que no tiene canción favorita —dijo, lamentándose y se giró hacia la estantería donde había decenas de discos—. Todo esto está lleno de canciones, cada canción es una vida, un amor, una despedida, un baile...

—Pues...

—Todos tenemos que tener una canción favorita. Y recurrimos a ella para imaginar lo que fue o lo que puede ser.

Mi hermana y yo mirábamos la gran estantería en la que debía haber miles de discos de miles de autores con miles de canciones. Era la banda sonora de millones de vidas. Yo pensé que no había manera de poder escuchar todo aquello.

—¿Todo eso lo habéis escuchado?

—Todo no —contestó Sofia, sonriendo a Liz.

—Ah.

—Sería imposible, pero papá dice que la vida es muy larga y hay música para todos los días. Siempre que se levanta pone un disco, depende...

—¿De? —dije yo.

—Del desayuno.

—¿Cómo? ¿Qué tiene que ver? —curioseó mi hermana.

Y Sofia, mientras bebía cola con pajita, respondió:

—Tostadas, Wagner. Cruasán, Vivaldi. Dulces, Chopin. Cereales, Beethoven. Y así siempre.

Luego entornó los párpados. Volví a evaporarme como esos corazones que dibujaba en el espejo. La confidencia nos la hizo mientras mamá y su padre seguían charlando sobre canciones. Algunos instantes valiosos de la vida desprenden magia. Si las olas no estuvieran en ese momento rompiendo en el acantilado, se escuchaban fuerte, habría pensado que estaba cruzando un sueño extraño.

Me volví hacia las botellas que tenían partituras semiescondidas en su interior. Estaban ya en penumbra porque las velas que recorrían el pasillo se habían ido apagando por el viento que entraba por la ventana del salón.

El padre de Sofia nos invitó a salir al patio. Ya había anochecido.

—Liz, mira.

—Justo... qué bonito.

La expresión de mi rostro hablaba por sí sola. Liz también alucinaba.

En el porche, creado por varios cipreses, habían tendido cuerdas con más partituras, cogidas con pinzas, y se movían con el suave viento de la noche. Eran muchas partituras, como sábanas, colgando, bailando con la brisa ligeramente de un cordel a otro. Parecía irreal. Un sinsentido. Había luna llena y quedaba reflejada como en un espejo en el mar. Esa luz era la que transparentaba las notas y los pentagramas suspendidos en el aire. El efecto ilusorio sólo me llevaba a las páginas de los libros de Verne que leía compulsivamente. Nada se parecía a aquello. ¿Cómo podíamos ser tan distintos separados por una tapia nada más? ¿Cómo la vida se consumía de diferente manera en dos candelabros? Se escuchó un clic y de pronto...

—¡Luces!

Fue alucinante.

Había bombillas de colores que formaban un cuadrado sobre nuestras cabezas, y en el centro, una mesa cubierta con un mantel blanco lleno de caracolas de mar que no sólo estaban entre los platos; otras, más grandes, se enganchaban a las esquinas para que el viento no volara la tela blanca. Me armé de valor, sorprendido por la escena, y le pregunté:

—¿Y... éstas?

—¿Las partituras del jardín? —me preguntó Francesco iluminado por el reflejo de las bombillas rojas y azules en su cara.

—Sí.

Mi voz salió como un gallo atrapado, más infantil que nunca.

—Eres curioso, me gusta. Son esas canciones que se atragantan. Las que necesitas digerir. Como los problemas...

Asentí.

—Cuando tienes un problema es mejor que el viento lo seque, lo cure, como las heridas.

Me giré repentinamente a mamá. Ella sonrió y dijo:

—La vida no es justa a veces... Pero así es el baile. —Francesco pareció entender qué se escondía tras la mirada de mamá, pero calló. Mamá me miró y añadió—: ¿Lo ves? Como la sal. La sal cura. El mar cura.

El viento movió las partituras como para secar las heridas sobre nuestras cabezas.

—Pues dejemos que nos cure la noche y la cena... ¡Simona! ¡¡Simona!! Cuando quiera, por favor. Tenemos hambre y este vino tiene mucha burbuja, podemos casi volar. Tenemos hambre, ¿verdad? Ah, por cierto, Simona.

La mujer de las constelaciones en la cara se giró hipada.

—*Per favore*... Suba la música del interior, que se escuche aquí por las ventanas. Es una noche preciosa y... —Miró a Sofia para hacerla cómplice—. Ustedes son nuestros invitados. Cenemos.

Se quedó pensando en el nombre de mamá.

—Dios mío, disculpe, no recuerdo cómo me dijo que se llamaba. Qué cabeza.

—Teodora.

—Parece el nombre de una ópera... ¡Teodora! Como *Fedora* —celebró el italiano, exultante.

En aquel momento, mi madre dejó la copa en la mesa y la señora gordita apareció por detrás para rellenársela de nuevo. Yo eso lo había visto en las películas.

—Y, ahora, a ver si les gusta la cena, ¡buena pasta! —dijo, poniéndose en jarras.

—¡*Fedora*! ¡*Fedora*! ¡Qué maravilla!

Francesco empezaba a parecer un auténtico italiano de esos de las películas que gritan felices después del nerviosismo inicial y los titubeos para saludarnos en las presentaciones cruzadas.

—¿La conoce? Esa ópera es *meravigliosa*.

Mamá fue incapaz de hablar ante el paroxismo de aquel hombre que se levantaba para ir corriendo hacia el interior de la casa. Se le vio rebuscar entre los discos hasta que alzó la voz.

—¡Aquí está! ¡La tengo! —gritó él.

—Pero... —mamá quiso justificarse sin dejar de sonreír—. Me llamo Teodora.

—Da igual, mi querida vecina, desde hoy la llamaré Fedora. La princesa Fedora Romazov. —El disco empezó a sonar en los altavoces mientras Francesco bajaba los escalones como un director de orquesta—. Me siento como Caruso ante usted, el primer Loris...

—Papá. ¡Papá! ¡Baja el volumen!

—Es ópera... Disfrutad... Escuchad todos.

—¡Papá, estás loco! ¡Baja el volumen!

—¿Quién nos escucha? ¡Nadie! Este acantilado es la Scala de Milán.

Sofia estaba riendo a carcajadas y nos miró a mi hermana y a mí.

—Es así —se justificó entre risas—. Siempre es así de excéntrico.

Liz alucinaba, yo... yo miraba a mamá, que tenía dibujada una sonrisa en la cara.

Levantó la copa y lanzó un brindis.

—Por las canciones que llegan a destino.

Asentimos como invitados a un concierto privado. Sin ser conscientes de lo que estaba ya pasando aquella noche de velas y partituras.

Destino. Hacía mucho tiempo que no volvía a tener presente esa palabra.

—¡Por las canciones que llegan a destino! —repitió. Luego dejó con cuidado la copa sobre la mesa y cogió las manos de su hija Sofia—. Hay que bailar —dijo, y guardó silencio un instante—. Ustedes también. Es agradable bailar con esta música, con esta tierra... Si somos felices, debemos demostrarlo o no sirve de nada.

Sofia apoyó la mejilla en el pecho de su padre y con los pies descalzos fue llevando el compás que marcaba ese señor de mensajes y destinos.

—Justo, baila con tu hermana —dijo mamá, sonrojada por si le tocaba bailar entre aquellas luces de colores a la vista del cielo y del mar. Los únicos testigos de nuestra felicidad.

Mi hermana se levantó y me tiró de la mano a la improvisada pista de baile. En ese momento en el que eché a volar hacia la fiesta vi que mamá sonreía apoyada en la silla, vuelta hacia nosotros. Y yo sonreí por contagio, como si la tía Visi nos estuviera viendo desde la distancia. A ella, motor de vida, le encantaría estar mirando el cambio que había dado todo.

—Fedora, baile conmigo.

Ella se rio y sacudió la cabeza.

—No, no, no estoy preparada para...

Me impresionó la timidez que reflejaba su cara.

—¿Si cambio la música? ¿Quiere tarantela? ¿Un bolero? ¿Prefiere música española? ¿Conoce a Mina?

Mamá siguió sacudiendo la cabeza, y al final tuvo que echarse a reír.

—Otra vez, otra vez será.

—Está bien, está bien... Las cosas como son. La cena se enfría y siempre hay tiempo para bailar.

Mamá sonrió.

—Ya bailaremos —dijo tímidamente.

Quería. Y yo también quería. Justo cuando Francesco había soltado a «Fedora», Sofia se había colgado de mi brazo para intercambiar las parejas con la canción. No me había dado ni cuenta. Igual que uno no se da cuenta del inicio de las buenas historias, no de las historias cualesquiera, de las Historias, aquello era el comienzo de mi vida y podía notarlo con toda claridad. Tenía por primera vez del brazo a una chica pidiendo bailar.

A pesar de no haber baile fue una noche preciosa. Suspiré al recordarlo las noches siguientes.

—Debe de ser muy divertido tener un padre así.

—¿Tan loco?

—Sí, sí. Tan loco. Exacto. Parece mentira que los padres italianos sean así.

—Bueno, no sé cómo serán el resto de padres italianos, el mío es así. Le gusta tener fábricas de sueños.

—¿Con la música?

—La música lo es todo. Calla y verás.

Sofia hizo un gesto con el dedo como el de las enfermeras.

—¿Lo ves? Es bonita.

—Preciosa —dije.

Creo que no había dicho esa palabra en la vida. «Preciosa». Y creo que no me refería a la música. Pero acerté, fue la palabra perfecta porque ella la pronunció luego en italiano y sonaba parecida pero mucho más musical: *preziosa*. Mi corazón latía con la fuerza de aquella ópera que acompañaba la cena y la pasta y las bombillas de colores y las olas rompiendo en el acantilado y las risas de mi hermana al contagiarse por el vino de burbujas.

—Y hablas bien español —le dije.

—Mi madre era española, aunque no se habla de ella en casa.

—¡Nuestro padre también! Que mi padre era irlandés, quiero decir, pero murió hace unos meses. Casi un año.

—¿Murió?

El recuerdo de papá apareció de forma inoportuna para destrozar aquel encantamiento.

—Lo siento —dijo Francesco, mirando a mamá.

—No importa. Los niños son los que han empezado a madurar muy rápido, son muy fuertes. Ellos —mamá nos miró sonriendo— me ayudan a mí. La vida pasa muy rápido, crecen.

En ese momento noté que ya tenía algo más en común con Sofia. El dolor crea un vínculo más fuerte que la fiesta.

—La vida se va rápida. Por eso no podemos parar. Hay que hacer que la música suene, a veces sólo son necesarias un par de notas. No podemos parar... No se puede parar... Aquí mismo, más allá del jardín, más allá del mar. Todos tenemos canciones que no llegaron a su destino. Se lo digo siempre a Sofia: sonríe. Hoy no es fiesta, pero puede serlo. Hay que buscar otra melodía.

La voz de Francesco sonó a bálsamo, tan real que no quise levantar la mirada. Sin embargo, me di cuenta de todo.

Mamá era feliz. Feliz como cuando leía a Hemingway bajo el sauce llorón.

«Querido Justo, mamá te agradece más que nunca que me hayas ayudado a sonreír. Creo que lo había olvidado. El día menos pensado ponemos luces en el jardín y hacemos que las canciones lleguen a su destino. Al final, ya ves, la tía Visitación tenía razón. Hay que bailar. Sea como sea, hay que bailar. Me voy a la cama con tu beso de buenas noches... Que te quiero pequeño.

Todo irá bien.

Mamá, Te Adora».

27

La invitación al desván

Agosto de 1981.

Los días siguientes se sintió feliz. Y yo también. Hasta el mar parecía que, en calma, rayaba la felicidad. «Aquí está pasando algo muy raro», fue lo primero que dijo la Visi cuando subió a vernos con la Isolina, cansadas de caminar durante todas las curvas del camino, escupiendo huesos de cerezas, y se sentó en el poyo del jardín.

—Es la música. Anima mucho.

Mamá se justificó bajando el volumen del tocadiscos.

—A Noé le vas a hablar de agua —dijo la tía—. Claro que anima. Mírame. Y mira la cara de ésta.

—¡Oiga! —espetó, escupiendo otro hueso de cereza—. Que usted esté loca cantando todo el día no significa que por no seguirle la seguidilla voy a estar... ¿Cómo ha dicho que estoy?

—No lo he dicho, pero ahora que pregunta... amojamada. Que le falta música, Isolina, música.

Salí corriendo a abrazarme a la tía Visitación.

—¿Venís a comer con nosotros? Sí, por favor, ¡sí, por favor!

—No, Justo. Hemos venido a ver cómo estabais y ya veo que estáis muy bien. No sé si hacemos mucha falta...

Me guiñó el ojo.

—Pues a mí me gustaría que os quedarais.

—A mí también —dijo mamá, cogiendo las bolsas que traían—. Os lo digo siempre, no hacía falta que trajerais nada, qué manía con subir cargadas...

—¡Cómo es usted, Teo! Si ya sabe que no sé venir sin nada.

Iso asintió con la cabeza.

—¿Coméis o no coméis?

—Pues mira, lo que diga ésta.

—Ésta —respondió Isolina— lo que necesita es quedarse sentada un poco más a ver si recupero el aliento.

—Pues te veo muy bien —dijo la tía, mirando fijamente a mamá—. ¿La música o el tiempo?

—Pues serán las dos cosas, Visitación, las dos cosas... Yo que sé, la música o el tiempo. O el mar. ¿Has visto cómo está? —Todos giramos la cabeza hacia el acantilado—. La tranquilidad del agua relaja. Y si te refieres a las cosas, pues todo se va poniendo en su sitio y al final, pues... te haces a la idea.

—La verdad que cómo está el mar...— dijo Isolina—. ¡Qué paz! Yo creo que puede verse hasta Italia a lo lejos. No hay ni una nube, ni una ola.

—Mujer, Italia queda lejos, pero sí que tiene razón. El mar está como nunca.

—Tan lejos y tan cerca —dijo mamá.

Italia no quedaba en ese momento al frente, quedaba más a nuestra izquierda. Las distancias del corazón no se miden con kilómetros, sino con pálpitos.

«Sofia», pensé.

—Tenéis todo precioso, precioso...

Yo asentí con la cabeza mientras caminaba con ellas hacia la zona del sauce llorón. Allí estaba tirada mi hermana con una revista de *Fotogramas;* recortaba las actrices que quería ser, los vestidos que quería llevar y los títulos de películas que le parecían emocionantes. «Los que van conmigo, los que quiero ser», decía.

—¡Hola, tías! —dijo desde el suelo.

—¿Ni un beso nos das?

Liz lanzó besos como si fuera una de las actrices de su revista al ver que no le hacían ni caso.

—¡Pero Teodora, si has pintado las macetas de color azul, qué preciosidad!

—Sí, entre Justo y yo. Y cuando acabemos con todas vamos a pintar las jambas de las puertas también de azul, como si fuera Grecia.

—Pues sí que estamos cambiando.

Liz levantó la cabeza que tenía apoyada en sus manos y dijo:

—Se me ocurrió al ver una de las fotografías del abuelo.

La tía Visitación preguntó:

—¿Las fotografías de papá? —pero sin llegar a sorprenderse del todo. Se sentó en una de las sillas de forja blanca que también habíamos pintado, del negro al blanco, y dejó caer el peso de los años, que es como decir que dejó caer el peso de los recuerdos—. Papá fue muy viajero.

Era la primera vez que hablaban del abuelo llamándole «papá», y en su gesto de mujer mayor empezó a verse el de una niña que dejaba perdida la mirada en el mar, más allá de Italia. La Iso se tocó la barbilla.

—Él era todo amor. Qué diferentes son los hombres...

—Y que lo diga.

Mamá decidió pasar a la cocina a por agua fría y yo me quedé sentado frente a la tía, en el suelo, unos metros más allá de donde seguía Liz recortando su futuro.

—Cuéntame más cosas, tía —le insistí.

—Pero qué te voy a contar más...

—De sus viajes.

—Viajó mucho, pero no le hacía falta salir de aquí. Te cuento: como mamá, bueno, tu abuela quiero decir, era tan mañosa, creaban escenarios con aquellos... ¿cómo se llamaban? Ah, sí. Los telares. Todos nos hemos hecho fotografías delante de aquellos tapices de países pintados.

—¡Están arriba! —grité como quien dice «¡Tierra!»

—¿Cómo?

—Tía, ¡están arriba! Arriba, en el desván. Allí está Casablanca, París, Roma, China, Suiza... hay muchos países dentro del desván. Muchos.

—¿Los telares?

—¡Los telares! Liz los descubrió una tarde y los hemos ido desplegando.

Jamás había visto a la tía Visitación y a la tía Isolina correr escaleras arriba tan veloces en busca del mundo del abuelo. Yo las adelanté por la cocina y llegué antes a la puerta del desván, aprovechando la escalera exterior para ver cómo llegaban sofocadas y exhalando la ilusión de dos niñas llenas de arrugas. Cuando llegaron, yo ya estaba allí, en jarras.

—Pasad —les dije como un maestro de ceremonias.

—Justo, que me muero de ahogo. Espera.

—Que nos asfixiamos.

Efectivamente, se asfixiaban. Pero a lo mejor en ese trastorno escondían mil años de ausencia. «Para nosotras era muy importante...», pudo decir Isolina.

La propia Visitación se sentía un poco ridícula apoyada en el último escalón del desván como si hubiera llegado a la meta. Curiosamente, correr hacia arriba había sido correr hacia atrás.

—¿Tenéis ganas? —les pregunté sonriendo.

—Es una larga historia... —dijo la tía, incorporándose del suelo y quitándose el sudor de la frente.

La puerta se abrió del todo y yo me quedé esperando que entraran a la gran sala. El suelo crujió con su primer paso.

—A ver.

El ventanuco del fondo iluminó sus caras y en ese momento grité:

—¡Aquí están! ¡Bienvenidas... a Casablanca!

El telar desplegado de la ciudad estaba limpio, le habíamos pasado paños con agua para quitar el polvo y rescatar los colores de los sacos de especias pintados en amarillos, naranjas y rojos. Para mi sorpresa, ninguna de las dos preguntó nada ni abrió la boca más que para respirar como dos peces recién pescados. Ni siquiera la Visi, que estaba emocionada. Aunque, claro, también podía deberse al efecto de las escaleras y la edad.

—Y ahora...

Miraban con la boca abierta.

—¡Bienvenidas a París!

Desplegué el decorado de una calle estrecha llena de tolditos de colores, con mesas redonditas y sillas, en la que al final de todo podía verse la Torre Eiffel como una paseante entre las fachadas color caramelo.

Noté cómo apretaban los puños, conmovidas por la sorpresa, y tragaban saliva.

—Bien...

Allí dentro, en aquel preciso instante del mediodía, había ilusión, lo noté cuando de pronto las vi girarse hacia el siguiente telar como ramas golpeadas por el viento.

—Y ahora... ¡bienvenidas a Roma!

El agua de la Fontana di Trevi parecía moverse delante de las lágrimas de la tía, como si quisiera ponerse de espaldas y echar una moneda para desear volver a la ciudad que nunca había visitado más que por aquel telar que iluminaba sus ojos en ese momento.

—Y ahora... ¡bienvenidas a Suiza!

Las montañas verdes y nevadas se nos ofrecían en una primavera que jamás habíamos conocido, con la cabaña en la ladera pintada como en los cuentos del colegio.

Nada. Otra vez nada. Paralizadas ambas sin mencionar palabra.

La tía Visi avanzó como buenamente pudo y, poco antes de tocar el telar, rompió a llorar sobreexcitada por los recuerdos. Creyó ver allí, entre las faldas de la montaña, al abuelo jugando con ella, alargó el brazo y tocó la tela. Estaba verde, como cuando se despierta el día y el sauce llorón está brillante. Con la mano derecha buscó a tientas un pañuelo de su bolsillo para secarse las lágrimas. No podía parar de llorar.

—Iso —la llamó.

—¡Sí!

—¿Se acuerda?

—Perfectamente.

—Entre.

—Juntas.

Cerraron los ojos y las vi avanzar de la mano un metro hacia la pintura, como si fueran en ese momento a cruzar el escenario de su niñez. Ya no respiraban agitadas, ni siquiera apenadas por la emoción. La tía Visi y la tía Iso estaban turbadas por el recuerdo que las había hecho retroceder sesenta años, hasta la infancia.

Vi cómo, aún con los ojos cerrados, sonreían. Me quedé callado. Avanzaron una detrás de otra mientras el viento que se colaba por el ventanuco del desván parecía mover las telas como queriendo agitar más aún los recuerdos. En ese momento pensé que los tres éramos tres niños que juegan a inventarse paraísos.

—¿Cómo no se nos pudo ocurrir que estaban aquí arriba? No sé... ¿Cómo no habíamos llegado a este lugar?

—Porque la casa llevaba cerrada tantísimos años, Visi, tantísimos como echamos de menos a papá.

—¿Hay más? —me preguntó.

—Hay muchos, aquí arriba hay muchas ciudades. Liz y yo hemos estado viendo la muralla China, también el desierto de África, hay salones imperiales con chimeneas, también el Big Ben de Londres... ¡Hay muchas! Es como ir de viaje...

—Eso decía papá.

—¿El abuelo?

—Acabas de decir lo mismo que decía él. Que a veces no hace falta viajar, que basta con la imaginación. Y eso que él viajó mucho. Pero cuando por fin se quedaron aquí, enamorados, dijo que...

—¿Qué?

—Que el verdadero viaje es amar.

—Pues yo quiero viajar.

Creo que respondí sin darme cuenta de lo que había dicho mi tía. El verdadero viaje es amar. Londres marcaba las doce del mediodía. París se abría de par en par mostrando las panaderías con cruasanes calientes. La Fontana no dejaba de brotar agua sobre los tritones. La nieve empezaba a derretirse de las montañas de Suiza. Y la edad, nuestra edad, la de los tres, empezaba a colocarse allí donde marcaba nuestro año. Ellas dos, las tías, empezaron a bajar las escaleras tranquilamente, de lado, por el peligro de la verticalidad de aquel desván. Yo, tras mirar de reojo la heladería que se veía en un rincón de la ciudad de Roma, fui hacia el ventanuco para comprobar si el mar seguía tranquilo y podía observar Italia... más allá del jardín.

28

Un caramelo de menta

Roma, 19.10.

—Me pica la garganta —dijiste en el eco de la iglesia. Me busqué en el bolsillo porque justo a la salida del Hotel de Russie había cogido unos caramelos de menta en recepción.

—Toma, mamá.

—No voy a poder abrirlo.

—Claro que vas a poder, es sólo papel... —«Como tus notas», pensé.

—¿Es de menta?

—Refrescante. Verás cómo se te va el picor de la garganta.

Mamá empezó a mover el caramelo entre sus dedos temblorosos, poco a poco, bailando en la vibración de sus pulgares e índices, sonaba el papel en el silencio del Trastevere y el mismo temblor hizo que se fuera destapando el caramelo de menta hasta que... cayó.

—¿Lo ves? No iba a poder. Este maldito temblor de manos. No es frío, ¿sabes? Es algo incontrolable. No me deja ni pasar las páginas de los libros.

—Podemos comprar uno electrónico, te será más fácil.

—No sé. He visto que la gente lleva esos aparatos, pero me inquieta no saber qué leen. Siempre me ha divertido ver las portadas, pasar las páginas, doblarlas, oler el papel, dejar fotografías...

—No te voy a llevar la contraria —dije mientras le abría otro caramelo y se lo ponía en los labios a mamá.

—¿Menta?

—Sí, como el de antes.

—¿Qué ha pasado?

—Se me ha caído —le dije.

—Se habrá pegado al suelo.

—No, se ha hecho añicos, como si fuera cristal.

—Bueno, no importa.

—¿Sabes? Yo también guardo fotografías entre las páginas de los libros y me gusta encontrarme las tuyas. Las que fuiste dejando entre tus lecturas. Hace tiempo que no visito la casa del acantilado, tengo ganas de volver a Calabella... La última vez encontré una foto nuestra pescando, en el puerto de... no recuerdo bien dónde era... ¿dónde me llevabas a pescar?

—¿Yo?

—Sí.

—No recuerdo. Sería papá.

El silencio de Santa Maria in Trastevere me atravesó el corazón como uno de esos rayos que cruzaban las vidrieras convirtiendo en un caleidoscopio las pinturas.

—Era el puerto. La foto es preciosa. Estamos los dos juntos, mamá. Tú con un vestido de rayas y yo agarrando fuerte la caña. Delante hay un barco, bueno..., hay muchos barcos. Creo que era en el espigón donde vaciaban las cajas de pescado para llevarlas a la lonja.

—¿Nosotros dos?

—Bueno, no se nos ve la cara, pero somos nosotros. No sé quién nos haría la foto...

—Yo tampoco.

—Me la encontré al abrir tu libro favorito. A ver si lo recuerdas...

—Por supuesto —respondió.

Saqué de la mochila un paquete envuelto de regalo.

—He buscado la primera edición. Aquí la tienes.

Cuando miré cómo cambiaban los ojos de mamá sentí que su corazón y el mío iban a estallar como el caramelo.

—Mamá —dije—, yo...

—Justo...

En aquel momento, mamá tuvo la suficiente fuerza para que el temblor de sus dedos fuera sosegándose como si volviera a estar sentada bajo el sauce llorón leyendo *París era una fiesta*.

—¡Hemingway! ¡Sí! ¡París!

—Ábrelo, mamá.

—¿Lo ves?... Yo no quiero libros electrónicos... Este huele a cruasanes, a estanterías, a pintores, al París de las modelos y los bares... ¡Tiene algo! ¿Qué es?

El libro se quedó abierto por la mitad, justo donde había dejado la foto del puerto.

Cuando la vio, los ojos se le llenaron de lágrimas, yo me sequé las mías mientras ella hacía lo mismo. No impidió que una cayera sobre las letras de la primera página.

—Somos nosotros. Fue entonces... No se nos ven las caras...

—Ya. Pero somos nosotros.

—Hasta de espaldas se ve que éramos felices.

Cerró los ojos. Santa Maria in Trastevere estaba llena de colores y velas que iluminaban aquella emoción repentina. Al verla, mamá comprendió que había vivido varias vidas y que una de aquéllas estaba en el seguro de vida que son las fotografías. Tú puedes no acordarte, pero siempre queda un instante que de pronto aparece para decirte: «Sí, aquí».

Mamá volvió a temblar al coger la foto entre sus dedos.

—A veces creo que se me va la cabeza, pero recuerdo exactamente quién nos hizo esta foto. ¿Tienes otro caramelo?

«Querido Justo,

... qué buen día hemos pasado en el puerto. Vengo todavía agotada de tanto sol y tanta carrera por el espigón... ¡casi nos caemos! Sobre todo yo cuando he perdido la zapatilla entre los amarres de los barcos... Menos mal que eres rápido. Te dejo besos de buenas noches y me guardo otros para mañana. No quería que acabara el día sin dejarte mi nota. Mi beso escrito. Mi te quiero.

Por cierto... ¡Qué grande era el pez! ¡Eh! Menos mal que eres fuerte y no se ha roto la caña. Cada día más fuerte. Y más serás aún. Todo irá bien.

Duerme bien, tu madre...

Te Adora».

29

SOFIA AL PIANO

Agosto de 1981.

—¡Sofia! ¡Sofiaaaaa!

Era mi hermana Liz, gritando desde el límite de las cuerdas vocales apoyada en el muro que separaba las dos casas.

—¡Sofiaaa!

La vecina se levantó del piano y se asomó a la ventana que daba al jardín. Hizo un gesto con la mano. Algo así como «esperad».

En ese momento, Liz paró de gritar su nombre. Yo miré la marca que ya me había dejado el sol en la muñeca donde llevaba el reloj —estaba en mi mesilla de noche— y clavé la mirada en la otra casa a la espera de la aparición de Sofia.

—*Buongiorno!*

—Hola —vocalicé como si el idioma fuera obstáculo para el amor.

—Hola, Sofia —dijo mi hermana—. ¿Quieres bajar a la playa? Vamos a nadar.

—¿A nadar?

—Sí, hace un día estupendo. El agua se transparenta desde aquí arriba, imagina abajo...

—Pues... No sé... Estoy memorizando unas notas. Si me esperáis...

—¿Te esperamos aquí?

—No, pasad dentro. A lo mejor os gusta. Así me acabo el desayuno.

—¿Pasamos?

—Sí, claro.

—Vamos, Justo, eres un chico con suerte —dijo mi hermana, tirándome de la camiseta.

Así fue cómo, tras el episodio de la noche de Fedora y las bombillas que colgaban de los árboles entre partituras voladoras, volvimos a pasar a casa de los italianos.

—Una composición nunca es perfecta, pero si llega al corazón puede parecerlo —nos dijo cuando entramos al salón.

—¿Lo ha dicho tu padre? —dijo Liz.

—Sí. Lo repite y lo repite, y yo lo memorizo como una melodía.

—Me acuerdo —salté yo—. Como lo de los mensajes.

—Exacto.

—Tú ya eres pianista... Yo todavía no sé qué quiero ser de mayor. Justo al menos ya lo tiene decidido: fotógrafo.

—Como mi abuelo —añadí feliz.

—¿Fotos de personas o de paisajes?

Me encogí de hombros sin dejar de mirarla. Ella se sentó al piano en un taburete rectangular que se ajustaba de los lados y nos invitó con la mirada a que nos dejáramos caer en el sofá de terciopelo violeta que había bajo los cuadros de compositores muertos.

—Papá dice que yo un día estaré ahí.

—¿Muerta?

—No —se echó a reír junto con Liz—. Estaré entre ellos, entre los compositores. Seré una de ellos.

Me sentí ridículo, tremendamente bobo, absurdo por mi precipitación, ¿cómo iba a querer estar muerta? ¿Cómo podía ponerme tan nervioso? ¿Qué imagen tendría de mí? Liz se agarraba la tripa burlándose y yo le di un manotazo en el brazo. Sofia sonreía más por la histeria de mi hermana que por mi comentario.

Se calmó todo cuando empezó a tocar al piano.

Nos callamos los tres y percibí que sólo se escuchaba su pie pisando un pedal dorado que colgaba del piano hasta el suelo y el golpe suave sobre las teclas blancas y negras hacia la derecha y hacia la izquierda. La música sonó. Sus manos volaban. Y yo también.

—¿Qué es? —preguntó Liz

—Erik Satie.

—Es bonito.

—¿Quién es?

—Un francés de principios de siglo.

Yo no sé cómo le gustaba a mi hermana aquel delicado sonido, porque ella era de canciones con estribillo y en inglés. Esas que se ponía en los auriculares muy fuerte para recortar fotos del *Fotogramas*. Siempre Depeche Mode y Supertramp.

Aquello sonaba distinto, ligero, sencillo.

—Son pocas notas. Papá no se contenta con enseñarme a tocar el piano: me enseña a abrir la mente. Quiere que sea compositora. Por eso aquel marco está vacío...

Nos giramos mi hermana y yo movidos por un resorte. Sonreí por la torpeza anterior. ¿Cómo no me había dado cuenta? Eran parecidos a los del pasillo que ya habíamos visto. Había señores de porte majestuoso con bigote y chaquetas, alguno con chistera.

—Ése es Chopin —dijo Sofia.

El marco que quedaba vacío tenía una chapita dorada puesta bajo la madera: Sofia Bertone.

—¿Cómo os diría...? —empezó a explicar—. El bajo en mi en clave de fa y si, re y fa sostenido en clave de sol; luego bajo en si clave de fa y... la, do sostenido, fa sostenido en clave de sol. Esto tan raro suena así...

Sonaban pocas notas. Llenaba la casa como una respiración.

—La melodía es otra... mirad.

—¿Qué es la melodía? —dije.

—Otras notas. Fa sostenido, la, sol, fa sostenido, do sostenido, si, la... ¡oh! Repito. Fa, la, sol, fa, do, si, do, re y la. Es muy sencilla. Tres notas. Es perfecta. Es maravillosa.

Me di cuenta entonces de que en lugar de dulces debería haberle dejado flores en su puerta. Flores para Sofia Bertone. Ella estaba emocionada con la música; era imposible que aquellos pasteles, rosquillas o magdalenas hubieran hecho efecto en el paladar de una mujer para la que la vida esperaba un marco dorado entre grandes prohombres de la música. Pensé que los dulces se los habrían comido las hormigas y que, como aquellas botellas llenas de partituras, no habían llegado a destino.

Empezaron a picarme los tobillos. Sofia cerró la tapa de un golpe seco y se bebió de un sorbo el zumo de naranja. Todos nos levantamos.

—Esperadme. Subo a mi habitación y ahora bajo.

—¡Ya llevamos el bañador!

—Me lo pongo enseguida... —dijo mientras escalaba de dos en dos los escalones que subían al primer piso, donde estaban las habitaciones.

—Vale. Esperamos fuera.

Liz y yo salimos al jardín. Como soplaba viento, mi hermana se recogió en una coleta el pelo, siempre llevaba una goma en la muñeca. Yo sentí el puntapié del miedo. Ellas dos eran mayores y en el agua iba a parecer un niño, el pequeño Justo. Vi cómo volaba una de las partituras que todavía quedaba colgada en alguna de las cuerdas del jardín y corrí a por ella.

Intenté correr más rápido que la hoja, pero Liz me disuadió de ello.

—Se va al mar.

—¡Y nosotros! —salió diciendo Sofia.

Sentí hervir dentro de mí una especie de calor: yo no quería mirar, pero no podía dejar de mirar. Liz se dio cuenta cuando, tras varias veces repitiendo mi nombre, comprendió que era más efectivo un codazo.

—Vamos. Vaaamos, Justo.

La vecina Sofia bajaba los cinco escalones que separaban el porche del césped anudándose un pañuelo azul en la cabeza que le cubría el pelo como a esas actrices que recortaba Liz del *Fotogramas*. Llevaba un bañador blanco, ajustado y entendí que femenino porque podía adivinarse toda la figura de mujer. Respiré por las aletas de la nariz soltando aire como si estuviera vaciando presión del corazón.

—¿Avanzas? —me preguntó Sofia.

—Estoy pensando en las notas de Satie —respondí, haciéndome el interesante.

—¡Oh! ¿Te ha gustado?

—Mucho. Creo que me encantaría aprenderlas, aunque sólo fuera esa canción.

—Justo, no es una canción —me corrigió mi hermana.

—Bueno, da igual —dijo Sofia.

Yo, en aquel momento, había perdido los nervios. Caminé tras ellas como si fuera llevado por las gaviotas, sobrevolando el camino de piedras planas, hasta que empezamos a bajar el atajuelo que, serpenteando las rocas, iba descendiendo hasta la pequeña cala del acantilado. Ella se apartó del sendero como si quisiera abarcar toda la vista desde allí. Se detuvo delante del mar, justo bajo el macizo de flores amarillas, vimos pasar uno de los barcos que dejaban la estela dibujada en el agua, y dijo que aquel paisaje era «maravilloso». Lo dijo en italiano, pero sonó igual. No era la primera vez que lo decía aquella mañana.

La verdad es que Sofia hacía más bello el Mediterráneo porque yo me giré hacia el agua y, siendo el mismo mar de todos los días, lo encontré hasta más hermoso. Y no era habitual que me quedara mirando desde aquellos riscos: mi hermana, si me despistaba, acababa asustándome por la espalda. Pero hice como ella, pararme en el sendero y buscar algún sentido al horizonte. Con el tiempo descubrí que la belleza dependía la mayoría de las ocasiones de quienes te rodean.

La mañana era digna de un magnífico día de verano. El cielo estaba azul, limpio, despejado y sin rastro de nubes. Ni siquiera esas chiquitas que salpican el azul como si fueran palomitas.

Liz había tomado el camino estrecho y empinado que bajaba por el acantilado. La seguíamos.

—¿Habías bajado por aquí? —preguntó mi hermana.

—Sí, con mi padre. A veces nos hemos sentado aquí, en la roca esta —señaló sobre sus pies— para contemplar el mar.

—¿Echáis de menos Italia? —le preguntó.

—Bueno... Esto es muy parecido. De momento no lo echo de menos... Aunque confieso que llegar me costó. —Me acordé del día de las cajas, cuando ella esperaba sentada sin querer salir y aquellos hombres bajaban bultos y muebles—. Pero papá es tan insistente que acaba ganando siempre todas las batallas. Esta semana instalarán el teléfono y así se hará más corta la distancia.

—Nosotros tenemos teléfono, pero no llama nadie.

Yo asentí.

—Porque allí tenéis familia, supongo —siguió preguntando mi hermana.

—Claro, un montón de primas y primos y muchas tías, como vosotros. Pero papá ya estaba bloqueado. Quería cambiar de lugar.

—¿Cambiar de lugar? ¿Aquí?

—Sí, un tiempo. O todo el tiempo. No sabe.

—Espero que os guste.

—Para componer es un buen sitio. Eso dice él.

Hubo un silencio y los tres seguimos con la mirada la estela del barco que había desaparecido entre la silueta de la sierra del faro. Sofia siguió hablando.

—Todo le sonaba igual desde que murió mamá. Todo lo que salía de sus manos era lo mismo, como si estuviera dando vueltas a un círculo.

—Qué raro...

—¿Mi padre?

—Bueno, sí.

—Es divertido. Le gusta que ningún día sea igual a otro. Detesta los calendarios, los relojes, los bolígrafos...

—¿Y con qué escribe?

—Con lapiceros de colores. Cada día, uno diferente.

—¡Qué cosas! Me gusta.

—En casa siempre había lapiceros de colores, por mamá.

—¿Pintaba?

—No, era profesora. Ella los usaba para corregir y papá siempre le compraba una caja como regalo. Al final acabamos teniendo decenas de lápices de colores...

—Yo mastico las minas de las pinturas mezcladas con los chicles. Así cambias el color.

—¡Qué asco!

—No se nota. Es sólo al principio, cuando lo crujes.

—Bueno... Lo probaré.

Ya estábamos en el final del camino. Me adelanté para llegar al agua. «¡Está caliente!», grité. Ellas no me hicieron mucho caso, se habían sentado en una de las rocas y habían metido las zapatillas en el cesto de Sofia. «¡Voy a bañarme!», insistí para que me oyeran, metiéndome de lleno en el mar. Tampoco estaba tan caliente, pero en aquel momento era el único chico frente a dos chicas. No había olas, apenas las que chocaban con los escollos donde otros días buscaba erizos y lapas. Me tocó hacer chapuzones para llamar su atención de alguna manera.

Cuando metí la cabeza en el agua y la saqué para respirar, vi cómo Sofia se quitaba el pañuelo azul de la cabeza.

—Por si se vuela.

Lo guardó en el cesto y su melena empezó a agitarse por el viento.

—¿Quieres una goma? —le dijo Liz.

—Ah, sí. Será genial.

—Toma.

Entonces mi hermana le ofreció una de sus gomas para el pelo de las que llevaba en su muñeca y Sofia se hizo otra coleta. Las dos, allí sentadas, parecían amigas de toda la vida. Y yo, como un espectador ajeno a la función, entendí la belleza de la mujer semihundido como estaba en el agua. La italiana, cruzada de piernas, retirándose el pelo de la cara para hacerse una coleta, girando el cuello para recogerse las greñas que volaban, charlando con ese ligero acento y poniéndose después crema por los hombros, era suficiente para que yo no pudiera salir del agua durante un rato. Me sumergí. Estuve buceando en el mar ajeno a la conversación de Liz y Sofia, buscando entre los peces alguna manera de comunicarme con ese mundo desconocido que eran las mujeres. Abrí los ojos bajo el agua sin gafas; estaba transparente, no notaba el picor de la sal, o no me daba cuenta, podía contar los cangrejos que corrían por la arena buscando otra posición, las algas sinuosas que escapaban a la superficie y los pececillos que en manada formaban nubes a toda velocidad. No sé el rato que estuve conteniendo la respiración. Más que nunca, eso es cierto. La figura de las dos chicas temblaba como tiemblan los sueños, formando eses, una de azul, otra de blanco en la línea de la superficie. Tan surrealista como aquella imagen zigzagueante fue ver acercarse una hoja con letras escritas hacia mí... La partitura que había volado desde el jardín avanzaba en medio de peces y caracolas, buceando. La alcancé y volví a la superficie.

—¡Sofia! —dije alborotado al sacar la cabeza del agua. Las dos se giraron hacia mí. Escupí agua salada para volver a gritar—: ¡Sofia, la partitura que voló!

—¿La sacas del mar?

—Estaba buceando conmigo.

—¿Qué dices? ¿La partitura? Como se lo cuente a papá... Le va a parecer tan loco... Una partitura que bucea... Me parece tan romántico...

Caminé hacia ellas, con cuidado de no romperla. La apoyé en la roca para dejarla secar. El agua que murmuraba sobre las piedras ayudaba a poner música a aquel papel mojado. Las notas apenas se veían, pero sí el título de la canción: *La forza del destino*.

—Papá la tiene cantada por la Callas. Es una de sus favoritas, es raro que estuviera colgada —dijo, acercándose con su bañador blanco.

Observé detenidamente la hoja que se secaba al sol. Bajo el premonitorio título se podía leer: «Giuseppe Verdi». Miré a Sofia con amor porque, sin tener idea de italiano, podía entender perfectamente que el viento y el mar habían jugado a mi favor.

Ya eran casi las dos.

—Justo, ¡Justo! Liz... ¡Isabel!

Mamá nos llamaba desde lo alto.

—¡La comida!

—¡Ya subimos! —grité para avisar a mamá.

—¿Te quedas a comer? —le dijo mi hermana a Sofia.

—Se lo digo a mi padre, debe de estar a punto de venir... Si es que no ha venido ya. Me echará en falta. Ha ido a correos, esperábamos un paquete de Roma.

—Bueno, nos bañamos para aliviar este calor y subimos a comer.

—Mamá, ya vamos —avisé, protegiéndome los ojos del sol que nos caía de lleno en vertical.

Sofia se estremeció al entrar en el agua.

—¿Quién ha dicho que estaba caliente? ¿Tú, Justo?

—Al principio parece fría... —dijo Liz—. Luego ya está buenísima.

—Buff... Corta la piel. Será por el rato que llevamos al sol.

—Será eso —replicó Liz.

Yo suspiré ilusionado. Había sido el primero en entrar a la playa, de golpe, sin sentir miedo, ni frío, ni nada... para eso era el chico. Me sentí hombre.

—¿Te metes? —me preguntó mi hermana.

Sacudí con la cabeza. Quería quedarme donde ellas habían estado sentadas, para eso me tumbé en sus toallas. Las dos entraban ya muy animadas al agua, sin frío. Con la cabeza apoyada en mis puños, miré cómo se sumergían y alborotaban las pequeñas olas que iban y venían.

Liz me miró de reojo y comprendió por qué yo no me había metido esta vez con ellas. Sofia se sujetó un mechón de pelo que se le había soltado de la coleta. Me quedé mirándola.

Si las cosas seguían así, en mi excitante nueva vida no iba a tener tiempo para carreras en bici ni para volver a escalar con los amigos la tapia de los cipreses. Me bastaba ella. Allí me estaba haciendo mayor y era una sensación embriagadora.

Sofia se despidió de mí con un leve beso en la mejilla mientras Liz le pasaba la toalla para que subiera la primera a casa por las escaleras y preguntara si se podía quedar a comer. «Nosotros recogemos todo», dijo.

—Ahora os veo. *Baci.*

Mi hermana se sentó un minuto a mi lado, echó la cabeza hacia atrás para quitarse el agua de la coleta y la sacudió de derecha a izquierda. Guardé silencio un instante.

—Te gusta.

—¿Me gusta?

—No pregunto. Afirmo. Te gusta Sofia. Se te nota. Y ella lo nota. Las chicas no somos tontas.

Cerré los ojos un instante por el picor de la sal, me lloraban, y respiré hondo.

—¿Crees que lo sabe?

—¿Eh...? ¿Cómo, disculpe el señorito? Si yo he visto cómo te tumbabas ahora boca abajo en la toalla cuando has salido del agua... y también sé por qué razón, ella...

—¡Liz! ¡Cállate!

—No, no... No disimules. Y también me he dado cuenta de cómo se le transparentaba el bañador blanco.

Miré al mar sin hacer caso.

—Y de eso ella no se ha dado cuenta. Tendré que decírselo como «cosa de chicas». O prefieres que no lo haga... —dijo mi hermana burlándose.

—Haz lo que quieras.

—No te enfades, Justo...

Tiré de la toalla y subí las escaleras del sendero que volvía a llevarme a la superficie. A la otra superficie. La de la realidad, la que sucedía entre dos casas, dos familias, dos vidas que estaban cambiando a toda velocidad. Era evidente que no estaba soñando y que esa insólita escena del bañador que en las semanas siguientes iba a poner mi vida del revés estaba sucediendo ya. ¡Estaba enamorado! ¡Y se notaba!

—¡Justo! ¡Justooo!

Yo seguía subiendo.

—¡Espérame! ¡Va! ¡Espérame! —gritaba Liz.

Sofia comió con nosotros. Yo permanecí en silencio toda la comida y hasta las últimas hojas del sauce llorón en el que me escondía meses atrás, cuando la soledad se podía masticar, sabían de mi zozobra. Para ser sincero, ya ni siquiera estaba en condiciones de disimular. El amor, como el dinero, tiene campanillas. ¿No?

Por la tarde Francesco nos invitó a todos a merendar en el puerto, dijo que había comprado unas cañas y que podíamos pasar la tarde pescando y tomando granizado. Mamá dijo que sí y los cinco estuvimos en la cafetería del puerto. El paquete que había recibido era una cámara fotográfica y estuvo toda la tarde haciendo fotos de todo. Creo recordar que cambió de carrete varias veces y que disparaba muchas fotos sin que nos diéramos cuenta. Bueno, si yo me daba cuenta, supongo que mamá también lo hacía. Pero disimulábamos como si no estuviera, dejando pasar la tarde, las horas, los pálpitos.

Sólo faltaba que una partitura apareciera volando para mandarnos otro mensaje.

30

UN CORAZÓN DULCE

Consideré que no podía dejar pasar esa oportunidad.

—De modo que vienes a mí cuando necesitas buscar sorpresas, pequeño Justo...

—No, tía, también he venido a verte. Y ya no soy pequeño —repliqué.

La tía Visitación me pellizcó los mofletes hasta que me sacó la risa.

—Y... veamos... qué necesitas esta vez. Venga, dime.

Dudé porque no sabía cómo explicar tantas emociones juntas: el bañador, la coleta, las partituras, las fotos en el puerto, los mechones sobre la cara, la música de Satie, su cuerpo bajando por las escaleras, el beso en la mejilla... Me vio distraído y meditabundo en mis cosas.

¡Plas! Dio una palmada.

—¡Me has asustado!

—¡Ensaimadas cubiertas de azúcar! Eso te vas a llevar.

—¿Qué?

A ella le daba igual que yo estuviera ensimismado. Jamás he conocido una persona tan resolutiva.

—Son como espirales, como caracolas de mar —empezó a explicarme como si tuviera que alargar el tiempo y las palabras—. Estoy segura de que le... te gustarán. Veo que estás muy veraniego...

—Ya sé lo que son las ensaimadas.

—Pero como estás en Babia...

El pitido de la olla exprés me salvó de tener que ilustrar sus rodeos sobre la ensaimada. «Voy dentro, me arreglo y salgo», dijo yendo a la cocina del patio. En ese momento entraron Esperanza y María Montaña, que venían de la compra. «Aunque vivas en la casa de la abuela, bien que te gusta venir a ver a las tías, ¿eh?». «Claro». «Un beso a cada una, venga». La olla había dejado de pitar. Ya vestida —sólo se había quitado el delantal y ajustado las horquillas—, salió apurando un vaso de leche que dejó en el recibidor.

—Visi, no vaya dejándose las cosas —replicó Isolina, que colgaba el bolso en la percha.

—Pues me ayuda, lo coge usted y lo lleva a la cocina. Que otras veces es al revés. Justo y yo tenemos prisa.

—¿Adónde vais?

—A comprar...

—¿El qué?

—Sueños.

—¿Y... a cuánto están?

—Lejos de nuestra edad.

Salimos caminando al horno de la Reme. Ella tarareaba por lo bajini. Yo, enganchado a su brazo, por exigencia, iba recordando las notas del piano.

—Dijiste que anotara en una libreta todo lo que me pasa, pero no me da tiempo.

—Eso es porque te pasan muchas cosas. Cuando estás embelesado no te da tiempo más que a contar los días. Simplemente pasan.

El olor del pan recién hecho llegaba hasta la esquina, es como si crujiera el aire. Todavía hoy, treinta años después, sigo cerrando los ojos cuando paso por una panadería que respira pan y me imagino con la tía Visitación llegando al horno. Íbamos azorados. Los cristales empañados, la puerta semiabierta, el papel cortado en trozos, los montones de chocolate en lingotes en las vitrinas, el peso del cesto, las barras unas encima de otras, los dulces con azúcar, las magdalenas... y la Reme diciendo: «¿Qué?».

—Vale, tía, me llevaré ensaimadas.

—¿Cuántas quieres?

—Queremos dos —contestó la tía.

—Eso, queremos dos —repetí yo.

—Y ponme tres barras de cuarto, crujientes.

—Tu hermana se ha llevado ya otras tres...

—Se lo comerá en bocadillos, menuda es ella.

—Hala, que vaya bien, me meto al horno. Da recuerdos a tu madre.

—Vale.

—Sabes que no soy de chismes ni de hacer preguntas... Pero como soy tu tía y tu confidente te diré que...

—Otra vez con las ensaimadas... Qué manía te ha dado.

—Justo, a ver si entiendes lo que quiero decir.

—Seguro.

—Es una espiral, al final te lleva al desenlace. Parece que estás dando vueltas como si no llegaras nunca, pero siempre se llega al corazón.

La tía Visi era muy lista. Yo cogí mi bolsa de dulces y corrí con la bicicleta a toda pastilla por la calle Mayor hasta la salida de la gasolinera. Sin parar. Mi pueblo, a veces se me olvidaba, me parecía el pueblo más bonito de toda la Costa Brava. El mar era un azul turquesa resplandeciente y jugaba con las rocas y riscos creando pequeñas playas, mínimas, a veces de arena, otras de piedras, de difícil acceso, en las que uno imaginaba que aquellos veleros de señores ricos que extendían sus toallas en la cubierta eran barcos piratas que nos conquistaban. La costa hasta mi casa era rocosa y formaba muchos acantilados, algunos hasta más altos que el mío, pero en ninguno habitaba Sofia.

Mi hermana se había besado en aquellos bosques de pinos altos y espesos, llenos de nidos y piñas estériles, con el mostrenco, con su Ramón. Era su lugar de escondite, pero yo era más silencioso y más ágil buscando y encontrando senderos por los que colarme hasta su secreto. A ella, aquellos bosquecillos verdes le recordaban a Irlanda, a mí a las novelas de misterio. Los senderos, algunos hechos a fuerza de pisarlos, bajaban hasta las calas y se formaban vertiginosas pendientes en las que más de uno se había roto la crisma o, en el mejor de los casos, el brazo.

—Justo, ¿recuerdas aquello que te dije? Lo que te confesé.

—Claro que sí... Pero no he dicho nada.

—Bien. Nada.

—Nada, ¿qué?

—De aquello con Ramón. Desapareció el asunto.

—¿Cómo que *desapareció?*

—Justo Brightman, ¿cómo quieres que te lo explique?

—Entonces, lo olvido. ¿No?

—Justo, por favor. Claro.

—¿Y estás segura? —Creo que en el fondo me hacía ilusión ser tío tan joven, me hacía sentir mayor e importante.

—Soy mujer. Ya han pasado los días.

No insistí.

Estuve pedaleando casi media hora. No había sido mi intención alejarme del camino, pero así sucedió. El paisaje, cuando se está enamorado, es otro paisaje. Sí, aunque sea lo mismo de siempre, es otro. Mis pensamientos giraban ya desde hace semanas en círculos en torno a ella y por absurdo que me parezca ahora, el aire libre, las carreras en bici con aquel objetivo, aquel agotamiento, el sol en mi cara, el viento, acababa por perderme y me servía de ayuda. Ahora me pasa igual, muchas veces, buscando la mejor foto para la revista, me dejo llevar, sin saber dónde, como si buscara a Sofia en la desembocadura de cualquier calle. Como si en el lugar menos pensado fuera a aparecer el amor. A veces, caía exhausto en el jardín, ya en mi casa, bajo el sauce llorón, sintiendo el frescor de las hojas verticales sobre mi cara hasta que me dormía.

Mi paisaje. Mi lugar de conquista. Mis sueños.

La bicicleta se quedó apoyada en los maceteros de la entrada, donde la lavanda. Salí a la calle y fui hasta la casa de Sofia, entré con cuidado hasta llegar al escalón de su puerta, dibujé un corazón en el suelo con la tiza y dejé el regalo en el centro. Las espirales directas al corazón. Luego, lo recuerdo bien, estuve haciendo barcos de papel con los restos de los recortes de las revistas de Liz hasta que volví a quedarme dormido.

31

Y DE PRONTO...

12 de agosto de 1981.

Los días siguientes me sentí feliz. Nadie me avisaba de nada, pero yo me daba cuenta de que aquel verano todo empezaba a ser distinto. ¿Su color preferido? ¿Su canción? ¿Su estación favorita? ¿Su comida? No había preguntado nada. No sabía nada. ¿Qué pasaría si salía Francesco y me pillaba dejando dulces, o si Simona y su constelación en la cara se los había comido sin decir nada? Cuando lo pensaba, temía que hubiera que volver a empezar. Simona comiendo en la entrada, sentada en el escalón, borrando mis corazones y zampándose los dulces. Mis dulces para Sofia. Empecé a saludarla con desdén para curarme en salud; sin embargo, ella sonreía desde el otro muro, gorda y con la Osa Mayor en la cara, complacida de mis buenos días. Pero... ¿y si Sofia estaba callando? ¿Había acertado con su plato favorito? ¿Esperaba ella que siguiera dejándolos para romper el hielo de una vez? ¿Los escondía? La vergüenza infinita de no estar consiguiendo mis resultados era superior a mis fuerzas. Pero no podía dejar de hacerlo. Era la forma que había elegido. Tal vez, ya todo estaba a punto de suceder.

Todos los días cogía algún trozo de tarta de las que hacía mamá, corría hasta la puerta y salía pitando. No tocaba el timbre, ni la campana que habían instalado junto al buzón. Tampoco me asomaba al interior de su casa por esa ventana vertical que tenía una reja en forma de hojas. Lo de llegar, dibujar con la tiza y dejar el regalo era ya una rutina aventurada. Me sentía como los protagonistas de las películas a los que persigue la policía pero no consiguen pillarlos, siempre dan esquinazo al saltar la tapia. Sólo son conscientes los espectadores de que está llegando a la libertad.

En fin.

De esas pequeñas excursiones regresaba a casa tan veloz como la respiración me permitía.

Mamá y mi hermana hablaban sentadas donde el sauce hacía sombra.

—¿Y dices que vendrán a cenar con nosotros los italianos?

—Sí, Liz. Como ellos nos invitaron, esta vez está bien que seamos nosotros los que les correspondamos.

—Pues a ver qué hacemos, mamá, porque ellos montaron un espectáculo con la música, las bombillas, las partituras...

—¿La cena?

Liz asintió con la cabeza. Era tan diferente la relación entre las dos desde hacía un tiempo que no se puede decir que tuviera celos de la nueva complicidad, pero confieso que sí estaba sorprendido. Y todo esto reafirmaba mi plan, aunque ya ni yo mismo me acordara.

—Estaría bien que nos ayudara la tía Visitación, sabe hacer mil cosas. Yo creo que ella lo soluciona sin plantearse ni siquiera...

Lanzó una sonora carcajada.

—¿Que venga mi hermana a ayudarnos? Huy, no. Déjate, déjate. Nosotros hacemos una cena normal, es verano. Mejor no pedir su ayuda.

Liz levantó la cabeza, que tenía apoyada en el sillón de mimbre blanco. Sonrió.

—Mejor que quede entre nosotros, ya. Te entiendo.

—Tampoco es nada especial, son los vecinos.

—*Okey, mummy.*

—A todos nos encantaría decir lo bien que nos llevamos con los vecinos, pero ya sabes cómo son en los pueblos. Sofia es un encanto, igual que tú, el señor Bertone es muy amable... Hacemos cena como corresponde y quedamos bien.

—Y nos divertimos. Podemos sacar música como hicieron ellos, ¿no? ¿Te parece?

Mamá asintió. Yo torcí el morro desde mi escondite, entre las hojas verdes. «Seguro que pone música inglesa, buff», me dije sin que me hicieran caso ni los gorriones que picoteaban migas de mi merienda ajenos a mi bufido.

—Ponemos tortilla de patata, una buena escalibada, empanadilla de atún y tomate...

—A mí se me ha ocurrido una cosa —dije, saliendo de entre las hojas.

—Mírale, qué forma de aparecer. Como los magos.

Mamá sonrió —yo sonrío hoy sentado junto a ella en Roma al recordarlo—, porque la escena de un niño abriendo las ramas del sauce llorón como una cortina de tiras verdes tenía mucho de entrada al escenario. Y así era, nuestras vidas tenían otra atmósfera.

—¿Cuándo cenamos?

—¿Qué se te ha ocurrido?

—Yo creo que...

—¿Sí?

Las miré a las dos mientras cortaban el pan en rodajas y lo untaban con tomate y ajo. ¿Qué es lo que quería decir? Un plan.

—Roma.

—¿Qué pasa con Roma?

—Esto... Que como los vecinos son de Roma, o de Italia...

—¿Ah, sí? ¿Que hagamos pasta? No me atrevo, ellos la hacen perfecta, yo sólo hago macarrones con tomate y atún.

—En el jardín, quería decir.

Roma, pasta, macarrones... Me estaba liando. Mi hermana me miraba conocedora de que en la cala había estado mirando el bañador de Sofia. Yo lo notaba. Creo que todavía se transparentaba en mis pupilas.

—¿Roma o el jardín? —preguntó mamá.

Roma. Roma. Roma. Quería hablar de la ciudad. De Roma. De instalar la ciudad en nuestro suelo. Me lancé a hablar:

—Tengo un plan.

—Tú y tus planes.

En ese instante Liz abrió el armario de encima del lavadero y vio que el porrón del aceite estaba vacío.

—Perdona, Justo. ¿Mamá, dónde está la garrafa? Para rellenarlo...

Mi madre dejó el cuchillo en el plato donde estaba colocando las rebanadas crujientes y se fue hacia la despensa. Suspiré y murmuré por lo bajini: «De momento, mis planes dan resultado». Después Liz, que sabía de alguna manera que el motor de aquella casa habitaba en mi pecho, me sonrió y secándose la boca con el revés de la mano dijo:

—Luego me cuentas y te ayudo.

—Me parece bien lo que decidas... —se oyó a mamá desde la despensa.

Mientras cocinaban y durante ese momento cómplice de madre e hija agitando cazuelas y ordenando trastos en la mesa, yo me pegué al cristal de la ventana para verlas. Al principio pasaban de mí porque estaban a lo suyo, organizando el nuevo día. «E-res-bo-bo», vocalizaba Liz cuando yo sacaba la lengua y hacía caras aplastado contra el vidrio. Mamá sonreía fingiendo que no nos veía a ninguno de los dos. «Y-tú-tambi-én», le contestaba. Estaba perdidamente enamorado. Liz lo sabía y hacía como que tocaba el piano en la encimera de la cocina parpadeando como una mariposa. «Bo-ba».

Era lo peor, yo ya no podía disimularlo. Me hallaba en ese estado de espera en el que el corazón se agita y se te sale del pecho y crees que todo el mundo lo nota y disimulas torpemente.

Hice un corazón como un conjuro. Eché vaho. Bastante, hasta que se empañó buena parte del cristal de la ventana. Dibujé con mi dedo un corazón, y, por primera vez, mamá, como si hubiera coleccionado mis corazones en su memoria, echó vaho desde el otro lado y dibujó otro sobre el mío.

—Un día te enamorarás y ya no harás corazones para mamá.

—Que sí.

—Te vas haciendo mayor. ¡Cómo pasa el tiempo!

—Yo creo que... ya es mayor —replicó Liz, golpeando los dedos en la madera. Yo di un bufido y corrí a la puerta. Al rato los corazones se evaporaron.

Miré hacia el desván. Allí estaba mi plan.

—Espera —dijo Liz.

Mi hermana me retuvo por la muñeca. Fue un gesto de complicidad, «Te acompaño». Liz sabía que yo estaba colado por Sofia, aunque no hubiéramos sacado el tema, del mismo modo que también habíamos silenciado el de su Ramón.

—Sé que para ti es importante que venga y el otro día en la playa apenas te dejé rato con ella —se disculpó.

—No es culpa tuya.

Me acompañó hasta la puerta que conduce a las escaleras del desván.

—A las chicas nos gusta que nos sorprendan.

—Ya.

—En el fondo todas queremos que venga un príncipe azul y nos enamore.

Asentí.

—¿Me escuchas? Si te gusta una chica, debes hacerle caso, pero no mucho. Así que mejor que hablaras poco en la playa... Así estoy segura de que se fijó. Los chicos debéis estar pero no estar. ¿Sabes? Los pesados no gustan. Nos fijamos en detalles.

—¿Como qué?

—Yo me fijé en Ramón cuando se tiró de cabeza desde la roca.

—Yo no sé tirarme de cabeza. Me da miedo. Lo sabes.

—No hace falta que todos hagáis lo mismo. A cada chica nos gusta una cosa.

—Y... ¿a Sofia?

—Hummmm. La señorita Bertone es italiana, toca el piano, es original, un poco excéntrica... Yo creo que algo más dulce.

Sonreí sin que se notara. Iba bien.

—Sofia debe de ser de esas chicas a las que no les importa que los hombres tengan los dientes separados.

—¡Liz!

—Jajaja. Bobo, lo digo para picarte.

—Hoy quiero impresionarla. Hoy voy a construir su paraíso.

—¿Qué pretendes?

—Nada, un golpe de efecto, como en las novelas de Julio Verne.

—¿Un golpe? ¡Qué se te habrá ocurrido! —explotó Liz mientras subíamos las escaleras—. ¡Te pareces a la tía Visi! ¡Quien arriesga gana! ¿Eh?

—Necesito tu ayuda para montarlo todo.

Iba lanzado, subiendo los escalones de dos en dos.

—¿Y mamá?

—A mamá le va a encantar también. ¿Me dejas tus revistas viejas?

—¿Para qué?

—¿Las necesitas todavía?

—Ya no. Lo que me gusta lo recorto. Lo sabes.

—Bueno, pues ahora me dejas lo que queda y me ayudas. Busca el hilo de pescar, lo tengo en el cajón de los cromos. Bajo la foto del abuelo.

—¿Pescar?

—Sólo nos hace falta el hilo. Voy cogiendo las revistas.

Diez minutos antes de la cena, mamá había dispuesto todo sobre la mesa de la terraza, sobre un mantel blanco que no había estrenado nunca. «¡Qué bonito!», dijo Liz. «Es de la abuela, siempre hay un día para estrenar las cosas, me lo regaló para...». Creo que era «para la boda» el final de aquella frase, pero a veces no hace falta terminarlas para entenderlas. Yo acabé de colgar la última guirnalda entre los árboles. Las viejas revistas de Liz, los *Fotogramas*, se habían convertido en decenas de barcos de papel que habíamos ido colgando entre las ramas con hilo de pescar invisible. Se movían con la brisa y parecía que todos estábamos bajo el mar, en veinte mil leguas de viaje submarino. Muchos barcos de papel de colores que flotaban y se balanceaban de un lado a otro.

—¿Te gusta?

—Justo... es precioso. Tan divertido...

—Hemos estado todo el rato haciendo barquitos de papel.

—«Sin nombre, sin patrón y sin bandera, navegando sin timón donde la corriente quiera...» —cantó mamá—. ¿Te acuerdas?

—Claro. *Aventurero audaz*.

—¡Canta!

—Me niego. Cantar no.

Nos dio un beso y se quedó en jarras mirando el jardín. «Lo habéis dejado precioso», dijo.

—Voy a arreglarme, estarán a punto de llegar.

Mamá entró en la casa en el mismo instante en el que Liz y yo descorríamos los telares en caballetes y los enganchábamos al suelo.

—Ven, corre, a por el otro.

—Van a llegar ya.

Liz arrastró el siguiente y entre los dos lo colgamos en el siguiente árbol.

—Justo —dijo—, cuánto pesa....

—Liz... Es sólo otro más.

—Vamos.

—Éste es el que debe quedar aquí, en el centro. Ayuda.

—¿Todo va bien? —preguntó mamá desde las habitaciones, en el primer piso.

—Sííí —gritamos los dos—. Estamos colgando más barcos de papel.

—Tú y los barcos de papel.

—Tranquila, mamá.

Seguimos con lo nuestro. Arrastramos el siguiente telar y lo dejamos tras la mesa de la comida, como un escenario.

—¡Agarra bien éste! —dijo Liz—. Perfecto.

—¿Cómo queda?

—¿Están todos?

En aquel instante, apareció mamá. Al pisar el jardín se quedó estupefacta.

—Bienvenida a Roma.

—Creo... creo que voy a morirme.

—¿Morirte? ¡No puede ser! Si la película empieza ahora.

Inmóvil sobre la acera, escrutaba todo el jardín. Intentaba hablar, pero sólo pudo emocionarse. «Justo, mi pequeño Justo...». Permaneció así un buen rato. Liz se sintió cómplice y por eso se lo agradecí apretándole fuerte la mano. «Gracias», murmuré. De pronto, nos pareció oír el ruido de la verja que se abría.

La vida está hecha para llenarla de decorados, para que todo sea más hermoso, ¿de qué sirve si no? Aquellos viejos telares para fotografías del abuelo donde habían sido retratados los vecinos del pueblo y que habían permanecido silenciados en el desván eran ahora el viaje a otro mundo, un nuevo escenario, una puerta a la felicidad.

Desde la entrada, justo por donde en ese momento entraban los vecinos, el mar del acantilado quedaba entre la Fontana di Trevi, el Coliseo, las columnas del Panteón, los toldos de viejos cafés, los empedrados...

—¡Bienvenidos! —grité.

No respondieron.

Francesco y Sofia se quedaron paralizados. Estaban en Roma. Mamá se encogió de hombros y sonrió tímidamente.

—Pero Teodora —arrancó a decir el señor Bertone—. Todo esto es...

—Todo esto es cosa de...

—De la magia.

Temblaba. Al aflojar la tensión, le cayó una lágrima que se retiró como si disimulara el calor de la tarde. Me di cuenta de que Sofia estaba alucinada. Naturalmente mi plan había saltado como un castillo de fuegos artificiales.

Padre e hija no se relajaron.

—¿Podemos verlo? —preguntó Francesco, acercándose a la Fontana di Trevi—. ¿Podemos verlo de cerca?

—Sí, claro.

Tanto uno como otra se habían quedado de piedra.

—Buff —resopló—. Esto es maravilloso. ¿Cómo lo habéis conseguido?

—Tened cuidado, lo hemos colgado de los árboles. Pero de las ramas fuertes.

Francesco me hizo un gesto de victoria con el pulgar. Yo correspondí como hacen en las películas. Era una especie de acto reflejo.

—Son de mi padre, era fotógrafo, tenía telares. Justo y Liz los volvieron a rescatar del desván... Ni sabíamos que seguían allí.

—A veces uno no se da cuenta de que hay otros mundos tan cerca, ¿verdad? —replicó Francesco.

Esa noche hubo una cena especial. Mamá sacó embutidos y tuvimos una charla de cine porque, en un momento de la noche, uno de los barcos de papel se desprendió del hilo y al desplegarlo apareció la figura de Ava Gardner.

El azar. ¿Qué dije yo? Nada. Fui el único que relacionó la casualidad cuando Francesco vio la foto.

—¡Se imagina lo que decían de esta mujer! ¡Tan bella! —Leyó—: «El amantísimo Sinatra picó el anzuelo. Los celos le transportaron en el primer vuelo a París y de allí, en bimotor-taxi, a Barcelona, acompañado del compositor Van Heusen. Los aduaneros barceloneses, comprensivos con el romántico *crooner*, toleraron sin más explicaciones la introducción del millonario obsequio prueba de un amor desenfrenado. Un collar que sirvió de onerosa pieza de convicción para el divorcio de Nancy Sinatra. Sucedieron unos días tormentosos. Al Lewin tuvo que apartar al torero para que Ava volviera al rodaje y precipitar la filmación de interiores en Londres. Pero el lanzamiento comercial de *Pandora* quedaba asegurado. Veinte años después, volvía al Hostal de la Gavina y a la playa de Sa Conca una nostálgica Ava».

—Hice un gesto con la cabeza para animar a Liz a hablar.

Liz desplegó otro barco de papel.

—*¡Oficial y caballero!*

Francesco no hizo caso, se había quedado leyendo el texto que hablaba de Ava Gardner.

—«La actriz reservó el más resplandeciente rostro de sí misma a los intrépidos reporteros que se presentaron en la torre de los Draper, en Tossa de Mar, la misma noche de la repentina llegada de Frank Sinatra. En un santiamén, los *flashes* de Pérez de Rozas y de Valls, disparados a mansalva, iluminaron el marco de la ventana a la que, de improviso, se asomaba el alegre y desafiante busto de la actriz ostentando un fabuloso collar de esmeraldas...».

—¡Guau! ¡Qué maravilla! Ava Gardner estuvo en esta costa...

—Muy cerca de aquí.

—Debió de ser un escándalo su llegada.

Esperé la respuesta de mamá con la misma ansiedad de aquella tarde de junio, y de pronto ella contestó relajadamente:

—Me queda muy lejos. Aquello es de los cincuenta. Sé lo que ha salido en la prensa y lo que han venido contando los vecinos.

—¿Nunca regresó? —insistió Francesco—. ¿Volvió a Calabella alguna vez más?

Hubo un silencio de esos en los que se oye como desdoblas un papel.

Yo cogí otro de los barcos.

—¿Y éste, mamá? ¿Cojo éste? —pregunté, levantando el brazo hacia una de las guirnaldas.

—Veamos, coge... A ver... ¡ése!

—No, ése no. El otro.

Liz estiró el brazo para ser la primera en desplegar el barco de papel. Yo me había puesto muy nervioso, pero no podía contagiar a nadie, menos a mamá.

—¡Oh! *¡Blade Runner!* ¡Qué ganas de verla! —gritó mi hermana.

—¿No la has visto?

—No ha llegado todavía aquí.

—¿Cogemos otro?

—¡Ése! —dijo mamá.

Al desplegar la hoja entera vimos una fotografía de *El lago azul* y por la otra cara el cartel de *En algún lugar del tiempo.*

—Suena bonita. ¿De quién es?

—Reeve. Christopher Reeve, el de *Superman*, con Jane Seymour.

—Qué guapos.

Yo miré a Sofia, no me di cuenta qué hicieron los demás. Ella también tenía el pelo largo y se sentaba con las manos agarradas en las rodillas.

Así fue como estuvimos deshaciendo los barcos de papel que había hecho por la tarde, uno tras otro, como una piñata de sorpresas, descubriendo actores y títulos de películas que había que adivinar mediante mímica delante de uno de los telares, el de la Fontana di Trevi. Parecía extraño, pero, de pronto, nuestras vidas, tan ajenas, tan diferentes, tan llenas de turbaciones, parecían la misma. Como si todos hubiéramos vivido siempre bajo barcos de papel, en un mundo submarino ajeno a la superficie de los desasosiegos de la vida de aquellas dos familias desconocidas.

—Una película más y a dormir.

—No, mamá, ahora que acierto...

—¡Era fácil, Justo! —dijo mi hermana.

—*El resplandor.* Con levantar la mano...

—Tampoco era difícil la tuya, *Superman*...

—Parad, chicos. Que ya es hora de dormir.

Yo tenía sueño, pero cuando vas ganando, no quieres cerrar los ojos. Al revés que en los sueños, que no quieres abrirlos.

Francesco se levantó de la butaca y respondió:

—Vale, no hay discusión. Ha ganado Justo. Eso es la suerte. Juega con nosotros y nosotros hemos jugado con ella.

Mi rostro se iluminó.

—Sofia, di buenas noches y ve a casa mientras ayudo a Teodora.

—¿Cómo que ayudas? No importa, lo recojo mañana.

—No, no. Son cinco minutos.

—Yo me quedaría un rato también.

—Sofia, mañana más. Si quieres y ellos quieren.

—No es tan tarde. Hay luz.

—Hay luna, Sofia.

—¡Oh, vaya, por favor! Hay luna doble.

—¿Cómo que doble?

—Porque se refleja en el mar. Me encanta.

—A mí también —dije yo, acostumbrado a contemplarla, pero sin ser hasta ese momento consciente de lo bello que era verla doble.

—Me encantaría nadar hasta el reflejo. Siempre soñé que allí será como tocarla.

—¡Ay, Sofia! Nunca la encontrarías. La luna no se deja.

Mientras Sofia caminaba hacia su casa por el lado abierto del muro que nos separaba, Liz y yo enrollamos los telares que empezaban a moverse como las velas de los barcos. Los fuimos metiendo en casa para que no volaran.

—Tanto tiempo escondidos, deben de estar contentos por lo de hoy —dije.

—Son telares, no personas.

—Bueno, pero el abuelo se alegraría de que los volvamos a usar.

—Eso sí. Has tenido buena idea. Al final no parecía ni que estábamos en casa.

—Un día —dije—, me gustaría conocer Roma. ¿Imaginas? Viajar a Roma, viajar mucho, dar la vuelta al mundo.

—Si lo sueñas... —se oyó decir a mi madre a mi espalda, que entraba con platos—. Soñar debería ser asignatura, somos, si somos persistentes, lo que soñamos.

—¿Eso quién lo ha dicho?

—Yo lo acabo de decir.

—Pues eso me gustaría ser de mayor: fotógrafo del mundo.

Mamá no respondió nada y hoy entiendo aquella mirada. Las madres mueren un poco cuando empiezan a ver que soñamos con irnos y supo aquella noche que yo, un día, cumpliría mi anhelo. Me miró y sólo me dijo: «Serás lo que quieras ser».

Y en esa playa de luna doble en la que habíamos estado desplegando barcos de papel entre dos equipos, italianos y españoles, se debió firmar mi deseo.

—Tengo sueño.

—Va, subid ya a la cama. Ahora subo yo, termino en un momento.

—Buenas noches, Francesco —dijimos a coro Liz y yo.

—*Buonanotte, ragazzi.*

El señor Bertone y mamá acabaron de recoger las mesas.

—La noche está preciosa —dijo sentándose en una de las sillas desordenadas. Mamá acercó otra y se dejó caer cansada.

—Sofia, su hija, es una niña maravillosa.

—Sus hijos también. Sobre todo Justo, tiene luz. No le hace falta ni ir a clase, tiene genética. Se nota.

—Y tampoco le gusta ir.

—Lo habrá heredado...

—De mi padre será. Hoy he tenido la sensación de que mi padre enrollaba y desenrollaba telares. Ha sido como verle a él.

—Soñamos con nuestros hijos y al final son lo que el destino quiere.

—Me conformo con que sea feliz.

—Debería ser obligatorio serlo. ¿Cómo ha dicho antes?

—¿Cuándo?

—La oí al entrar en la cocina...

—Ah, se refiere a los sueños. Hablaba con Justo de su futuro...

—Sí, eso era. ¿Cómo era la frase?

—«Soñar debería ser asignatura —repitió mamá—. Somos, si somos persistentes, lo que soñamos». Lo leí una vez bajo un cuadro de una chica. Recuerdo que era una bailarina de azul que me recordaba a mí. Creo que podría buscarlo si fuera de las que ordenan las fotografías, pero soy un desastre. Tengo todo en cajas. Ahí me pasa como a mi hijo.

—Jaja. A mí me sucede igual con Sofia, quiero que se parezca a su abuelo, fue director, y temo que soy yo el que se parece a ella. Se pasa la vida improvisando, toca el piano de forma impulsiva, por emoción más que por técnica. Y tiene la suerte, no quiero decir suerte, tiene la...

—Magia.

—Será eso. Magia. Tiene la «magia» para que entre tantas horas sentada al piano, sin querer repetir las partituras y siendo ella misma..., ¡chas!, le aparezca el hechizo, es fascinante. Yo intentando que tenga orden, que aprenda y que sea disciplinada para llegar a la perfección y es ella la que llega por gracia.

Mamá echó lo último que quedaba de vino en su copa.

—¿Voy a por otra?

—No creo que deba beber más. Además, es tarde, los niños ya han subido a la cama.

—Los niños están bien. Y aquí se está bien.

Francesco aprovechó que mamá que había quedado mirando el mar para ir a su casa. Volvió con una botella fría y mientras la descorchaba miró directamente a los ojos de mamá.

—¿Quién es usted, señora Brightman? Hábleme un poco. Tengo curiosidad por saber más.

—Casi prefiero Fedora. Y más a estas alturas de mi vida...

—Fedora... Cuénteme.

Le habló de su vida: había estudiado magisterio, no se podía hacer otra cosa en 1957, era la única opción después de ir al colegio o aprender a bordar a máquina y el inevitable corte y confección, por tener alguna salida en aquellos años grises de tela y de sabor. La habían «invitado» a hacer servicio social, a pesar de no saber ni qué significaba. Algo tan improductivo como estar dos horas por la tarde en la casa de la Falange, un precioso palacio lleno de escaleras, en la que los chicos jugaban al futbolín y ellas cosían dobladillos, ojales y aprendían normas de educación de la época. Alguna de sus amigas se había ido de monitora a Piles en verano y había vuelto sabiendo poner los cubiertos en orden. Allí habían traído mujeres de África, chicas que habían estudiado en España, y volvían a hacer estos cursos de hogar junto con las españolas.

Luego vino la Sección Femenina, con una disciplina bárbara, era 1966, donde mamá —explicaba— viajó a Lourdes, Bayona, Biarritz, Hendaya, San Juan de Luz... «No había sol, lo recuerdo como si fuera hoy, todos los días amanecían grises, uno tras otro, paradójicamente sin luz, aunque nos parecía absolutamente divertido: eran viajes en tren, largos y cargados de chicas aprendiendo a ser mujeres de la época... Cantábamos para pasar las horas y hablábamos de chicos que habíamos visto en las terrazas de Biarritz. En la frontera de Irún nos dio por cantar el *Porompompero*, ¿la conoces?».

Asintió Francesco, apoyado con los codos en el muro con una medio sonrisa. Ella, relajada, siguió contando su vida. Y yo escuchando a una madre-mujer desconocida.

—¿Dónde vivió Pío Baroja? ¿Cuál era el nombre de aquella ciudad? No lo recuerdo... Bueno, da igual. No es lo importante. Pues fue allí donde nos quedamos a dormir en un albergue. Una casa enorme rodeada de árboles, el norte es así, deberías conocerlo, precioso, y aquel lugar tenía unas vistas maravillosas. Yo misma hice unas fotos con una cámara que había cogido de papá. Me debería acordar, pero estas cabezas... y tanto tiempo. Y también hice dibujos... Había algo ingenuo en aquellas tardes del albergue en las que enterrábamos posibilidades de ser libres porque nos enseñaban a ser mujer como único futuro. Pero eres joven y no te das cuenta, porque nada te importa más en esos días que disfrutar y buscar motivos para sonreír.

Más tarde vino un curso de tres meses en Segovia, «más pesado, lleno de horarios y de tablas de gimnasia», insistió mamá.

—Aquel día en Segovia acabamos vomitando todas. Habíamos bebido demasiado vino y ninguna se había acordado de comer. Sólo recuerdo la flor verde que llevaba en la cabeza para animar aquel uniforme azul y gris.

Francesco sonreía.

—¡Qué despropósito de día! —siguió mamá—. Luego vino otra vida.

Hubo un silencio.

El señor Bertone abrió mucho los ojos para animarla a seguir hablando, como si ese gesto fuese un faro para iluminar los recuerdos de mamá que se habían quedado paralizados en ese momento.

—Me gusta que comparta sus recuerdos —le dijo.

Mamá se preguntó si debía seguir hablando. Y los ojos del italiano sonrieron.

—Luego llegaron los niños. Bueno, llegó Justo. Porque con Justo llegó al mismo tiempo Liz, Elisabeth. Ya ve, el primer parto de la historia con niños de diferente edad y, si con Justo no hubiera habido complicaciones, habrían llegado más.

Él no entendió muy bien de qué estaba hablando mamá en ese momento.

—Mi marido... Nos conocimos cuando él vino aquí de turismo. No sabía que estaba separado ni que tenía una niña, ni siquiera sabía que todo se torcería tan pronto. Yo me enamoré y me quedé embarazada.

—¿Cómo era él?

—Un poco más alto que yo, delgado, rubio... irlandés. Un hombre irlandés. A mí me gustaba. Me gustaba mucho. Me volví loca. Pero esas locuras no pesan en el recuerdo... al contrario, sirven para dulcificar los días que vinieron después. Al principio le encantaba cantar en el puerto, era un bohemio de esos que se achispan con cerveza, pero que con el tiempo empezó a tener poca gracia, ninguna gracia.

—Entiendo.

—No, estas cosas no se entienden. Ni siquiera entiendo cómo me fui apagando yo. Tenía luz, ¿sabe? Lo decía mi madre. «Eres la más guapa de todas, tienes magia, la vida tiene que tratarte bien».

—Murió.

—Un accidente. Por eso nos vinimos a esta casa. Es bonita, ¿verdad?

Ahí cambió el tono de mamá, incluso pidió que Francesco le echara un poco más de vino en el vaso.

—Hablemos de otra cosa. Le estaré aburriendo... Después de mí, le toca hablar de usted.

Escuché agazapado en la ventana sin rechistar.

—Mientras recorrías esos lugares: Hendaya, Biarritz, Lourdes... Yo estaba en un internado en Suiza, un internado musical. Papá era director de orquesta, mamá era violonchelista, así se conocieron... mirándose, y por eso el pequeño Francesco tuvo que aprender música, como todos mis hermanos. La música ha sido el eje de mi vida.

—Por eso quiere que sea el de su hija.

—El amor que nos faltó a ambos cuando se fue ella no lo suple la música.

—¿Ella?

—Mi mujer, su madre. Yo me dediqué a componer para las emisoras de radio, publicidades, canciones... Y mi pequeña tiene un oído especial. Sofia será grande.

—Al final proyectamos en los hijos nuestras carencias, supongo.

—¿Qué le hubiera gustado ser a usted?

—Hace rato que nos hablamos de tú.

—Entienda, soy italiano, me pierdo.

—Ya... Pues, ¿sabes que nunca he aspirado a ser nada? Tal vez profesora. Profesora de literatura. Me encanta leer. Me escondo entre los libros. Leo mucho. Había hecho el bachiller y debía haber hecho algo más que magisterio. Mis amigas lo hicieron. Yo me quedé bordando...

—¿Sigue bordando?

—Oh, no. No me trae buenos recuerdos. Algunos placeres cuando son obligados se convierten en martirios. Y así fue. Nada me gusta más ahora que perder el tiempo... aquí en el jardín. Sin hacer nada.

—Yo la veo leer.

—Bueno, sí. Es para evadirme. Me relaja. Pero... cuénteme, cuéntame. La vida italiana, ¿cómo fue?

Le contó que había nacido en 1940 en Brindisi, al sur de Italia. Pero que se instalaron en Roma cuando a su padre lo nombraron director de orquesta. Tres hermanos. Infancia en un piso enorme cercano a las Quattro Fontane. Todo absolutamente normal. Mamá, Lucia, siempre ensayando. Una chica en la cocina que cocinaba la mejor pasta del mundo. Misa de domingo. Paseos. Música que llenaba los pasillos. Estanterías con discos. Partituras en blanco. Olor a pasta hervida con mucho queso...

—¡Ya me acuerdo!

—¿El qué?

—El albergue de antes. Acaba de venirme a la cabeza... El albergue en el que vivimos aquella libertad momentánea estaba en Vera de Bidasoa. Le dije que no me acordaba de su nombre, era...

Se besaron.

Lo vimos desde la ventana. En silencio. Y también se hizo el silencio en el jardín que estaba plagado de barcos de papel hechos y deshechos. No hubo más palabras y tampoco me atreví a seguir mirando. Paseé la mirada por las estrellas encendidas del techo de la habitación de mi hermana para evitar las que había en el exterior de aquella noche. No se me ocurría cómo volver la mirada a la ventana por pudor. Liz hizo un gesto de asentimiento con la cabeza y amagó una sonrisa de felicidad. Yo me noté las costillas con la respiración y el corazón pegado a la piel como si me lo fueran a dibujar con vapor. Estábamos callados. Fuera de nuestra respiración, entre el sauce llorón y el límite del acantilado de aquel lugar del Mediterráneo, estaba la de Francesco y mamá haciendo común su destino.

Liz cerró las cortinas, como quien pone fin a una obra con el telón, y se volvió, sonriente, hacia mí. No se nos ocurría cómo empezar a hablar de aquello que estaba pasando en el jardín.

—Qué noche más rara, ¿verdad, Justo? —cuchicheamos agazapados bajo la ventana de la habitación.

No pude responder.

Eran las dos de la madrugada. Francesco había encontrado a su Fedora y mamá a su conde Loris, su Caruso. La tía Visitación tenía razón, había siempre un éxito a la vuelta de la esquina, una canción, incluso un dulce para celebrar. ¿Cuántas veces eres dueño de tus decisiones? ¿Por qué esquivar el amor si aparece?

Liz y yo bebimos palabras en silencio.

—¿Tú crees...? ¿Crees que mamá...? —pregunté antes de volver a mi cuarto. Y no era una pregunta retórica.

Liz no respondió. En lugar de eso me miró, buscando en la oscuridad mi complicidad. Alargó su mano para que me quedara con ella.

—Sí, Justo. Ya ves que sí.

Esa noche se me juntaron todas las constelaciones. Era una certeza. Una certeza que resultaba conmovedora: aquella noche de San Juan parecía que se cerraba hoy. Como si mi plan y el plan que rigen las estrellas de forma voluntaria se hubieran aliado con nosotros.

«Querido Justo, no sé cómo darte las buenas noches hoy. A ver cómo te lo escribo para que no se me agolpen todas las emociones... Todavía no me he dormido por el calor —son ya las tantas, no quiero mirar la hora— y he pasado varias veces a ver si dormías. Te he visto con esa sonrisa que se te queda mientras sueñas... Sin que te dieras cuenta me he quedado en la puerta, mirándote. Sé que vas a ser un niño feliz, un hombre feliz. Y deseo con toda mi alma que tus sueños, esos en los que andas ahora metido, se hagan realidad. Hasta ahora siempre he pedido por ti, hoy... La vida se recompone, se desordena, unas veces te golpea y otras veces parece que quiere ser como una botella de vino espumoso: llena de burbujas. Así quiero la vida para ti. Hoy, esta noche, escribo esta carta también para mí. Para que no se me olvide que somos felices.

El cielo es opresivo algunos días, pero el aire fresco de cada mañana lo cambia todo y, más allá de los silencios y de las cosas que no nos contamos, estoy. Detesto a esas familias que deben decírselo todo como en las teleseries. Lo rechazo. Tú y yo nos hablamos con la piel. Sé qué sientes cuando te escondes bajo el sauce llorón y sé qué sueñas cuando te pones en el límite del acantilado, incluso cuando te asomas por el ventanuco del ático. El silencio nos ha salvado muchas veces, infinitas.

Esta noche he tenido sueños para mí. Estaban tan cerca... A veces se me olvida que también sé soñar.

Te dejo la nota en la mesita, no quiero acercarme a tu almohada. Así tus buenas noches serán para ti unos buenos días.

Todo irá bien.

Mamá, Te Adora».

32

Poco antes de la cena de cumpleaños

Roma.

Francesco había estado en la penumbra de una de las columnas de Santa Maria in Trastevere. No sé cuánto rato, ¿me importaba? Me di cuenta al levantar la cabeza del hombro de mamá. Me sonrió con condescendencia, como diciéndome: «No molesto, sigo aquí», y volví a dejar caer mi cabeza en el hombro de mamá.

—Mamá, tengo algo que decirte.

—Seguro que es algo bueno.

—No lo sé. En aquel momento pensé que sí, que era bueno. Ahora... —Respiré hondo—. Mamá, llevo toda la vida dándole vueltas y nunca he acabado de asumirlo. Pero necesito compartirlo contigo. Tal vez no te acuerdes bien, pero sucedió la noche del 23 de junio de 1980. Era un niño.

—¿Estás bien? ¿Estás sano?

—Sí, mamá.

—¿Has comido?

—No tengo hambre.

—Entonces por eso estás mal. Debes comer. Si no comes bien, nunca tendrás buenas siestas.

—De acuerdo, mamá.

—Y... ¿tienes novia? Supongo que tienes una nueva chica guapa con la que te vas a casar. Me gustaría ser abuela y cuidar de tus hijos cuando te vayas, cuando lo necesites... Si quieres viajar, los dejas en casa, no hay problema, yo soy... yo seré una buena abuela. Claro que a lo mejor lo que vienes a decirme es que ya lo soy y que vas a tener a un niño. Háblame, dime cómo es esa mujer encantadora.

En ese instante vi cómo Francesco iluminaba alguna de las velas de un santo. Su propia respiración se las apagaba y las volvía a encender con paciencia.

—Mamá, quiero hablarte de algo que pasó hace treinta años.

Ella se volvió hacia mí.

—¡Treinta años! Eso es mucho tiempo.

—Mamá, no el suficiente para que lo haya olvidado. Era la víspera del día de San Juan, el 23 de junio de 1980. Pensaba que la vida tenía que cambiar.

—Pero, por Dios, todo ese tiempo. Mi querido Justo.

—Tu querido Justo lleva años con más recuerdos de los necesarios y no hay día que no me haya levantado pensando que quizá no estuvo bien.

Mamá me miró con aire extrañado.

—¿Y por qué ahora es necesario?

—No lo sé. Si te soy sincero, no lo sé. Pero algún día tenía que ser.

—Háblame de ese 23 de junio de...

—1980.

Cerró los ojos como si volviese a aquellos años de juventud.

—Eran las fiestas del pueblo, la víspera de la noche de San Juan. Las tías estaban listas para la procesión y la charanga ensayaba en nuestra puerta, había mucha música. Papá y tú estabais en la cocina, él fumaba y tú enfriabas la comida que habías preparado para esos días. La tía Visi se había encargado de poner plantas nuevas en la puerta y entre todas ellas habían encalado la fachada, la parte baja, esa que siempre tenía un color más fuerte. Liz andaba con unos zapatos nuevos para la fiesta y, recuerdo, le hacían daño porque era la primera vez que se los ponía. Se quejaba, quería haberlos estrenado antes para poder bailar en la verbena. Yo, en principio, tenía todo listo. Ya me había vestido con mi pantalón y mi camisa nueva para acompañar a papá hasta el ayuntamiento. Era el día de la llegada de la estrella, venía Ava Gardner a inaugurar el nuevo cine de verano. ¿Recuerdas el frontón del colegio? Pues por detrás habían pintado una pantalla y habían instalado muchas sillas, parecía un cine de verdad, el cine de verano. Ava, la gran estrella, tenía que ser recogida en la estación, el coche oficial lo conducía papá, que llevaba un traje de chófer con rayas en los pantalones...

—Ava Gardner, ¿la actriz?

—Sí. Tenía mucho éxito entre los hombres de la época y eso que el momento de esplendor había pasado para ella, pero la llegada de una estrella tan famosa en nuestro pueblo suponía el revuelo más grande del año, de la década. Papá andaba muy nervioso, él hablaba inglés, la celebridad era de origen irlandés, como él, y en el ayuntamiento habían ordenado que fuera el encargado de tratarla y traerla «como a una estrella». Liz subió enfadada a mi habitación, le dolían los pies y tenía rozaduras en los talones. Yo estaba allí, con mis cosas. Decía que no estaba guapa, que no le gustaba su vestido y que quería parecer una chica, no una niña, que esa noche todos los chicos iban a estar en la fiesta y que ya era hora de gustar. Empezó a pintarse con los coloretes que guardabas en la cómoda, le dije que iba demasiado pintada y que era una india en lugar de una mujer. No parecía una chica de quince años, créeme. Estaba nerviosa. Pero bueno, aquel día todos estábamos nerviosos. Yo... yo más. Me senté en suelo del balcón de mi cuarto para escuchar los músicos que se preparaban para la procesión, para los pasacalles, para la verbena de la noche. Justo entonces entraste en mi habitación. Me pillaste llorando.

Mamá me miró triste. Yo seguí contando:

—Era un día magnífico. Y nada lo iba a enturbiar. Nada. Pero te dije que los músicos estaban fumando y que me picaban los ojos. En ese momento papá subió rápidamente a la habitación y dejamos de hablar.

—¿Qué decía?

—Sobre todo que había que darse prisa, que ya estaba bien de dar vueltas.

—¿Y por qué?

—Por la estrella, por Ava. Estaba obsesionado. Una actriz que iba a subir a su coche nuevo del ayuntamiento, con la que iba a tener la oportunidad de hablar en inglés, iba a ser distinguido. Se sentía único.

Mamá hizo una ligera mueca y sentí que los recuerdos se colaban en el pasado.

—¿Qué es eso que llevas?

—He traído todas tus notas. Las he ido guardando desde que era niño.

—¿Mis notas? ¿Es mi letra?

En mi mano tenía todas las cartas usadas, releídas, gastadas por los años y por las veces que las había plegado y desplegado; todas juntas como una gavilla de lavanda.

—Me acompañan desde que tengo memoria y creo que han recorrido todo el mundo. Se vinieron conmigo a Buenos Aires, han estado en Nicaragua, en Mozambique, en Singapur, en Moscú, en Sídney... Siempre has venido conmigo. Tus notas. Tus textos. Tus sueños. ¿Lo ves? Aquí las tengo. Sabes mejor que nadie de mis inseguridades, de mis miedos... Son los mismos que cuando era pequeño. Pues quiero que sepas que cuando nadie creyó en mí, leía tus cartas y me convencía de que era un tipo fuerte que podía con todo y todo eso que siempre me has dicho. Tus «Todo irá bien». En los hoteles, esas noches en las que esperaba la hora perfecta para salir a hacer las fotos... ahí estaban tus cartas, como si estuvieran latiendo por si fallaba mi corazón. Y cuando no eran ellos, cuando era yo el que no creía en mí, volvía a releerte. Mira —dije mientras desplegaba uno de los papeles—. «Me gustaría ser más expresiva algunas veces, pero te quiero tanto que no lo sabrás nunca. Tu madre. Te Adora».

—¿Mis notas? —susurró mamá, mirando el manojo de papeles.

—Todas. Las tengo todas. Las he ido guardando. ¿Te acuerdas?

Entonces levantó la mirada a mis ojos vidriosos y me dijo:

—Tú sacabas buenas notas. Fuiste bueno y buen estudiante. ¿Te acuerdas tú?

—Claro, mamá. Claro que me acuerdo.

Me di cuenta de que no se acordaba de nada porque yo nunca había llegado más allá del notable y que todos esos papeles no eran más que papeles en blanco, en una memoria en blanco.

—Has viajado conmigo por todo el mundo. ¿Sabes que fui premiado por un reportaje de una misa de Harlem? Fue como fotografiar a las tías cuando se vestían de fiesta, lo publicaron en todos los medios. Pues fue tras leer una de tus cartas en Nueva York.

—Nueva York es bonito.

—Nueva York es precioso, pero sólo tiene edificios y gente solitaria.

—Y Roma, ¿cómo es Roma?

—Mamá...

Rompí a llorar. En ese momento en el que mi madre no era más que un mar sin barcos, extraña y lejana, sentí cómo me abrazaba Francesco por la espalda. «Tranquilo», me dijo. Y se sentó a su lado, hablándole con las manos entrelazadas.

—Teo, amor, Roma es preciosa. Roma es una ciudad que te va a encantar, la vamos a visitar cuando quieras. Ya verás cómo es la Fontana y cómo se come de bien. Está llena de restaurantes... ¿Te gusta la pizza? ¿Prefieres pasta? Pues esta noche vamos a Roma y cenamos en el mejor restaurante de la ciudad. Mira, amor, Roma es una ciudad en la que nunca hemos estado, verás que preciosidad.

Temblaba.

—¿Llegamos a Roma? ¿Podemos llegar? ¡Nos da tiempo! —dijo mamá, mirándole feliz.

—Al salir de la iglesia estaremos en Roma mi amor, será como magia. Verás. Sólo tienes que cerrar los ojos cuando yo te diga y he preparado una ciudad llena de luces de color amarillo y he pedido que cuelguen la luna más grande en el cielo para ti.

—¿Hay fuentes?

—¿Quieres que haya fuentes, Teo? Pues déjame que avise para que haya una nada más salir a la plaza.

Desde que le vi aquella tarde cuando llegó en aquel coche que frenó tras el camión de la mudanza tenía el mismo aire sereno y especial. Nunca había dejado de ser ese tipo de hombre insólito y excepcional. No había perdido ni un pelo aunque ya era gris plata, peinado como siempre, con los dedos. Un gesto que no había dejado de hacer para retirarse el flequillo con esas manos largas y duras, ya ajadas, que tienen los pianistas.

Levantó uno de esos dedos como si fuera a empezar a dirigir la orquesta y se acercó una muchacha que estaba en la puerta. «Dile a Riccardo que acerque el coche y vuelve para ayudarnos a subir a Teo, que pronto salimos», indicó en voz baja. Luego se dirigió a mí.

—¿Qué ocurre, Justo?

—No lo sé, Francesco. No lo sé.

—Has venido a ver a tu madre. Hoy es su setenta y cinco cumpleaños. Ella está feliz y todos estamos felices.

—¿Ella?

—Sí, ella. Lo que pasa es que no se acuerda, pero me acuerdo yo. Y eso me basta.

—Había olvidado lo buena persona que eres.

—Vamos, vamos... Déjate de ironías. Y no te culpabilices. La memoria se fue yendo, poco a poco. Lo único de lo que uno no es consciente al principio es que ya nunca vuelve después.

—Al mismo tiempo que yo estaba de viaje, ¿verdad?

—He dicho que no te culpabilices. ¿Crees que no has podido despedirte? ¡No está muerta! Está viva, está guapa, está aquí, ¡con nosotros, Justo! ¡Con nosotros! Y te lo digo en serio, me alegra que hayas venido al cumpleaños. Para ella es muy importante.

—Para ella... ¿Tú crees? ¿La has visto?

—La veo cada día y cada día le digo que la quiero. Y a veces me pregunta cómo me llamo, me dice que soy un señor muy elegante y que tiene miedo por si nos ve su marido. Pero yo le digo que es un amor secreto. Que sólo lo sabemos ella y yo.

—Un amor secreto.

—Es bastante parecido... Ella no sabe quién soy y para ella muchas mañanas soy un auténtico desconocido. Venga, Justo, atorméntate ahora por pensar que no has estado cuando empezó a perder los recuerdos... ¿De qué sirve? Es así, ya está. Los recuerdos los tenemos tú y yo. Muchas personas, con memoria, de esas que entran y salen a los bares, a las iglesias, a los bancos, han olvidado las cosas más importantes de su vida y es como si también tuvieran alzhéimer. Hay quien no recuerda quién le dio su primer beso, ni dónde, ni siquiera qué llevaba puesto aquella noche en la que llegó el amor. ¿Sabes que hay quien no recuerda por qué dejó de amar? Y peor, ¿por qué amó? Qué le conquistó. Ese olvido es el más terrible. Y se ponen a mirar fotos desordenadas y no les viene ni el olor de aquellos árboles, ni el sonido de la música que no quedó grabada en la foto... El olvido de esos que se han hecho ricos y no recuerdan cómo era subir en autobús, ni cuánto vale un café porque siempre los invitan... Ése es otro olvido. Y tú y yo no tenemos ese problema.

—Pero lo tiene mamá. No recuerda quién soy.

—¿Recuerdas quién es ella? ¿Tú recuerdas quién es ella?

—Mi madre.

No pude decir nada porque Francesco calló para que escuchara las dos palabras que acababa de escupir como un exabrupto. «Mi madre».

—Tu madre.

Miré la nota que todavía llevaba desplegada en la mano: «Me gustaría ser más expresiva algunas veces, pero te quiero tanto que no lo sabrás nunca. Tu madre. Te Adora».

Recuerdo perfectamente cuando mamá me dejó aquella nota en mi mesilla de noche. La dejó junto a un libro que me había regalado para mi cumpleaños, un libro que no envolvió; decía que los regalos no tienen que estar envueltos en papel porque la sorpresa crea falsas expectativas. Esa fila de palabras estaba en una hoja que había arrancado de una de mis libretas de dos rayas y estaban escritas con un rotulador verde. ¿Cómo conseguí acordarme? ¿Cómo había podido quedarse atrapado en mi memoria aquel recuerdo? ¿Cómo no era capaz ahora de recordar el libro en el que estaba? De hecho, lo hice, aparté la novela y me tumbé con la nota en mi cama porque leer algo que sonaba a su voz me parecía un regalo mayor. Era su letra con su emoción temblorosa en la firma y ese juego de palabras «Te Adora».

Sentí hervir en mí una especie de recuerdo: mamá quería que a toda costa fuera feliz y me vino a la mente el olor de las pisadas sobre la lavanda la tarde del 23 de junio, víspera de San Juan, mientras yo quise cumplir su deseo.

—¿Cómo empezó a olvidar todo?

—Primero los nombres. Un día me llamó Thomas.

—¡Thomas! Mi padre —exclamé sin pensarlo siquiera.

—Tu padre, sí. Al principio pensé que eran esos típicos errores que nos suceden a los que ya hemos tenido pareja y se nos complica la tarde porque viene de forma casual un viejo nombre. A mí me daba igual. Ni soy ni he sido celoso. Pero pasó, me llamó Thomas.

Le contemplé un instante y volví a preguntar:

—¿Pasó muchas veces?

—Pasó varias. Hice como que no me daba ni cuenta. Pero ahí estaba. Su nombre. Me fastidiaba que le viniera a la cabeza... pero si yo le daba importancia ella se ponía nerviosa, porque no se había dado ni cuenta y me repetía: «¿Qué he dicho? Dime, ¿qué he dicho?».

—Thomas —repetí.

—No creas que no me atormentó. Sucedió varias veces. Otro diría que demasiadas, pero no. Dejó de suceder y empezó a preguntar por la hora. «¿Qué hora es?», yo le contestaba, y al rato, como si no me hubiera escuchado, volvía: «¿Qué hora es?».

—Quizá deberías haberme llamado entonces —dije.

—¿Porque tu madre no recordaba la hora? Vamos, Justo, por favor. No he hecho montañas de pequeñas cosas y si no me dolió que nombrara a tu padre tampoco era de recibo llamarte para que vinieras a... ¿hacer qué? ¿Presenciar que se estaba evaporando su memoria? ¿Ver que mamá estaba repitiendo preguntas a pesar de recibir la respuesta? No.

—Podía haberme despedido...

—¡Justo, qué dices! Esto no es así. No sabes cómo ni cuándo va a evolucionar. Ni tampoco con qué velocidad. No es un viaje, no hay despedida. —Respiró y me cogió del brazo para echar a andar hacia la calle. Siguió—: Un día llegué a casa y estaba sentada en el rellano, me miró y me dijo: «No se abre la puerta, debo haberme equivocado de llaves, maldita sea». Yo pensé que era eso, que había salido de casa a comprar y que se había confundido. Pero no. Estaba enfadada, de un mal humor terrible, raro en ella, y con las llaves en la mano, cabreada. «¿Lo ves?, Voy a tener que tirar todo a la basura, llevo más de dos horas aquí esperando a que llegaras», me dijo. Lo había intentado y desistió cuando no había manera de abrir; en lugar de bajar a la calle o pedir una copia al portero, se había sentado en el escalón a esperar... Saqué mis llaves y la ayudé a levantarse del suelo, «Vamos, Teo, entra, un error lo tiene cualquiera, a mí se me olvidan las partituras día sí, día también». Cuando entramos colgué mi chaqueta, dejé el maletín de mis cosas en el recibidor y me di cuenta de que acababa de dejar sus llaves colgadas. *Sus llaves* —matizó mirándome fijamente—. *Su llavero.* Que no había error, que era ella la que no había acertado. No quise decirle nada para no alterarla, se había ido a la cocina a guardar todo en la nevera entre gritos de «Todo esto ya está perdido, todo esto es basura, lo voy a tener que tirar»; pero esa misma tarde, después de comer, pregunté a un amigo doctor y me dijo que era uno de los primeros síntomas del alzhéimer. No quería creerlo, no podía creerlo. Me negaba a perder a mi Fedora. Me pasé la tarde diciéndome que no podía ser, que con ella no, que conmigo, que me consumiera a mí el maldito alzhéimer. Pero no. La mujer más bella del mundo, mi mujer... tu madre había empezado a irse. Fue voraz, como si se la comieran. Olvidaba los nombres de las cosas, dónde las ponía, repetía preguntas: «¿Qué hemos comido?», «¿Quién ha llamado?»... Y así se fue evaporando.

—¿Fuiste al médico?

—Por supuesto. Y a cenar cada noche a un restaurante distinto. Y a decirle te quiero cada mañana. «Me lo repites mucho más que antes», me decía ella. «Es que te quiero cada día más, Teo, no lo olvides». Y ella sonreía. Quería taponar esa fuga de memoria con más vida, intentar paralizar la sangría del pasado con más futuro. Le proponía planes, más viajes, más conciertos... Y me decía: «Estás loco, nos vamos a quedar sin dinero». ¡Y a mí qué más me daba el dinero! No podía pagar su historia, la nuestra.

Francesco estaba llorando.

—El mañana sólo existe en nuestra cabeza —le dije para calmarlo.

—Y el ayer. Me di cuenta de eso, que ya no tenía mañana y que estaba perdiendo el ayer. ¿Imaginas? En ese momento decidí que yo tenía que ser todo eso. Si ella se evaporaba, yo no. Y mientras yo estuviera y recordara todo, ella también estaría y recordaría todo.

—Nos quedan las fotos.

Hubo un largo silencio. Qué paradójico. Pensé que tal vez por eso me he pasado la vida haciendo fotos. Las capturas de las felicidades ajenas han sido mi manera de parar el tiempo. Mientras mamá olvidaba, yo detenía el tiempo alrededor del mundo.

—Olvidamos. Olvidamos muchas cosas. Es terrible... Nos pasamos media vida viviendo y media vida olvidando. Media vida queriendo correr y la otra media intentando frenar. Qué absurdo. Qué prisas, ¿para qué? Ya hemos llegado aquí, ¿y qué? La meta no vale la pena.

—La meta no me gusta —dije.

—La meta es terrible. Yo me esfuerzo por andar despacio, evidentemente ya no soy aquel que corría sin asma, el que subía y bajaba las escaleras sin más ansiedad que contar los escalones de dos en dos, ahora... prefiero la calma. Voy despacio, intento dormir poco, desayunar tranquilo con Teo, no esperar el viernes porque los viernes llegan y se olvidan. Disfruto los lunes, los martes, los miércoles... Y leo en voz alta, para mí y para ella. Le gustaba *París era una fiesta* y se lo sigo leyendo como si fuera nuevo para ella. Ella ha olvidado que era su novela favorita, incluso que nos fuimos a vivir junto a Saint Germain durante unos años para hacer realidad su sueño. ¡Qué años! ¡Qué locura! Quiero conocer la casa de Gertrude Stein, quiero comer en Polidor, correr por el Louvre... Lo hicimos todo, incluso... Incluso amarnos una noche bajo la Torre a riesgo de ser vistos. —Suspiró mientras yo descubría con la boca abierta una vida desconocida. Él, como un anhelo que quedaba todavía atrapado en sus pensamientos, añadió—: Supongo que yo también he olvidado otras cosas, pero intento recordar por los dos...

Francesco relató cómo había vivido con mamá, qué le gustaba cenar, adónde iban, qué le daba risa, cuál era su fila favorita del cine, incluso su manía por abanicarse con ruido y pedir café con hielo y limón liando a los camareros romanos. Me habló de todos esos tiempos que han pasado de forma paralela a mi vida.

Mi vida a veces no ha sido mía.

—Y bien, ¿en qué trabajas actualmente, Justo?

—Tengo que volver a Londres... Quieren otro reportaje, otra visión de la ciudad, ¡como si la City no tuviera ya bastantes miradas!

—Siempre hay una nueva forma de mirar...

—Bueno, lo intento. Los fotógrafos de ciudades tenemos esa fortuna, la ciudad espera y se mueve lentamente. Es como el vals.

—¿Sigues en la revista?

—Me permiten lo que quiera y para mí eso es muy importante, libertad. Soy libre, hago lo que quiero y encima les gusta. Me apetece madrugar para sacar un amanecer entre dos callejuelas, madrugo. Me apetece quedarme en una terraza hasta que anochece para enfocar la silueta de dos enamorados, espero. A veces creo que me pagan por vivir.

—Y por esperar.

—Esperar, llevo toda la vida esperando.

—¿A qué?

—No sé, debe de haberse convertido en mi forma de vida. A decir verdad, no tengo ni idea.

—Eso es muy de tu madre. Nunca sabía lo que quería hasta que tenía el pálpito. Y ahí, supongo que como tú, ¡disparaba!

—*Flash*. Prefiero la palabra *flash*. No me gusta disparar. Los fotógrafos somos pintores rápidos... aunque esperemos.

—Tanto móvil, tienes razón, ahora todos son fotógrafos. Mira Roma, está llena.

—Ése es el riesgo, por eso estoy buscando otra meta.

—¿La tienes muy avanzada?

—Voy por el principio.

Me callé y volví a hablar para corregirme mientras me encendía un cigarrillo.

—A decir verdad, no avanzo.

—¿Qué es lo que te preocupa, mi querido artista?

—Todavía no lo sé.

—Y... ¿cómo se llama la chica?

—No lo sé.

—O sea, no hay chica. No estás enamorado.

—Siempre estoy enamorado. No he dejado de estarlo.

—Eso parece interesante.

—Mi problema es que siempre he ido buscando el enamoramiento, sin más. Y después de las primeras citas... me he cansado.

—¡*Flash*!

—Supongo que podríamos llamarlo así.

—El amor existe. A veces está en la casa de al lado.

Tragué saliva, como si el mar de aquellas olas de entonces me atragantara los recuerdos.

—Supongo que sí. Pero no ha aparecido.

—O sí. Y no se ha dado cuenta. A veces hay que mirar bien. El cielo tiene las mismas estrellas y somos nosotros los que cambiamos de posición. Así que no me vengas con que la tierra es plana y que ya has visto a todas las chicas de este mundo...

—Han ido cambiando, como las estrellas.

—Y tú, sin moverte del sitio. Esperando disparar... —Arrugué la nariz, él continuó—: Bien, bien... Habíamos quedado en que no te gustaba disparar.

—Sí... He estado a punto de encontrar a la chica de mi vida varias veces, pero....

—¡Error! Si era la chica de tu vida, lo habrías notado. Cuando hay duda, siempre es no. Te lo digo como consejo musical. Cuando una nota no encaja... no encaja... No pruebes a poner un *do* donde va un *la* porque al final la música no suena.

Como un resorte salió de mi boca la pregunta:

—Y... —Temblé no sé por qué maldita y vieja razón al preguntar por ella—. ¿Sofia? ¿Qué tal?

—¿Sofia? Sofia no para, ya sabes. Hace lo que quiere, vive a su ritmo, en su mundo... Imagínate qué vida —dijo con gesto de admiración—. Deberíais recuperar la camaradería que teníais entonces... Me extraña que nunca hayáis quedado después de todo lo que vivimos, sois familia...

—Nos vemos poco. La última vez, como siempre, nos cruzamos en un aeropuerto. Parece que sea nuestro lugar de encuentro. Curioso, ¿no? Cuando yo vuelo, ella aterriza. Cuando yo llego, ella...

—Vuela. ¿Verdad? Es su estado. Dice que es la música de la libertad... Como si la música ya no fuera libertad en sí misma. Normal que dejara la dirección y se hiciera pianista de jazz. ¡¿En qué estaría pensando yo?! Le gusta, le apasiona. Yo insistiendo en Chopin, en Beethoven, en Vivaldi... en todos los maestros y ella escuchando a escondidas a Billie Holiday, Ella Fitzgerald, Sarah Vaughan.... Jazz, Sofia es jazz. Yo señalando con la mano hacia un lado del cielo y ella, ya ves, miraba hacia otro. No me di cuenta. O sí... y no quise. Mira por dónde, ahora soy yo el que también escucha ese tipo de música. —Hizo una pausa para buscar un nombre mientras se levantaba el flequillo blanco—. ¿Has escuchado a Norma Winstone? ¡Qué mujer más extraordinaria, y qué hermosas son sus canciones! Deberías. —Asentí—. Entonces me di cuenta de que lo que podía hacer es dejar que Sofia volara.

—Volar, ella siempre hablaba de volar —dije, recordando el acantilado y aquella vez que bajó con su bañador blanco casi transparente.

—Ay, mi pequeña Sofia... Ha salido a su madre. Es la mujer más impredecible del mundo y eso es incompatible con la música, digamos, incompatible con la música seria que yo quería. No tiene horas, no tiene lugar, ni tiempo, ni... es ella, Sofia. El año pasado estuvo en San Sebastián, en el Kursaal, junto con Diana Krall. Ambas pusieron el recinto a reventar, qué locura. Aunque ella es una pesadilla para los organizadores. Se perdió por la ciudad, apareció justo para subir al escenario, mojada de la lluvia, con su traje negro empapado de agua y el pelo sobre la cara...

Pude sentir lo mismo que cuando la vi salir del agua. El tiempo. Qué paradójico y qué terrible es el tiempo. Entonces éramos dos adolescentes, ella algo mayor, con ambiciones distintas y con el destino ya marcado en alguna de esas estrellas que señalaba Francesco Bertone por las noches. ¿Somos, si somos persistentes, lo que soñamos?

—Y claro —siguió—, da recitales en los lugares más insospechados del mundo, donde, según ella —matizó Francesco—, encuentra magia, *feeling,* dice. Riesgo e inconsciencia... Todos lo hemos hecho, ¿no es verdad? Al final, va en los genes. Y lo que no viene en los genes va en las ganas de ser.

Paré para encender mi cigarrillo apagado. No sé por qué, me quedé pensando en los telares coloreados del abuelo. Fue él el que siguió hablando.

—Lleva un tiempo viviendo en Londres, con su niño y su gato.

—Su niño y su gato —repetí mecánicamente.

—Imagina.

No quise imaginar. La última vez me enseñó una foto de carné del pequeño y fue como verla a ella de nuevo, pero con pelo corto.

—El gato ese loco que tiene se pone en el piano, maúlla a veces. Otras calla. ¿No los has visto? —Negué con la cabeza—. No di crédito la primera vez que asistí a uno de sus conciertos, de sus recitales improvisados. Ella, el público y el gato. Era todo tan... Parece una de las protagonistas de Georges Méliès. Acelerada y recién salida de un truco de magia. ¿Has visto alguna de esas películas en blanco y negro? ¿Esas que aparecen y desaparecen con efectos de humo y fuegos artificiales?

Pensé en *La invención de Hugo* y en el invernadero del realizador abarrotado de máscaras, disfraces y monstruos marinos. Había visto la película en Londres y también aparecían dos niños como protagonistas.

—Pues ella es así.

—¿Sigue tocando las *Gymnopédies?* —pregunté para no saber nada de la primera respuesta, del niño al que acababa de mencionar.

—¿Lo recuerdas?

—Sí, eran pocas notas... Erik Satie.

33

Londres

En ese mismo instante en el que Sofia aparecía en la conversación entre Francesco y Justo un gato arañaba la ventana del 36 de Ladbroke Grove. Un edificio vainilla de tres plantas situado frente a una solitaria iglesia rodeada de árboles, en la parte residencial de Notting Hill, fuera del bullicio turístico. La mujer que subía las escaleras del portal iba peinada con una trenza larga que llegaba a media espalda, los brazos pegados al cuerpo por el peso de la compra parecían largos y cansados y silbaba una melodía antigua. Una descripción completa de esta escena sería decir que la música que salía de sus labios era una de las *Gymnopédies* de Satie, pero eso era inapreciable en ese momento para la escasa gente que un 14 de febrero, con catorce grados centígrados y un setenta y cuatro por ciento de humedad, paseaban por la arboleda de Ladbroke.

Sofia dejó las dos bolsas en el suelo y rebuscó las llaves en su bolso, uno que como una bandolera cruzaba su pecho y espalda en diagonal. Antes de sacar el llavero, la puerta se abrió y el gato que antes arañaba los cristales de la entreplanta se le pegó a los pies. Ahí fue cuando se dio cuenta de que en el bordillo de los escalones había un corazón de tiza.

Sofia sonrió pensando en su hijo.

—Peter, ¡Peter!

En cuanto a Peter, era un niño de doce años que había creado muchas dificultades en el colegio desde que entró en la guardería. Un niño con problemas de concentración y que sólo se quedaba quieto al dormir. El psicólogo del colegio le había aconsejado a Sofia que lo apuntara a todas las actividades extraescolares posibles para, literalmente, «agotar al menor y que tenga la cabeza ocupada». Por supuesto, el chico no tenía intención de cumplir horarios ni asistir a esgrima, clases de italiano, pintura, piano y boxeo. Nadie, pues, estaba en condiciones de amaestrar a ese Peter más que un gato y una madre que, lejos de sentirse desgraciada por la soledad, disfrutaba hablando con su hijo de películas de terror y fantasmas ingleses. Michael parecía el marido perfecto. Sin embargo, no lo fue. Lo imaginaba cuando, en la consulta del ginecólogo para certificar el embarazo, él encendió un cigarrillo como respuesta a la sonrisa que vino tras el positivo de Sofia. Le retiró la palabra durante las primeras semanas y el hueco que crea el silencio en una pareja que busca caminos diferentes se convirtió en inspiración musical para ella. Papá tenía razón, cuando el sí es sí, no hay dudas. No hubo dudas, ni drama. El disgusto podía haberle sobrevenido en forma de crisis a las semanas de la confirmación del embarazo, pero ella optó por Peter.

—Peter, como Peter Pan.

Durante los primeros meses de embarazo, el único problema fue tocar el piano de lado. La barriga del futuro rebelde crecía tanto como sus pechos. Optó por andar desnuda por la casa, libre, ajena a las ventanas abiertas que desde la calle eran el escenario de una mujer feliz, embarazada y desnuda.

Peter Pan era igual que ella. Mejor, se dijo. Técnicamente no había que explicar quién era el padre ni era de las que daba explicaciones. La genética, a veces, juega a favor. Por eso le puso al gato el nombre de Daddy. Aquella presencia animal era el sustitutivo de muchas carencias masculinas que en otros momentos de su vida habían sido necesarias, ya no. Sofia aclaraba siempre que ser madre soltera era lo mejor que le podía haber pasado, porque era libre de amar, de tener sexo esporádico con algún músico de la orquesta o de dormir junto a su hijo en las noches en las que el exceso de niebla convertían Londres en uno de esos cuentos de terror que tanto les gustaban a los dos.

Y así fue.

Peter ya tenía doce años y era fuerte.

—¿Por qué no me has dicho que te acompañara al supermercado?

—Estabas leyendo, ¡para una vez que te pones!

—Por fin he encontrado un autor que me gusta.

—Ya te he visto. Stephen King. Luego no te vengas a mi cama, que Peter Pan ya se está haciendo mayor.

—Iré a contártelo. Y a que te cagues de miedo.

—¿Miedo yo? Anda, coge una de las bolsas.

El gato, de la misma edad que Peter, agasajó la bienvenida con su cola y pasó el primero al interior como dueño y señor de la casa. Daddy cruzó la entrada con una vitalidad envidiable para su edad porque había olido su comida en una de las bolsas del supermercado.

—¿Los has hecho tú?

—¿El qué?

—Los corazones de tiza.

—Bah, mamá, ¿a ti qué te importa?

—Nada, nada, nada. Sólo los he visto. Me ha... —Sofia iba a decir «me ha recordado», pero concluyó—: ... me ha parecido ver a una chica que te acompaña cuando sales del colegio.

—Pero si vengo en autobús. ¿Qué dices?

Peter Pan volaba por encima de los tejados, escapaba de las ventanas con el pijama y vivía con los niños perdidos en Nunca Jamás, entre piratas, indios y hadas. El hijo de Sofia tampoco quería crecer y se dejaba querer por una de las chicas de clase que vivía en la misma avenida y que también amaba las historias de terror, en su caso a escondidas, porque su airada madre decía que no eran cosas para niños de esa edad. Y eso era lo que hacían, sentarse en los escalones de la puerta del 36 de Ladbroke Grove, donde unas veces esperaba Peter, otras Anna, para compartir miedos y libros.

—Así que esto no lo has dibujado tú.

—No.

—Vale, vale.

—Bueno, sí. Lo he dibujado yo.

¿Heredamos estados de ánimo de la misma forma que se heredan los ojos, las sonrisas? Sofia ni siquiera sabía qué decir, pero sonreía al ver que la vida juega con nosotros como figuras de parchís o personajes de novela inacabada. Ella, que nunca vio los suyos como una invitación a amar, olvidó que amar también era posible desde los pequeños gestos.

El portazo de la hija de Francesco con el pie mientras dejaban el corazón fuera sonó en sus recuerdos.

El viaje desde la casa del acantilado a Roma fue lo más parecido a una vuelta al exilio. Para Justo y Liz era la aventura más apasionante de sus vidas: vivir en lo que la televisión llamaba Ciudad Eterna. Para Sofia fue perder de vista el mar y los sueños de ser sirena en aquellas aguas azules de la Costa Brava. Volver. Una tarde, Francesco los sentó frente al mar, en la mesa que había junto al sauce llorón de la casa de Teo. Había decidido improvisar la conversación que ella y él habían mantenido en uno de sus paseos. La tía Visi ya lo sospechaba, y por eso fue la primera en enterarse, de modo que fui avisado de que aquella tarde algo nuevo iba a pasar. Había intentado sonsacarle el porqué del misterio e insistí en si serían buenas noticias o malas.

—Buenas para ti, malas para mí. —Y como lo dijo con una sonrisa, nada me hizo temer—. Vas a hacer lo que no pudo hacer el abuelo: viajar por todo el mundo.

Sonreí. Y al ver que sonreía, la tía Visi esbozó también una sonrisa con melancolía. Supe que aquélla iba a ser una de las últimas veces que íbamos a despedirnos así. Los siguientes días se desencadenó todo el jaleo. «La viuda del irlandés se casa con el italiano». «Apenas han pasado ni dos años de su muerte». «Estaba tan sola con sus hijos...». «El italiano dicen que estaba todas las tardes en su casa». «La hija es de una relación anterior». «Los dos son viudos». «No creo que se casen aquí». «Dicen que se van».

—Vuestra madre y yo hemos pensado casarnos.

Sofia se volvió hacia mí y yo hacia mi hermana. Los tres nos miramos.

—Por supuesto que esto significa un cambio —dijo él mientras mamá echaba chispas de felicidad y temblores.

—¿Y dónde vamos a vivir? —soltó Liz—. Aquí o ahí.

—¡Oh! Lo sospecho —dijo Sofia.

Francesco, mirándola a ella y sin soltar la mano de mamá, contestó:

—Allí, volvemos. Le he propuesto a Teo que viaje conmigo, todos, a Roma. Tengo un nuevo trabajo allí y a ella le parece bien. Pero antes queríamos comunicároslo a vosotros.

—¿Otra vez? —gruñó Sofia, levantándose enfadada y huyendo hasta la playa.

—¿Voy a por ella? —pregunté.

—No, déjala. Necesita respirar. Para ella es regresar.

Para nosotros, para Liz y para mí, era como si atravesáramos uno de los telares. Nos íbamos a Roma a vivir. Y lo de la boda, por supuesto, había pasado a segundo plano. Ya sabíamos que se querían desde la noche de los barcos de papel. Aun así, mi hermana tomó la iniciativa.

—¿Lo saben las tías?

Mamá explicó que todo eso vendría después de ese momento, cuando nosotros hubiéramos conocido la buena nueva.

—¿Cuándo nos vamos?

—Cuando todo esté listo.

—¿Y eso cuándo es?

—Será más pronto que tarde.

Liz era de natural impaciente y yo también. Así que en ese momento pusimos nuestros relojes en hora al cruzar la mirada. El acantilado podía tener todo el mar frente a nuestros ojos, pero en ese instante iba a pasar lo mejor: lo íbamos a cruzar. Y ése, por supuesto, era el mejor aliciente para una hermana con ganas de moverse y un lector de novelas de Julio Verne como yo.

Francesco nos dejó con mamá mientras iba a buscar a Sofia. De lo que ellos hablaron no puedo dar cuenta en esta historia porque sólo se enteró la playa.

Cualquiera habría podido decir que más que una noticia de boda nos habían hecho el regalo de nuestras vidas. Las cosas buenas llegan cuando tienen que llegar y allí, en el pueblo, Francesco ya era fruto de todo tipo de comentarios con respecto a la relación con mamá. Las tías, sobre todo Isolina, María Montaña y Esperanza, andaban disimulando los rumores como podían y sorteaban los comentarios quedándose en casa. Mamá entendió que su vida ya no tenía sentido en aquel lugar. París fue Roma.

Tal vez aquel día Sofia empezó a amar a los gatos y se hizo huraña con el resto del mundo. Empezó a atarse el pelo con trenza y a hablar, otra vez, en italiano.

—¿Estás enamorado, Peter? —intervino mientras dejaba las bolsas de la compra en la bancada de la cocina que daba al jardín posterior de Ladbroke Grove.

—Mamá, ¿qué diablos me dices? Me parece de niñas. Además, ¿dónde has puesto la crema de avellanas? No la encuentro.

—Busca bien. He traído dos frascos. Y bien... no me lo vas a decir. Pensaba que éramos amigos y que nos contábamos todo.

—Eres mi madre.

—Eso significa que sí.

—¿Que sí qué?

—Que sí que te gusta esa chica de la que hablas, la de las historias de miedo.

—Bah. Paparruchas.

—¿También lee a Stephen King?

—Jo, mamá... Vas a seguir por ahí. Es una compañera de clase, es vecina y encima tenemos la misma parada de autobús, siempre bajamos juntos.

—¿Juntos?

—Quiero decir a la vez... Compartimos eso.

Sofia estaba ordenando toda la compra en los armarios y recondujo la situación al ver que su hijo estaba iluminado por esa angustia que da el ver que se transparenta el enamoramiento por la piel.

—Por suerte, he traído otro frasco de crema de avellanas. —Sofia le dedicó una mirada de fingido enfado al ver que metía el dedo en el dulce—. Por cierto, Peter, deberíamos ir esta semana al cine. Hace bastante que no vamos juntos. Mira el periódico y elige algo de la cartelera.

—Me parece bien.

Peter parecía dispuesto a buscar en la lista de los cines del diario cuando de pronto giró la conversación hacia su madre.

—Bueno, ¿y tú? ¿Has estado enamorada? Tampoco es que me cuentes todo.

—Pero si has conocido a los chicos que han venido a casa. Westley y Oscar.

Se sintió completamente estúpida al meter un dedo en el frasco que estaba abierto. Habría querido quedarse con alguno de los dos, pero cuando dejaba de estar emocionada era incapaz de seguir con la relación. Ni el bueno de Westley ni el apasionado de Oscar habían rellenado los requisitos de su formulario emocional. Y del mismo modo que echó de menos a Westley cuando estaba con Oscar, echó de menos a Oscar cuando volvió a cruzarse con Westley. Cogió dos cucharas del cajón de la cocina y le dijo a Peter que dejara de meter el dedo. «Parecemos niños».

—Los recuerdo: un pesado de los coches que chasqueaba los dedos para echar a Daddy del sofá y un raro que venía cargado con el violonchelo y que siempre me quitaba el sitio o apagaba el televisor. ¡Pesados! Buff... Me refiero a cuando eras como yo.

—Bueno, todos tenemos un comienzo. Un primer amor.

Sofia abrió el frigorífico y sintió que se le congelaba la voz. Dejó la carne en el primer estante y las verduras en el cajón inferior. «Toma», le dio una de las manzanas a su hijo.

—No sabría por dónde empezar.

—Tampoco me cuentes todo. Sólo quería saberlo. ¿Cómo se llamaba?

—Oh, Dios mío, ha pasado tanto tiempo...

Sofia miró a su hijo y vio las tardes de mar en sus ojos azules. Azul imposible. Azul turquesa. Azul mediterráneo. Confesión interior: yo una vez estuve enamorada de unos ojos azules y la culpa la tiene el mar.

—Se llamaba Justo. Justo Brightman.

—Qué difícil de pronunciar. Huuuussto, Juuusto. Al menos el apellido es fácil...

El pequeño Peter, el Peter Pan de Sofia, cogió de nuevo el frasco de crema de avellanas para untarse una rebanada de pan. Tenía hambre. Le gustaba cuando llevaba unas horas en la nevera y cogía consistencia, ahora estaba demasiado cremosa. Aun así era un goloso. Estuvo repitiendo el nombre varias veces: «Husto, Justo... Juusto». Es imposible, dijo con su acento británico.

—Vaya, si hubiese sabido eso, no te lo habría dicho —dijo Sofia, saliendo de la cocina.

—Mamá, ¿y cuándo fue eso? ¿Cuando estabas en España? ¿Ese chico sigue viviendo allí...? ¿Era de tu colegio? Bueno, ya no será un chico. Será mayor. ¿Y por qué se apellidaba Brightman?

Pero Sofia ya no le escuchaba. Había salido al pasillo directa a la puerta de la calle. Ni siquiera se dio cuenta de que Daddy la seguía como si oliera sus pensamientos. Ese sexto sentido de los animales se parece demasiado al de algunas personas. Cuando llegaron a Roma ella estaba cerca de la mayoría de edad y empezó a salir por la mañana, por la tarde y por la noche. Justo y Liz, más hermanos que nunca, decidieron conocer la ciudad de la mano de sus nuevos padres como si fueran turistas. Francesco era popular en todos los teatros y ambientes musicales, así que pronto hablaron italiano perfectamente y se integraron en la vida romana como si nunca antes hubieran vivido al otro lado del mar.

«Fue culpa mía —pensó Sofia—. Necesitaba rebelarme contra todo lo que significaba volver a la ciudad de mamá». Y Justo se quedó como aquel primer *amour fou* de verano en el que se prometieron vida eterna, viajes por todo el mundo y sexo en todos los rincones. Fue la primera vez para los dos. Una noche, un mes antes de iniciar el viaje hacia la boda romana de Teodora y Francesco, cuando en el pueblo ya todos sabían de su partida y las tías habían llenado innumerables cajas con sábanas y obsequios que ellas consideraban necesarios, sucedió. Se habían quedado charlando en el muro que separaba las casas y que ya unía corazones y vidas. «Ten cuidado con los escalones, apenas se ve para bajar hacia la playa». «Hay luna, no veo del todo mal». «¿Has visto cómo se refleja en el mar? Parece de plata». «Me gustaría bañarme». «Pero no hemos bajado toalla, ni ropa de baño, nos van a reñir». «Nadie sabe que hemos bajado. Nos dará tiempo a secarnos». A pesar de que había un coqueteo en las pausas y ambos jugaban a responder con la cadencia de la tontería que provoca la seducción, tardaron en besarse. Fue al verse desnudos cuando, ya con los pies en el agua, se giraron el uno hacia el otro y se fundieron en un beso. Justo y Sofia habrían querido hacer el amor siempre en el desván, donde los telares, pero aquella vez pasó allí. Torpemente y sin acierto. Atropellados y enredados en piedras y besos. Así se buscaron entre la piel, con las manos y las bocas, sudando por la prisa y el miedo, con la única dirección que marcaba el sonido de las olas.

Y mientras el pequeño Peter untaba la tostada, en un restaurante de Roma, Mario, preparaban la mesa para celebrar los setenta y cinco años de Teodora con un cubierto menos. Aunque Francesco había insistido en que estuviera acompañándolos en la celebración, telefónicamente y vía mail, ella optó por dejar el recuerdo tal y como permanecía en su memoria. «Tengo muchísimo trabajo, papá, dos conciertos y una *masterclass* en Liverpool», le contestó. Mentía. Sofia hubiese querido estar para poder volver a ver a aquel chaval con el que empezó a vivir. Sin embargo, era consciente de que su presencia allí alteraría el orden de los corazones. No todo el mundo está capacitado para volver a ver a aquel a quien amó y relegó después a un álbum de fotos de vete a saber en qué lugar de algún armario. Ella, al menos, no.

Los ojos se le llenaron de lágrimas y mientras en la cocina Peter seguía jugando con la pronunciación y comiendo crema con los dedos, ella pegó la cara al cristal de la puerta del 36 de Ladbroke Grove. Abrió la puerta, ese maldito cielo de Londres que fotografiaban los turistas de Notting Hill no tenía ni la delicadeza de recordar el color azul más que de vez en cuando. Al ir a agacharse para tocar la tiza con sus dedos para recorrer la línea, notó cómo empezaba a mojarse la cabeza. Resulta imposible dudar del olvido. Incluso resulta imposible dudar de su venganza. Sofia no recordaba aquellos corazones de tiza del pasado que en ese momento empezaron a borrarse por la inoportuna lluvia de Londres.

34

Roma, a la salida de la iglesia

Riccardo hizo un gesto con la mano avisando de que todo estaba listo y Francesco se acercó a mamá. «Vamos, mi adorada Fedora, ya tengo preparada la fuente».

Observé la felicidad de mamá al sentir la cálida voz de su amor hablarle al oído. No era más que una mujer mayor, sin memoria, frágil, arrugada y bella, una muñeca en manos de su director de orquesta. Temblaba. Al caminar juntos entendí que bastaba con que uno conservara la memoria en su corazón para que el recuerdo existiera.

—¿Está la fuente? —preguntó mamá.

—Está la fuente y hay mucha gente emocionada que ha venido a verla, pero es sólo tuya... porque tú la has pedido. Pero déjalos que se diviertan, no saben que es para ti.

Mamá caminaba como a tientas —la iglesia estaba bastante oscura a esas horas— hacia la puerta, emocionada. Yo todavía andaba con mi gavilla de cartas en las manos, con la primera desplegada, y sin encontrar el momento para empezar a explicarle lo que yo había venido a contar y deshacer un nudo de treinta años atrás. Dejé que caminaran hacia la salida y me retrasé un minuto, yendo a la estatua de san Antonio, famoso en Roma por tener sus manos llenas de los deseos de los peregrinos y fieles. Allí estaba, iluminado por cirios muy finos. Arrugué la carta de mamá y la dejé mezclada entre las demás notas que se amontonaban de forma desordenada. Ni me di cuenta de que una joven estaba también depositando algún papel en las manos del santo.

Si por alguna razón del destino mamá había querido que nos viéramos en aquella iglesia, no era casual.

Tras dejar mi papel entre cientos de papeles anónimos, volví la mirada al altar: la Madre y el Hijo.

A la salida, en línea recta, la mía, caminando lenta. Aceleré el paso y me abracé a ella para que, si en algún pequeño resquicio de memoria se podía colar el recuerdo de aquellas noches felices en las que me dejaba sus cartas, lo sintiera con mi abrazo.

Francesco me tendió la mano de mamá para que no perdiera el equilibrio y salió a la calle con Riccardo para preparar el coche en el que marchábamos hacia la cena de cumpleaños. El señor Bertone tenía mucha amistad con los dueños del restaurante Mario, próximo a la plaza de España, en la Via della Vite, donde cenaban todas las semanas desde que vivían en Roma, y había reservado la mesa de siempre.

Salieron. En ese momento, mamá, instintivamente, se cogió más fuerte de mi brazo.

—¿No te acuerdas? —le dije.

Hizo un gesto negativo con la cabeza.

—Es normal, yo era muy pequeño. Lo hacía muchas veces en las ventanas. A ti te hacía gracia. Siempre lo estaba dibujando. En esa época tú me veías crecer...

Eché vapor en el cristal de la puerta de la izquierda de la iglesia, por donde había entrado aquella tarde, y cuando fui a levantar la mano sucedió algo que no habría imaginado...

Mamá dibujó un corazón.

—Justo... —murmuró.

No respondí.

—¿Por qué lloras?

Me sonrió y me dio un beso.

Allí estábamos, los dos, ese 14 de febrero, dos trozos de familia rota, inmóviles, desconocidos y tan conocidos, mirándonos, sin saber qué parte de grieta se había abierto para que ella mecánicamente hubiera levantado la mano para acabar lo que yo había empezado a dibujar como tantas veces. El corazón iba desvaneciéndose mientras veía cómo el verde de sus ojos también había ido convirtiéndose en gris, pero pensé que jamás un corazón había estado tan firme, tanto tiempo, en el cristal.

—Has crecido mucho.

—He comido bien, mamá.

—¿Lo ves? Los hijos deben crecer y comer bien. La vida es larga y no sabes qué puede pasar.

—Guardo la foto —le dije, enseñándole de nuevo la fotografía que traía entre el libro. Arrugó los ojos como si se acordara de todo. Estaba rígido, como un pan a punto de ser rallado.

—Era verano... —dijo—. Esto fue después de...

—De eso quería hablarte, mamá.

22 de junio de 1980. La víspera.

Aquella tarde anterior a todo, la tía Visi estaba bailando con la música que se había grabado en su radiocasete. Jugaba con las columnas del patio como si danzara con ellas, estaba feliz de vivir. Desde mi habitación, que daba a la calle y también al patio, se escuchaba su voz y la de Miguel Bosé. Me asomé a verla.

—¡Justo! —gritó ella—. ¡Baja a bailar conmigo! ¡Acompáñame! «Con la paz de las montañas te amaré, con locura y equilibrio te amaré, con la rabia de mis años, como me enseñaste a ser, con un grito en carne viva te amaré...».

Sonreímos y bajé con ella.

El 23 de junio, por la noche, se celebraba la hoguera de San Juan. El evento tenía lugar en la plaza del ayuntamiento, lo suficientemente apartado de la fachada y del escenario de la verbena. Durante varios días las peñas del pueblo eran las encargadas de ambas cosas y las madres de ayudar con la intendencia de bocadillos y bebidas. Mis tías, a pesar de no ser madres, pero por tener alma de ello, ayudaban yendo y viniendo, para eso habían ido a la peluquería y se vestían con las novedades del armario.

Visi tenía claro que había que vivir. Había venido a la vida de invitada especial y si nadie se había fijado en ella era seguramente porque ya era ella lo suficientemente vital consigo misma. ¿Quién va a la playa y no ve el mar? Pues a ella le pasaba eso, nadie había conseguido ver en ella la alegría que desprendía, que regalaba. Y se quedaban con su locura de vivir impetuosa y tarambana.

—Habrá que ensayar para mañana, Justo.

—Pero yo contigo no me voy a poner a bailar.

—Pues no bailes, tú te lo pierdes... Que no hace falta bailar *agarrao*. Hay que bailar. Los médicos dicen que es bueno.

—¿Qué médicos?

—Los de las revistas.

—¿De veras?

—Un día verás, lo recomendarán en las consultas.

—¡Ja! ¡Estoy seguro!

—Créeme, créeme... Soy una visionaria.

La tía Visi me abrazó con fuerza e intentó que bailara «Te amaré, te amaré como no está permitido... ».

—Y como visionaria, ¿qué ves?

—Que nos lo tenemos que pasar bien.

—¡Oh, vaya, por favor! Me encanta, claro, son fiestas. Pero... —dudé al hablar—, ¿ves algo más?

—No lo sé. ¿Debería ver algo más? —preguntó ella.

La tía Visi me tendió la mano sonriente para seguir con la música y se echó a reír. Pero noté que se había quedado pensando porque yo salí hacia el salón para evitarla.

—¿Va todo bien, Justo?

—Sí, sí. Es que estaba con la...

—¡La música de tu tía, no para! Su sitio es el manicomio, no esta casa.

Al oír aquellas palabras me enfadé:

—La tía no está loca, la tía es feliz.

—Tu tía es una soltera que vive amargada, como las otras, como todas, como tu madre.

Así hizo acto de presencia papá aquella tarde. Por miedo y amor callé y salí de allí. «Voy a mi habitación». Nada más salir me arrepentí de mi decisión: me tenía que haber quedado a defender la felicidad, pero me pasó lo que me sucedería muchas veces a lo largo de mi vida, que el miedo, en lugar de paralizarme, me hacía huir. Cerré la puerta. Aquel pensamiento me daba náuseas. Me encerré en la cocina para beber agua fría de la nevera de la misma botella, algo que tenía prohibido, hasta agotarla. Pero romper las normas sólo supe hacerlo a escondidas. Miedo. Ese miedo que alguien te instala en el cuerpo y se queda pegado a los huesos como en las noches de frío.

Deseé matarlo. Y deseé morir.

Mientras apuraba la botella de agua, mamá entró en la cocina, me contó que había hecho un flan y que si le ayudaba a volcarlo en un plato. Sabía que me gustaba el flan y sabía que adoraba aún más rascar el azúcar que se quedaba pegado a la flanera.

—Cuidado al rascar, no te hagas daño con el cuchillo. Coge mejor un tenedor.

Yo quise seguir sacando azúcar como si estuviera extirpando la rabia del fondo con el cuchillo empuñado en mi mano. La fuerza desordenada, desenfocada, irreflexiva.

—Justo, cuidado, toma esta cuchara.

—No.

—¡Justo, cuidado!

Me corté.

—Te estaba avisando. ¡Justo, te lo estaba diciendo! Ven aquí. Ven al grifo. A ver, pon la mano. Va... ¡Ay, Justo...! Es que no hay manera, es que no me haces caso... No saques la mano del agua, espera que voy a por tiritas. ¿Sigue sangrando? Te lo estaba diciendo, te lo estaba diciendo... Ahora te has cortado.

—¿Qué ha pasado? —Entró tía Visitación.

—Nada, que le he dicho que no usara el cuchillo para arrancar el azúcar y no me ha hecho caso.

—Y te has cortado.

—Sí.

—Dame la mano.

La tía me apretó fuerte el dedo y me miró en lo más profundo de mis ojos, buscando el pozo de rabia.

—¿Con qué ha sido?

—Con el cuchillo —le dije.

—Con el cuchillo —repitió mamá.

—Me lo llevo al ambulatorio.

—No hará falta, esto para de sangrar —dije yo para no ir.

—Claro que parará de sangrar, no te vas a morir, es para que te pinchen la inyección del tétano.

—A ver, que lo vea —dijo mamá, destapando una tirita.

—Mira. —Le enseñé el dedo.

—Te has cortado bien —añadió la Visi para preocuparme—. Lo mismo te tienen que dar puntos. Me lo llevo. Ponle la tirita.

Miré a los ojos de mamá y, preocupada, me agarró la cara para darme un beso y cuchichearme un «Te quiero».

—Lo sé, mamá. Perdón, te pido perdón.

Mamá estaba visiblemente pálida.

—¡Por Dios, Teo! No dramatices, querida. Que no se va a morir. ¡Vamos!

Cogió el bolso y nos fuimos caminando al ambulatorio que estaba a sólo dos calles. Aquello parecía ser el anticipo de lo que iba a pasar pocas horas después.

Nunca había oído a la tía Visi hablar en ese tono tan grave y seco a mamá.

Era mi tía. Pero también era la hermana mayor.

Me pusieron mucha agua oxigenada, salía espuma como en la orilla del mar, luego mucha mercromina, una venda que abultaba más que mi dedo y me dieron un vaso de agua para calmar las lágrimas, porque desde que llegué al centro sentí que me tendrían que coser.

Mis sueños infantiles por aquel entonces eran tener un brazo escayolado para que me escribieran mis compañeros de clase palabras y dibujos obscenos, pero no que me cosieran la carne.

Paramos en la farmacia.

—Dame una caja de optalidones.

—¿Otra? Pero si te llevaste la semana pasada, Visitación.

—Mujer, entre unas cosas y otras... Somos muchas hermanas y quien más, quien menos, acaba echando mano del frasco.

—Voy para dentro, espera.

—¿Son para mí? —pregunté a la tía.

—No, hijo, son para la tía y para tu madre, si hace falta. Los optalidones no son para niños. Son para penas de mujer.

«Penas de mujer», dijo, lo recuerdo hoy a pesar de los años, y bajé la vista.

Oí el ruido de cajones, cómo la farmacéutica los abría y cerraba para traer una de las cajas hasta el mostrador.

—Toma, llévate dos. Pero ve con cuidado.

—Tere, la que no va con cuidado es la vida, que nos golpea.

Ésa era mi tía.

—¡Ay! Pero a la vida no le podemos dar optalidones, así que ve con cuidado que el otro día la hija de Amable se quedó dormida. Vamos, llegaron a comer su marido y sus hijos del colegio y ella estaba sentadica en el sofá. Dormida como un lirón.

—Se tomaría alguno más. La pobre está muy mal. No me extraña...

—Venga, toma.

Me miró a mí.

—Y tú, pequeño Justo, ¿qué ha sido? ¿Un corte?

Asentí.

—Nada, que se ha puesto a arrancar el azúcar quemado del flan con un cuchillo, así, sin miedo. Que es muy valiente, ¿verdad?

Ella me sonrió por primera vez.

—¡Pero cómo haces eso! ¡Muchacho!

Me encogí de hombros.

Apenas volvimos, mi primera preocupación fue ir a ver a mamá. La tía, antes de entrar corriendo, me dijo:

—Tu madre.

—Sí, mi madre —respondí.

—Que la cuides.

No era la tía que yo conocía, estaba seria y parecía que buscaba la manera de no llorar.

—Repito, Justo, que la cuides, que eres el hombre de la casa.

—¿Y papá?

—¿Me has oído bien?

—Sí, tía.

—Dame la mano. A ver cómo llevas la venda. No te duele.

—Un poco.

—No, he dicho que no te duele. Que a tu madre la alarmas.

—Vale, no me duele.

—Muy bien. Y recuerda... Tu madre es mi hermana, pero es tu madre. Y aunque seamos muchos, a veces está muy sola. Que la cuides. Que la cuides siempre.

Y de pronto, allí.

En casa.

Me descalcé y pasé corriendo a la cocina. Mamá estaba en ese momento poniendo el tapón de la olla para que empezara a soltar vapor de la presión. Qué paradoja.

¡Shhhhhhhh!

Yo ya sólo pensaba en las palabras de la tía Visitación cuando el pitido ensordecedor llenó la cocina.

—¡Mamá, estoy curado!

—¿Qué te han hecho?

—¡Apenas nada, vendarme y ponerme espuma oxigenada! ¡Mira!

Mostré mi dedo.

El pitido empezó a bajar la presión porque mamá puso la olla bajo el agua fría del grifo.

—Ve a la mesa —me dijo.

¿Qué vi? Un plato de porcelana con todos los cristalitos de azúcar que había quitado cuidadosamente de la flanera puestos para mí. Cogí uno. Me encantaban.

Para encontrar el sabor dulce de las cosas tendría que cortarme muchas veces en la vida. No lo sospeché entonces. Porque los pensamientos no tienen fecha. Se esfuman y un día reaparecen. Yo no lo sabía entonces. Tampoco puedo decir que lo sepa con certeza hoy, a mis cuarenta y tantos años. Yo, el hijo del irlandés, me he pasado la vida viajando, fugándome de mí mismo, buscando ciudades como esos marineros que aparecían en mis tebeos del Corto Maltés. Puertos. Como si en los puertos fuera a tropezarme conmigo mismo. Faros. Como si fueran a iluminarme de los escollos. He sido hijo ilegítimo de tierra y de corazón. Porque con las ciudades, como en el amor, cuando ya había visitado todo, cuando ya conocía los rincones de la piel de las fachadas, los codos de las esquinas, el perfume de las aceras... volvía a huir en busca de otro puerto. Otro nombre de mujer. De ciudad. Nunca he tenido hueco.

Pero vayamos a los hechos.

Aquella tarde fue una de las más aciagas de mi vida.

Ese día había estado en el ambulatorio, me había cortado en un dedo, habíamos comprado optalidones para las penas de mujer y tenía una misión para la eternidad: mamá.

Creo que decidí subir a mi habitación para ordenar mis cromos...

—¿Y hasta cuándo va a durar esto?

Hubo un silencio.

La voz tirana era de papá.

—¡No lo sé!

Mamá contestaba también con la voz fuerte.

De pronto es como si el techo de mi habitación se me cayera encima. Hubo un golpe seco.

Mamá empezó a sollozar de pronto. Y yo empecé a ahogarme en la habitación. Abrí la puerta y bajé con cuidado hasta el salón, me oculté tras la puerta de cristales geométricos y los vi multiplicados mil veces. Como también se multiplicaba el dolor. Mamá se tapó la cara con las manos y mi padre tenía el brazo todavía en el aire.

—No me hables así.

—Te hablo como me da la gana.

—Tom, por favor, no grites. Los niños. Los niños nos van a oír.

—Me da igual que nos oigan tus hijos.

—Por favor...

El corazón se me salía del pecho. El de verdad. Me temblaban los labios y tenía ganas de romper el cristal, de hacer un ruido y que notaran mi presencia. Pero me quedé acurrucado en el suelo, como un perro que espera miedoso.

—Mañana es fiesta. Mañana hablamos...

—¡Hablamos ahora! Aquí el que manda soy yo. ¡Yo!

—Lo sé, Tom, si nadie ha dicho lo contrario. Tú eres el padre de familia. Por favor, baja la voz.

—¡Bajo la voz si me da la gana! ¡Tú no tienes que darme órdenes! ¿Sabes? ¿Quién te has creído que eres?

—¿Va todo bien? —preguntó la tía Isolina, que abría la puerta en ese momento.

—Sí, Iso, ahora salgo —dijo mamá.

—¡Salga usted! —gritó papá.

—Perdón, sólo venía a preguntar a Teo...

—¡Que salga!

El portazo que se oyó en toda la casa dejó un sonido a muerte. Era el vacío. Temblé. Prefería escuchar los gritos. En ese momento nada se oía. Es como si todo se hubiera sumergido bajo el agua. Ahogándonos.

Mamá estaba pálida.

Papá enfurecido, sanguíneo, como cuando estaba borracho.

El silencio.

La familia.

Los cristales geométricos.

Mil veces papá, mil veces mamá. Repetidos. El caleidoscopio del mal. Ella seguía cubriéndose media cara con la mano, se notaba el dolor desde el otro lado de la puerta. Agazapado, presenciando el suplicio de rodillas, estaba yo. Un niño de doce años en 1980 que tenía nueve tías, una bicicleta, una hermana y un padre que hacía el invierno cuando quería. Me mordí el labio y sangré al mismo tiempo que la mano de mamá se iba tiñendo de sangre que bajaba goteando por su brazo hasta el codo.

En el suelo, las gotas.

En mi boca, el sabor.

—Toma —dijo papá, sacando el pañuelo de letras bordadas de su bolsillo—. Sécate.

—Gracias.

Mamá se tapó la ceja partida que abochornaba al amor que en algún momento hubiera existido en aquellas cuatro paredes. Callada, como yo, apretó fuerte para que dejara de sangrar la herida. «Necesitarás puntos, di que te has caído».

Me quedé pálido.

«Di que te has caído».

—No te preocupes... Voy a la cocina a curarme. Seguro que no es nada, seguro que para enseguida. Me pongo una tirita y mercromina, y ya está. No es la primera vez.

—¿Qué has dicho?

—Nada.

—¿Has dicho que no es la primera vez?

Temblaba como al principio.

—He dicho que no es la primera vez que me caigo. Que me hago una herida.

—Y no será la última.

El poder de la memoria ha hecho que olvide que en ese momento las lágrimas se mezclaron con su sangre. El poder del miedo me mantuvo callado como un soldado miedica tras el cristal. El poder de papá no era la fuerza, ni siquiera aquella herida que manchaba el suelo gota a gota. El poder de papá era el silencio. La casa estaba en silencio. Bajo el agua. Ahogados. Por eso nunca superé el miedo a bucear. Por eso crecí así. Pero la culpa no es suya, la culpa es mía.

Ahogados.

«Y no será la última».

Deduje que todas aquellas heridas que otros días había ayudado a curarse a mamá habían sido fruto del mismo invierno. Las quemaduras, los cortes, los moratones... Y las tías diciendo: «Tu madre, que siempre va con tantas prisas que siempre le pasa algo».

Era media tarde del 22 de junio de 1980. Cuando mamá se giró hacia la puerta y sentí que podía percatarse de mi presencia, y lo que es peor, que papá podía darse cuenta también, subí huyendo las escaleras hasta mi habitación. Cuando oí la puerta abrirse y cerrarse volví a bajar como si no pasara nada.

—Hola, mamá.

En un primer momento se giró hacia la alacena.

—Hola, Justo. ¿Qué quieres?

—Nada, que tenía hambre.

—¿No has merendado?

—No, no me acordé. Salí con la bicicleta. Están preparando las calles con yerbas para la procesión de mañana. Ha pasado un tractor echando el manto por el suelo.

Mamá seguía callada. Intentaba curarse de espaldas.

—¿Pasa algo? —pregunté.

—Nada, que me he dado con la puerta. Estaba buscando los botes vacíos de la conserva para rellenar con los embutidos.

—¿Te ayudo?

—Ya sé dónde están, no hace falta, sal a la calle si quieres con la bici.

—Digo con la herida. ¿Te ayudo?

Al girarse hacia mí comprobé que estaba llorando por un ojo, porque el otro seguía cubierto con el pañuelo bordado de papá. Era casi rojo ya.

—Abrázame, que mamá es una tonta que se va dando con todos los sitios...

La memoria es mala. El pasado se evapora. Pero recuerdo perfectamente que aquella tarde me abracé a mamá como si quisiera cicatrizar su herida y la mía. Hundido en su pecho sentí el olor a talco y a lavanda.

Esa maldita mentira y ese miedo se curaban cuando nos abrazábamos así.

Pasó un largo rato.

Minutos.

Amor.

—Ésta es la razón por la que te quiero tanto... —dijo, secándose las lágrimas—. ¿Lo ves? He dejado de sangrar. Qué boba soy. *No va a volver a pasar.*

—No va a volver a pasar.

Esto último lo dije yo. Y lo dije de verdad.

Cuando oí a la Visi cantar de nuevo por las escaleras que llevaban al patio me sentí bien y pensé que la vida tenía que ser así, fácil y liviana, y no esa incertidumbre honda y gris en la que papá había convertido la casa.

23 de junio de 1980. El plan.

El sonido de la fiesta era evidente. Y el dolor de la tarde anterior martilleaba mi cabeza. ¿Era por él? ¿Era por mamá? ¿Era por mí, por no haber sido capaz de parar otra vez otra de las sacudidas?

No contaré aquí detalles escabrosos, porque lo maravilloso de la memoria es que va borrando las partes menos gratificantes de la vida. Qué pena que para ser feliz haya que olvidar. Pero qué necesario.

Dejaré en los renglones todo lo que no quiero recordar. Pero pasó.

Ahora me veo peinándome esa mañana de junio en el baño que compartíamos Liz y yo. Había cerrado la puerta con pestillo, no por pudor, sino para evitar que alguien me leyera la mente mientras me reflejaba en el espejo todo lo que tenía preparado para cambiar el rumbo de la familia. Mi plan. Además, era la noche de San Juan. No se me ocurría deseo mejor para el día más esperado del año. Lo dije antes, al principio, tal vez no lo recuerdas: yo había elegido esa noche para convertir a mi familia en una familia feliz.

Aquella noche todos pedían deseos; en cambio, yo los hice realidad.

Todavía era por la mañana. Sería alrededor de mediodía.

***

Hace un hermoso día. Un día de junio. Uno de esos que en la tele dicen despejado. Parecido al del amanecer de hoy en Roma. En el baño de mi casa de pueblo el vapor de la ducha inunda todo de vaho, pero no tengo fuerza para hacer un corazón como es mi costumbre. En el baño de la habitación del hotel, esta mañana, he sentido ver a aquel niño que hizo realidad sus deseos de la manera más terrible. Tengo miedo. ¿Cómo lo hago? ¿Qué pasa si fallo? ¿Cómo es posible que tenga que ser yo? ¿Y si no hago nada? Hacía meses que era consciente de lo que estaba pasando en casa. Tenía la impresión de estar haciendo el doble de daño a mamá si seguía callado. Cuanto más lo pensaba, más vueltas le daba a mi plan. Quizá hasta llegaría el día en el que me haría insensible al dolor y dejaría de sentir compasión. ¿Era yo quien tenía que mover ficha? ¿Había preparado bien todo? Y si no era el día más oportuno... Si fallaba... Si alguien se daba cuenta... La caja forrada con mis fotos de vaqueros estaba lista. ¿Y yo? ¿Lo estaba?

Aun así, me siento decidido. En mi interior ya no soy un niño de doce años. El dolor de mamá me hace crecer como si bajara en bicicleta desde la carretera del acantilado.

***

—¿Sales ya? ¿Piensas estar toda la mañana metido en el baño? Yo también me tengo que arreglar.

—Vete al de las tías —contesto desde dentro como si me sintiera descubierto.

—¡No! Éste es mi baño también. En el de las tías huele a laca y no se puede ni respirar. Déjame pasar.

—Acabo ya. Me queda poco.

Liz se dio cuenta de que algo no iba bien aquella mañana. Su tono de voz en lugar de crecer había ido descendiendo, como cuando quería convencerme de algo.

—Justo, ¿estás bien? —preguntó repetidas veces desde el otro lado de la puerta.

Me callé. La mentira era más ruidosa que el silencio. Sabía que estaba pegada a la manivela para poder escuchar algo que le oliera a sospechoso. Lo hacíamos los dos. Podía notar la respiración en la madera.

—Tengo que arreglarme... Tengo que peinarme... Me aprietan los zapatos.

—Yo también.

—¡Justo! ¡Va!

—Ahora no puedo.

Me miro aterrorizado en el espejo. Pero estoy seguro. En ese encierro lo único que necesitaba era aire y empiezo a angustiarme con los pensamientos. Levanto la cabeza hacia el ventanuco que da al patio. Sólo veo pasar pájaros espantados por la música de la calle. Retiro con la toalla el polvo de los optalidones que ha quedado en la repisa del baño y con la colonia perfumo cada rincón, como si allí dentro empezara a oler a muerte.

Decido descorrer el pestillo... Liz oye cómo el metal se abre y habla de nuevo con tono de hermana mayor.

—Ya era hora. O te crees que eres el dueño... ¡Tengo que arreglarme!

Antes de que ella ponga un pie en el interior, me giro y hago un corazón en el espejo. A ella no le extraña.

—¡Justo!

—¿Qué?

—Estás raro.

—¿Y tú qué sabes?

Sin mirarme, me responde tranquila, como si quisiera intimidarme con su observación:

—Nunca dejas los corazones abiertos.

Trago saliva. Pienso que es cierto y tiemblo.

—No, pero... ¡Ciérralo tú! —grito cuando ella me devuelve la mirada.

En aquel momento hui corriendo por el pasillo hacia las habitaciones de las tías con la mano apretando el bolsillo. En la calle se oía la megafonía: «Ava Gardner visita nuestro pueblo».

Me asomé desde uno de los balcones del salón que separaba las habitaciones de las tías como si fueran puertas de *Alicia en el País de las Maravillas* para ver el coche que pasaba con las fotos pegadas en la parte trasera y el bedel gritando por el altavoz con ese sonido eléctrico: «Hoy, noche de San Juan, estreno del cinema de verano. Esta noche la actriz Ava Gardner visita nuestro pueeeeeblo». Llevaba el codo apoyado en la ventanilla de la puerta como si fuera la barra de un bar. El ruido es necesario hoy, pienso.

El saloncito fue llenándose de mujeres: las de mi familia. Lo noté sin que hiciera falta que me diera la vuelta, atento como estaba al anuncio estridente del coche del ayuntamiento: el sonido de los tacones y la mezcla de perfumes, laca y talco llenó la estancia.

—Justo, ¿puedes deshacerme el nudo de la cadena? Se ha vuelto a quedar hecha un sambenito.

—Un Cristo, dirá —repuso Filomena a su hermana Isolina.

—Hecha un Cristo, vale. Qué quisquillosa es usted también. Igual que la otra.

—Puntillosa.

—Susceptible también.

—Y seca.

—¡Paren! —soltó Maravillas—. ¡Paren ya!

—Los nudos y los hijos para quien los hace.

La tía Visi meneó la cabeza.

—Usted, como el aceite: arriba.

Me detengo en esto porque la bulla de la megafonía, los collares y el golpeteo de los tacones mitigó mi nerviosismo. Atormentado como estaba, cualquier cosa en esa serpiente de familia ya no llamaba ya la atención. Y mucho menos yo.

—Justo, tú tienes los dedos más finos, ayuda a la tía con el nudo de su cadena.

—Toma.

La cogí y se me deslizó hasta el suelo. Temblaba.

—¡*Cuidao!* Que es la que me regaló padre.

—Nos regaló una igual a las nueve —dijo Esperanza—. No se haga la protagonista con el pequeño Justo.

Luego se digirió a mí en plan misericordiosa.

—Mira a ver si lo deshaces, que con las prisas se han quedado los eslabones apretados y no hay manera...

—Lo intento.

—Pero bueno, no tiene sentido. Tenemos un montón de cosas que hacer, Justo se tiene también que arreglar —dijo la Visi inflexible hacia su hermana—. ¿Por qué no coge otra cadena? Póngase la medalla en una mía. ¿Qué más dará? Deje el nudo para otro día.

—Qué manías —subrayó Montaña—. Haga caso a la Visi, Isolina.

—¿El qué? ¿El qué? ¡Mátenme a gritos! Ahora voy a parecer una maniática porque se me ocurre pedirle al chiquillo que me ayude con la cadenita. Me ponen mala.

—Se lo he pedido yo, tranquilas —frenó mi madre, recogiendo la cadena del suelo, donde seguía por culpa de mis nervios y el mareo.

—No hagan más gordo lo que no es nada —dijo la Visi, calmando la situación absurda.

Cogí la cadena de las manos de mi madre y se derritió el lazo como si el destino quisiera anunciarme que todos los problemas iban a evaporarse en mis manos con sólo cogerlos.

—Toma —se la devolví a Isolina.

—Este crío va a llegar lejos.

—Y nosotras con él —apostillo la Visi, que tiró de mi brazo para salvarme de aquel berenjenal en el que se había transformado la cadena de hermanas.

—Ha sonado el teléfono, pero no era nadie —dijo Isolina.

—¿Cómo que no era nadie?

—Pues eso, que cuando lo he cogido se ha cortado. Ha pasado dos veces.

—Se habrán equivocado —soltó la tía Visitación.

—A ver si son anónimos o cosas de ésas.

—Vamos, no diga tonterías —recalcó la tía—. ¿Ha sido ahora?

—Sí, ahora mismo. Acaban de llamar y me han colgado al decir «dígame».

Visitación salió hacia el teléfono. Allí, en una butaca tapizada de verde, acababa de dejarse caer María Montaña para calzarse los zapatos. La seguí y oí cómo llamaba en voz baja a alguien de las fiestas.

Al abrir la puerta me di de bruces con mi hermana. Me enseñaba los dientes. No era ira, era dolor.

—Me hacen daño los zapatos, mamá. Me aprietan. Si me hubieras dejado ponérmelos cuando te dije, hoy ya no tendría problema, me voy a pasar el baile sangrando.

Mamá suspiró y contempló las marcas que le hacían en los talones.

—¿Te has puesto crema?

—No. ¿Cómo me voy a poner crema? Se me va a hacer un empaste con las medias.

—La piel es buena.

—¡La piel es dura, mamá!

—No puede ser que te hayan rozado con sólo ponértelos.

—Tengo pies de gorda.

—No eres gorda, Liz. Tendrás los pies hinchados porque llevas nerviosa toda la semana.

—Porque son nuevos y ¡porque quiero ir al baile! Y la culpa es tuya por haberme hecho esperar hasta hoy.

—Vale, como tú digas.

—Sí. Como yo diga.

—Pues una tirita en el talón lo soluciona... Voy a por ella.

Mamá, abnegada y colchón de manías, enfrentamientos y malos humos, echó a andar hacia el baño para buscar solución a la inoportuna rozadura de mi hermana. Lo que faltaba aquel mediodía es que Liz también se pusiera borde.

—¡La tirita se me pega! Y la tirita... ¡se me va a enredar con las medias! Es que pareces boba, mamá —gritó mi hermana encolerizada.

—¡Cállate! —solté yo.

Lo dije desde las tripas.

—Vete a la mierda.

—Si no sabes aguantar el dolor de pies, no vas a aguantar nada en la vida.

—¿Tú de qué vas?

—Voy de nada. La que me das miedo eres tú.

—Soy mayor, puedo...

—¿Qué vas a hacer? ¿Eh? ¿Qué vas a hacer? ¿Pegarme?

—Eres un puto crío.

—Y tú una malcriada que lloriquea por unos zapatos de domingo. Me da asco ser tu hermano. Has hecho llorar a mamá. ¿Quién eres tú para llamarla boba?

—¿Pero qué te has creído...? Eres gilipollas. Eres igual que ella.

—Y tú eres...

Cogí aire.

—... tú eres igual que papá.

En ese momento que mamá buscaba solución en su baño salió mi padre de la cocina donde había estado fumando un cigarrillo en la repisa en la que se enfriaban los platos y de repente todo se hizo silencio. La mirada fue pólvora. Mi madre sin llegar a la puerta todavía, mi hermana coja con el zapato en la mano y yo, observando y con el plan de mi vida temblando en mis dedos y en mi bolsillo. Me sorbí los mocos de puro miedo. Pero sabía que era el último miedo. Así que aquel silencio que gritaba respeto y temor con su mirada se me hizo menor. Me apreté las manos, y, sin querer, la herida que yo llevaba en el dedo empezó a manchar la venda de rojo. Al sentir que sangraba escondí la mano en el bolsillo.

Estábamos callados. Nadie habló hasta que llegó mi madre con la caja de las tiritas.

—¿Qué pasa?

Era papá.

—Liz, que le hacen daño los zapatos —intentó explicar mamá, quitando hierro.

—Creo que lo he oído —contestó él, soltando el último humo del cigarrillo—. Ahora dame el zapato.

Mi hermana tendió el zapato hacia papá temerosa de que acabara estampado en la pared.

Silencio.

Silencio de todas las hermanas que pululaban fingiendo hacer tareas de nada.

Yo miraba.

Papá levantó la otra mano y todos nos asustamos. Mamá se hundió en los hombros. Era un martillo.

Se puso de rodillas con el zapato en una mano y el martillo en la otra, agachado como estaba le dio un golpe seco a la piel del talón y sin levantarse dijo:

—Toma, ya está blando.

El golpe de hierro contra la piel rompió el silencio. En el suelo se quedó una marca como si fuera sangre. Algo rojizo. Creo que sólo me di cuenta yo en ese momento, porque mi madre ayudó a mi hermana a calzarse para que saliera de la habitación callada y con los dos zapatos puestos. Ya nadie se quejaba. Algo a lo que ya estábamos acostumbrados. Fui tras ella.

—Liz, es normal que te duela un pie. Dicen que tenemos uno más grande que el otro. Igual pasa con las orejas. Las manos. Los ojos. Dicen que no somos simétricos. Eso sólo pasa en los espejos.

No abrió la boca. Yo creo que iba sangrando, pero con tal de permanecer almidonada, como las puntillas de misa, callaba para no demostrar dolor.

Me callé cuando ella se metió en su habitación y cerró su puerta. Mi hermana era mi amiga, pero como sólo era hija de mi padre, prefería a veces hacerse la irlandesa. Evidentemente, yo había salido a mamá.

—Justo, date prisa con las cosas. Ahora subo.

Mamá me hablaba desde abajo donde parecía que se habían calmado las cosas.

—Me doy prisa.

Era mi única obligación en ese momento, darme prisa, acelerar mi plan para no perder tiempo. Miré a la virgen de escayola que había en la pared, pero no recibí respuesta. Mi hermana había puesto música y se escuchaba desde mi cuarto. La imaginé maquillándose para la fiesta. Era la canción que ponía cuando se pintaba las uñas. Estaba enamorada. Le había pillado algún chupetón en el cuello y yo ya sabía de eso. Me intenté distraer mirando por el balcón donde los músicos ensayaban y charlaban de la fiesta. Subía el humo de sus cigarrillos. Saqué de mi bolsillo el papel doblado con los optalidones picados en polvo. Lo volví a doblar, lo puse en mi escritorio y pasé varias veces una piedra por encima, una que había pintado en el colegio con mi nombre: Justo. Lo hice hasta que el polvo fue casi talco. Insistí con silencio y cuidado. «Me quedo relajada, me duermo, con una me quedo en el limbo». Se lo había oído a la tía muchas veces. Yo piqué alrededor de diez pastillas. «Desapareces, es la mejor manera de quitarse un problema de encima». Un problema. «Te duermes». Te duermes. «Es lo mejor para desaparecer un rato». Desaparecer. «Bendito alivio». Abrí el papel para comprobar que no se iba a notar nada al echarlo en la bebida. En el baño había pasado varias veces uno de los frascos de colonia como rodillo. La piedra con mi nombre hizo el resto. Cuando me puse a pensar en lo que tenía que hacer me dieron nauseas, pero sabía que sería la última vez. La única vez.

***

Doblo el papel como si fuera una carta pequeña. Cuatro veces.

Lo dejo dentro de la baraja que anudo con una goma dentro de mi caja de vaqueros. Sólo son unos minutos hasta que me cambie de ropa para el día de fiesta.

En el fondo, no soy más que un niño de doce años que no quiere tener nada en común con lo que le rodea. Pienso en la conversación entre mamá y tía:

—Trata de olvidarlo. No le des más vueltas. Eso no va a volver a pasar.

—Eso espero. Hoy no puedo más.

—Aguanta, Teo. Te lo dice tu hermana.

—Me encuentro mal. No para. Es un día sí, un día también.

—Dame un abrazo.

—Me duele.

—¿Te duele aún?

—Sí.

—Deberías tomar una decisión, Teo. Así no podemos seguir, ni tú ni nadie. Y los chiquillos un día se van a dar cuenta.

—Hoy me ha gritado mucho.

—Lo sé.

—Ayer también.

—Vuelve a pasar, lo sé, vuelve a pasar.

—Posiblemente tenga razón, no soy una buena mujer.

—¿Quieres callar, quieres no decir tonterías? Mírame a la cara y no vuelvas a repetir esa tontería. Si mamá estuviera aquí, esto no estaría pasando... Es que no estaría pasando...

—Menos mal que no está. No soportaría darle problemas.

—Tú no eres el problema, que te quede claro.

—No quiero darle vueltas. Es tarde. Me temo que es tarde para todo.

—Ahora sí que no le des vueltas, trata de olvidar lo de hoy y mañana hablamos. Está en tu mano. Y si no, en la mía.

—Visi, deja de decir tonterías. Me aguanto, seguro que ya es hoy, que no va a pasar.

—Tómate algo para dormir. Te traigo una pastilla.

—Bien. Como si no me despierto...

—Teo, no digas tonterías, están tus hijos. Si no eres fuerte tú, lo voy a ser yo. Te advierto que no se cómo estoy disimulando delante del resto.

—Soy una ingenua.

—Ahí sí que no te voy a llevar la contraria. Eres una ingenua y si sigo así es porque... Me controlo, me voy a callar. Es tarde y están tus hijos durmiendo.

—Estoy rendida.

—No llores, Teo, ¿eh? Por favor.

—¿Crees que me habrán oído los niños?

Varias veces. No era la única vez. Pero entonces no entendía nada. Pensé que eran cosas de mayores. De esas que parecen ocultas en sus conversaciones y en las que colarse es delito.

Aprieto el papel doblado entre las cartas. El plan no tiene vuelta atrás. Ojalá. Me voy al balcón a mirar a los músicos que están ensayando para la charanga.

—¿Todavía estás aquí? —me dice mamá al abrir la puerta de mi habitación—. ¿Qué haces?

—Mirando a los músicos. Ya han llegado.

Lo digo sin girarme hacia ella. Me lloran los ojos.

—¿Te gustaría ser músico? —vuelve a preguntar.

—No sé.

—Entonces, ¿qué te gustaría ser? Dime.

Abrí la boca para hablar, pero estaba demasiado alterado para contestar la verdad, así que susurré algo inaudible incluso para mí.

—¿Qué?

—¿A ti qué te gustaría que fuera, mamá? —dije sin girarme todavía.

—Feliz.

Parecía que tenía la respuesta preparada, como si supiera que era lo único que deseaba en la vida a los doce años. Que todos, sobre todo ella, fueran así: felices.

—Estás muy callado, Justo. ¿Todo va bien? —me preguntó.

Seguía agarrado a los barrotes del balcón, entre geranios y el humo de los músicos de la calle.

—¿Pasa algo, Justo? —insistió mamá.

Yo asentí con la cabeza. Sabía que, si contestaba, rompería a llorar. Por eso seguí así, agarrado a los hierros de forja, hasta que noté cómo ella se acercaba —el calor de las madres es diferente a cualquier calor— a mi espalda.

Así que tuve que arrancar mis palabras del alma como en una confesión:

—Creo que soy mayor —balbucí.

—¿Y por eso estás de rodillas ahí? Anda, ven.

Al girarme hacia ella me vio llorar y yo creo que entendió todo lo que pasaba dentro de mí —las madres...—, todo eso que se estaba concentrando en mi pecho como una bola de ansiedad, pero no me dijo nada porque las madres son así, entienden lo que nos pasa, pero no necesitan palabras. Estaba nervioso y me apretó entre sus brazos como si fuera niño otra vez. Ella olía todavía a solomillo con tomate frito y yo, niño adolescente que quiere ser mayor, le dije:

—Mamá, hueles a frito.

—Llevo toda la mañana... —arrancó a explicarme como si tuviera que dar razones de su trabajo.

Me vi en sus ojos, reflejado en sus pupilas agotadas por el cansancio y ahí sentí que para ella sería siempre pequeño, tan pequeño como el muñeco que, vestido como yo, aparecía en sus ojos vidriosos. La abracé para quererla mucho y me abrazó para protegerme mucho.

Ese silencio fue sonoro.

A veces, ayer como hoy, se escucha el amor cuando más callado estás.

Oí subir a mi padre por las escaleras y nos soltamos.

—Justo, hoy papá está muy nervioso. Debes acompañarle a recibir a Ava Gardner. Es una actriz muy conocida. Para él es el encargo del ayuntamiento más importante y ahora te vas con él y le apoyas.

—Sí, mamá.

—Recuerda que no se tome nada en el bar. No vaya a pasar algo. Tú me entiendes... Ya eres mayor.

Asentí.

Respiré hondo. Me tragué el nerviosismo que me quedaba y su inquietud en una bocanada de lágrimas.

—Si vais al bar, haz que no beba.

—Lo sé, mamá.

—El ayuntamiento le va a dar una plaza de conductor y es lo...

—¿Qué pasa? —Era papá. Llegaba tirándose de las mangas como un militar que se ajusta el uniforme—. ¿Qué decís? —exclamó.

—Nada, que Justo se acaba de arreglar y se va contigo. Te acompaña hasta el coche. Vas muy guapo con ese traje. Es muy elegante.

—¿Qué te falta? —me dijo mi padre, sin atender a las palabras de elogio que decía mamá.

—Esperadme abajo los dos, voy a por la rebeca a la habitación.

—Vale, mamá.

—Va. No tardes.

—Estoy con ganas de ver a la actriz. Nunca he visto a una actriz —le dije a papá, aparentando mi emoción por la fiesta.

—Y nunca vas a ver a una como ésta. Es la mujer más guapa del mundo. De sangre irlandesa, como nosotros. Y sólo falta una hora para verla. Yo voy a ser el primero. Pero a ti te lo voy a contar todo y te lo contaré en inglés, para que no se entere nadie...

—¿Yo puedo ver sus películas?

—¿Las que echan en el nuevo cine?

—Sí.

—Ya te diré. Pero es una mujer muy mujer para un crío como tú. Ya verás.

—Y... ¿es muy famosa?

—En todo el mundo. No sé cómo el paleto del alcalde ha conseguido que venga a inaugurar esto. Será por los amigos que tiene en Tossa, porque aquí en Calabella poca cosa. ¡Políticos!

—Las tías han dicho que Ava estuvo enamorada de un torero español que también era muy famoso.

—¡Bah! Habrá estado con todos. Lo que no haya hecho la Gardner no lo ha hecho ninguna de tus tías ni en sus mejores sueños. —Papá hablaba sin quitar los ojos del coche que anunciaba a la estrella y que en ese momento pasaba por nuestra calle—. Voy bajando, no te apures mucho...

—Vale, papá.

Miré cómo bajaba las escaleras y cuando constaté que no había ningún ruido en la planta de las habitaciones me fui directo al armario donde estaba mi caja. Respiro hoy como entonces. Parece que veo el papel doblado entre las cartas, los muñecos y las monedas. Metí el secreto en el bolsillo y me despedí de la virgen de escayola que me miraba como si supiera todo lo que iba a hacer.

Dudé un momento, y después, cuando me disponía a bajar las escaleras, volví a la puerta.

—Perdona —susurré.

Ese 23 de junio de 1980 era un hervidero de músicos y vecinos a la espera del gran acontecimiento. Al mismo tiempo que me serviría para desaparecer entre la multitud, también me hacía sentirme vigilado.

—Qué buen día de fiesta. Es que parece dibujado.

Las tías estaban en la puerta y nos despidieron a papá y a mí como si tuviéramos la misión del año.

Recuerdo que alguien tocó al timbre. En mi interior sentí que era una alarma. Levanté la vista.

—Le acompañas y vuelves —dijo mamá cuando echamos a andar los dos por la calle tapizada de hierbas aromáticas. Me hizo un gesto que entendí perfectamente. Pero no tenía ninguna intención de hacer caso a mi madre. Al contrario. Necesitaba que todo fuera como de costumbre. Nadie se daba cuenta de la gravedad de la situación. Sólo yo.

35

HOY

Cuando mamá me escuchó detallarle todo lo que había pasado aquella víspera de San Juan no se inmutó. En el fondo, mi regalo por su setenta y cinco cumpleaños no era más que un desahogo, una liberación personal. Necesitaba compartir con ella todo el peso y la angustia de treinta años atrás. Sin embargo, después de arrojar parte de la historia como si fueran cromos en una partida en el suelo de un patio de colegio, seguía prisionero de mi pasado. Sostuve su mano entre las mías. Sentí el frescor de sus dedos nudosos y el olor de su piel, ese olor a madre que protege.

—Espera.

—Mi regalo no es un regalo normal.

—Cielos, Justo. ¿Qué vas a hacer? —preguntó Francesco.

—¿Qué voy a hacer? ¿Qué puedo hacer? Seguir hablando con ella, eso es todo. Contarle la verdad de algo que pasó hace mucho tiempo.

—Sí, pero... Es una mujer frágil.

—Te equivocas, querido italiano, mi madre es una mujer muy fuerte.

—Lo sé. Me refiero a ahora. En este momento.

Francesco nos había dejado en una cafetería próxima al restaurante donde íbamos a cenar juntos, en la Via della Vite, mientras subía a casa a por un pañuelo. El señor Bertone se dijo que probablemente aquel momento era necesario para los dos. Se preguntó quién era él para cortar la confesión.

Pidió un café con leche para mamá y un expreso para mí, que fue enfriándose en la taza sin que llegara a echar azúcar.

—Querría hablar con mamá un rato más antes de la cena.

—Es tu madre, Justo. ¿Quién soy yo para decirte que no?

—Gracias.

Se me encogió el corazón pensando que lo único que pretendía era vomitar recuerdos en una pared tan blanca como la de aquel cine de 1980. Hablaba solo. Como en Santa Maria in Trastevere. Solo. Por eso únicamente insistí en que no me soltara la mano.

—¿Qué me contabas, hijo?

—Que entonces me entró pánico.

—¿Eso es todo?

—No, mamá. Ya me conoces. No he parado nunca. Y aquel día tampoco pude parar lo que había empezado.

Silencio.

—¿Volviste a casa?

—A por ti.

La oscuridad pareció caer de pronto sobre Roma al mismo tiempo que se encendían las farolas amarillas. Me di cuenta al mirar el suelo mojado dónde se reflejaba la luz.

23 de junio de 1980.

El coche que anunciaba la llegada de Ava Gardner casi nos atropella intentando no derrapar con las ruedas frenadas. Me caí al suelo y cuando mi padre le gritaba como un energúmeno al conductor «Hi-jo-de-pu-ta-hi-jo-de-pu-ta», yo me eché la mano al bolsillo para ver si seguí allí mi secreto y no se había salido. Contuve el aliento.

—¿Te has hecho daño?

—No, papá. Sólo me he caído por culpa de las yerbas del suelo.

—Estas malditas tradiciones españolas van a acabar con la vida de alguien. El coche se ha deslizado por su culpa. Qué manías de...

—Tom. ¡Thomas! —El alcalde don Manuel gritaba desde la puerta del bar que había pegado al ayuntamiento, donde nos esperaba—. Mira qué cochazo te he preparado para que vayas a recoger a la grandísima Ava Gardner.

Nos acercamos. Para sorpresa de mi padre, el alcalde se preocupó por mí al verme quejarme del brazo.

—¿Qué te ha pasado?

Me había rascado el codo con el resbalón.

—Nada, que por las mariconadas de las yerbas, el coche del altavoz casi nos atropella. Porque iba lento, si no, lo muelo a hostias. Mi chaval se ha caído. Pero es fuerte. Es hijo de irlandés. ¿Verdad?

Mi padre me miró y asentí. Él escupió un perdigón al suelo como si bautizara la tarde y sellara la hombría de los Brightman. Creía que por estar siempre rodeado de mujeres yo iba a acabar siendo una de ellas, no me pasaba una. Yo lo achacaba a eso.

—Bueno, no es nada... No ha sido nada, Justo, ¿verdad?

—Nada. Sólo un tropiezo, he patinado.

—¡Mierda! —se oyó de pronto.

El dueño del bar había puesto un arco de ramas con banderitas para decorar la entrada y a mi padre se le enredó el pelo fijado con brillantina en una de ellas.

—Bichos raros, ¡malditos capullos!

—Anda pasa, que te quejas de todo.

El alcalde me guiñó un ojo y se volvió, sonriente, hacia el interior del bar.

Bebió un sonoro trago en cuanto se sentó a la mesa en la que esperaba uno de los concejales íntimos de don Manuel. Metí las manos en mis bolsillos y pegué los codos a mi cuerpo. Oí a la primera autoridad como, subiéndose el cinturón, pedía bebida.

—Creo que hoy es el día más grande de la historia de nuestro pueblo.

—No se ponga serio, don Manuel. Es fiesta.

—Pues si es fiesta, que se note —dijo mi padre.

—¡Coño! ¡Que viene la Gardner! —espetó el alcalde.

Papá estaba ilusionado. En la calle, uno de los bedeles pasaba un trapo al capó del coche que debía conducir mi padre para traer a la estrella. Se quedó mirándolo.

—¿Qué? ¿Te gusta? Con este coche pasas a la historia. Ya verás. La verdad es que me ha costado traerlo, pero merece la pena. Ahora no hay que echar cuentas, lo que hay que echar es cojones. Y estas cosas son las que hacen a un pueblo importante. Va a acordarse de este día de San Juan todo vecino de Calabella.

—Y no me engañes, tú lo haces para pasar a la historia tú, maldito canalla.

—Hombre, soy el alcalde. Traje, coche y contrato. ¿Quién paga? Yo.

—Bueno, basta —dijo el concejal—. Aquí hay que poner algo sobre la mesa, que ya me estoy cansando de palabras. Que este día es inolvidable.

Apenas lo dijo, las canicas de Justo Brightman salieron despedidas hacia la pared y se abrieron en un abanico que desapareció por el suelo de todo el local. Debían de estar muy entretenidos los tres hombres de la mesa con su conversación sobre la estrella de Hollywood, porque nadie prestó atención al niño. De hecho, parecían completamente absortos con sus gestos obscenos y sus tosquedades sobre lo que harían si tuvieran al mito frente a frente.

—¡Cógela, Justo! ¡Ésa! ¡La del caballo! —gritó Thomas Brightman en un momento de la charla.

El irlandés se refería a la botella de whisky que el camarero acababa de colocar sobre la barra con un golpe seco. La máquina de café pitaba como un motor de coche viejo y las tortillas de patata calientes que acababa de poner bajo la vitrina nublaron el cristal. Justo cogió la botella y fue hacia la mesa donde estaba sentado su padre con los otros dos.

—Imagino que debe de conservar las mismas peras que entonces. Ya no es una muchacha. Ava tenía veinticinco años cuando vino a Tossa de Mar, era 1950, ¿no? O 1951... Así que ya debe andar por los... ¿qué edad tiene? ¿La nuestra?

—La tuya, dirás.

—Pienso arrimarme bien a ella en el cine.

—¿Aunque sea al aire libre?

—¡Vamos! Aunque esté mi mujer.

—Pero si no hablas ni inglés —dijo Thomas—. Así que el que va a estar pegado a ella voy a tener que ser yo.

—Jodido irlandés —masticó el alcalde mientras el señor Brightman masculló unas palabras que no entendieron ninguno de los dos.

Volvió a sonar la megafonía del coche que daba vueltas al pueblo anunciando la visita, y el grupo de vecinos, formado por cerca de un centenar de personas, empezó a echar a andar hacia la calle por la que volvía la procesión. Se oían las campanas y los tres hombres miraron el reloj activados por un mecanismo masculino de idéntico gesto. Justo arrugó la frente. Miró también su reloj y entonces sintió que ya había llegado la hora de llevar a cabo su plan. En un bolsillo llevaba la dosis letal y en otro más canicas. Cuando se oyeron los tubos metálicos de la puerta anunciando la llegada de algún vecino volvieron a caerse las canicas. Entró un señor con su mujer del brazo, ambos arreglados para la fiesta. Él con un traje azul marino y corbata de idéntico color al vestido rojo coral que lucía la señora con mantilla negra.

—¡Un carajillo de coñac y una cola!

—¡Voy! —dijo el camarero, incorporándose a la barra.

Justo anheló estar en casa con su madre y sus tías, que ya habrían empezado a salir hacia la calle en grupo, abanicos en mano, y no arrastrado por la fatalidad. Sintió ganas de abrazar a su padre y decirle que tenía que ser un hombre feliz porque él quería ser un niño feliz y cuánto habría disfrutado jugando al fútbol con él y sus amigos. Decirle que quería seguir subiéndose a sus hombros, ir a disparar latas con la escopeta de balines en el campo o echar partidas al futbolín como el resto de los padres. El señor Thomas Brightman le guiñó un ojo para hacerle sentir cómplice de la tarde de éxito que le había caído entre manos y quiso contar al alcalde lo orgulloso que estaba de su hijo, que era un buen estudiante, un chaval sano y deportista y que un día tenía que ayudarle a sacarse el carné cuando volviera de la universidad.

Pero ninguno de los dos hizo nada de eso.

Thomas bebió un trago de whisky quejándose de lo malo que era y Justo apretó su mano en el bolsillo pensando que el futuro, ese que tal vez debería haber tenido, ya nunca sería así. Que no habría balines, ni fútbol ni hombros a los que subirse.

No tardó mucho en pensar en mamá.

Había imaginado que su vida era como esas del Oeste donde el padre protege desde la puerta a toda la familia con los revólveres en la cintura y grita: «Id dentro, esto es cosa mía», empuñando uno con fuerza y acercándose a los caballos. Había imaginado que, dentro de la casa, mamá y su hermana se abrazaban temerosas como madre e hija y que las tías aparecían asomadas a las ventanas, entre los visillos, como espectadoras del valiente padre que estaba en la puerta firme y seguro, defendiéndolas como un fuerte. Pensaba que todos los niños y las niñas vivían en escenarios felices, brincando por las escaleras y abrigándose del frío en la chimenea, alrededor del árbol, como en las películas, o abriendo los regalos de Navidad en círculo, destapando juguetes desmontables sin pensar que lo desmontable en piezas era precisamente aquella familia.

Había imaginado que la vida era como los victoriosos finales de Julio Verne, en los que se abrazan y, después de suspirar, sonríen. Pero resultó que todas esas cosas sólo pasaban en los libros felices en los que las aventuras siempre acababan bien. No había reproches, ni monstruos submarinos, ni problemas para salir a la superficie, y si los había, apenas eran meros contratiempos que se cerraban con la última página.

Y también imaginó que los vaqueros siempre eran los buenos.

Pero no pensó que las madres sufrían.

Ni que el escondite bajo la mesa era un juego para contar y esperar a que te encontraran y no un lugar en el que descubrir el dolor con los ojos hundidos y la humedad de otras lágrimas.

Justo Brightman nunca supo por qué sus padres acabaron así y tampoco se encontró nunca en disposición de averiguarlo. Él mismo había fracasado varias veces en el amor, chicas que sustituían a otras con el único cambio de nombre y ambición, y que se convirtieron en una búsqueda constante de la felicidad. Supo que aquellas broncas de sus padres, a quienes de niño consideraba los progenitores perfectos, eran el pan nuestro de cada día. Y olvidó, poco a poco, en qué rincón de su memoria, y de la de ellos, se había perdido la chispa del amor. Si alguna vez la hubo. Acabar convirtiéndose en su padre fue su pesadilla y al mínimo infierno, a la mínima discusión con alguno de sus amores, decidía poner fin. «Me decepcionas, Justo. Las parejas son también esto. Superar los problemas». No. No era también eso. Su fracaso emocional y sentimental fue a lo largo de su vida una huida en busca de aquellos finales felices. Justo Brightman tuvo siempre la firme convicción de que en su vida, más pronto que tarde, aparecería esa mujer que no viniera acompañada de monstruos ni de voces más altas que otras; y, error, que sonriera igual que sonreía su madre antes de todo.

Por supuesto, no fue así.

Aquellos breves amores de fin de semana en los que parecía que durarían juntos toda la vida, las esperas a la salida del trabajo, las cenas preparadas a conciencia durante horas, los regalos buscados por toda la ciudad fueron repitiéndose a lo largo de su vida. Él se enamoraba, sí. Pero nunca sabía hasta cuándo. Como las nubes que tapan los días de sol, el elegido para cargar las culpas de sus numerosos fracasos fue él mismo. Al principio pensó que el peso de aquella infancia había creado un ser temeroso al amor, pero con los años, cercano ya a los cuarenta, se dio cuenta de que el único responsable de no saber amar era solamente él.

Después de todo, qué mejor que cargar con el culpable para abofetearle cuando es necesario.

Tal vez por eso Justo fue fotógrafo de edificios y no de rostros. El temor a una mirada fija en su objetivo era como soportar la vida de otro dentro de él. Qué mejor que unas fachadas, inertes, coloristas, mutantes, calles, arboledas, ventanas, balcones, balaustradas, semáforos, toldos de cafeterías, reflejos en el suelo, lluvia en los cristales, el vapor de las chimeneas... «Nadie da tanta vida a una ciudad como Justo Brightman», decían las revistas de viajes. «Brightman es capaz de iluminar una ciudad muerta y de venderla como el mejor de los destinos». Eso sí, hablar, enamorarse, discutir... no. Se quedaba en el segundo verbo. Paralizado ante la incertidumbre de repetir un pasado que volvía a su cabeza como un martillo de ciudad.

De modo que Justo cumplió su plan. Miró a la calle, que volvía a estar llena de gente arreglada para la fiesta de San Juan, donde el coche de su padre esperaba limpio y brillante a que el irlandés se subiera uniformado y ebrio hacia su destino. A petición del alcalde —insistió varias veces en ello—, Thomas iría solo, sin compañía, a recoger a la estrella de Hollywood para que nadie incordiara a la señora en una visita tan esperada. Al irlandés le pareció perfecto; «Mejor», dijo exactamente.

—Mejor yo solo. No quiero estorbos conmigo.

Eso lo dijo de verdad. Quería disfrutar del recorrido hablando en inglés con ella, interesado como estaba por verla en persona después de tantas películas a sus espaldas y en su memoria.

—Pues venga, ya es hora —concluyó el alcalde—. Vete a por la señora Gardner.

Cuando llegó el momento, para sorpresa de Justo, su madre apareció en el bar acompañada de la tía Visitación, que saludó a la autoridad local con efusividad.

—Qué bien huele, doña Visitación.

—Serán las Maderas de Oriente.

—O será el día, que le sienta bien.

La tía se humedeció los dedos con saliva y con un gesto de coquetería femenina se recogió hacia el cuello uno de los mechones que escapaban del moño.

—¿Qué hacéis las dos aquí? ¿A qué habéis venido? —dijo el irlandés a la madre de Justo.

—He venido a recoger al pequeño. Como tú te subes a por la actriz, he pensado que era mejor venir a por él, que lo conozco, que al final se enreda... Aquí se va a montar una buena con tanta expectación, no para de llegar gente. Me lo llevo con nosotras hasta la iglesia, ¿verdad, Justo? Y luego ya vamos al cine para cuando lleguéis, así cogemos buen sitio.

—Pues bien. Que se vaya contigo. Aquí ya no tiene nada que hacer. Además, yo ya tengo que irme a mis cosas a la estación.

—¿Te subes ya a por la actriz?

—Pues claro, ¿qué quieres, que espere a que llegue yo...? A las mujeres hay que recogerlas como se merecen. Y más a este bellezón.

—A ver si un día...

—¿Qué?

—Nada, nada.

Las tías Isolina y Montaña tocaron con los nudillos en la ventana del bar llamando a sus otras hermanas. «Estamos aquí fuera», vocalizaron desde la calle y lanzaron un gesto animado para que salieran con ellas.

Nadie se dio cuenta de nada. Fue mientras hablaban. Thomas Brightman se acabó de un sorbo la copa de whisky y se secó la boca con la palma de la mano. La madre le ajustó el pañuelo del bolsillo y hubo un amago de beso que él evitó girando la cara hacia el camarero.

—¡Luego comentamos!

—No pierda detalle, capitán.

—Descuida.

Un abrazo entre padre e hijo cerró la historia. Al menos cerró la historia que quedó para siempre en común. Y a pesar de que los fantasmas nunca acaban de irse, aquel espontáneo abrazo fue el último, con el detalle importante de que sólo uno de los dos tomó consciencia de que ya no habría ninguno más. Thomas Brightman salió a la calle evitando a las mujeres y se subió al coche entre los aplausos de los vecinos que sabían que en poco más de media hora llegaría acompañado de la rutilante estrella norteamericana para inaugurar el esperado cine de verano.

Justo y el alcalde se quedaron mirando cómo arrancaba ruidosamente el motor y se despedía dando una vuelta a la hoguera que ya estaba lista en medio de la plaza para la noche de San Juan. En ese tiempo en el que su padre giró hacia la calle Mayor chafando con los brillantes neumáticos negros la lavanda cortada para la romería, contó cuidadosamente las canicas de su bolsillo. El otro ya estaba vacío.

Una, dos, tres, cuatro... cinco, seis, siete... Contó lentamente hasta que dejó de oírse el motor. Como si dejara de latir un corazón.

Aquélla fue la última vez que Justo abrazó a su padre con vida. Cuando, al cabo de unos quince minutos, llegó a casa con sus tías y su madre, subió al baño a limpiarse el sudor de la cara. Poco después se dijo: «Ya está, fin. He matado a mi padre y no lo volveré a hacer». Pasó la mano por el mármol de la repisa donde había machacado las pastillas, echó agua de colonia y tuvo la sensación de que el espejo ya no reflejaba al niño. Había crecido. Frente a él había otro, mayor, más preocupado, despeinado y triste. Se preguntó por qué no reflejaba la felicidad que debía sentir. Había acabado con todo.

En ese punto, Justo temió haberse equivocado y rompió a llorar como lo que era: un niño de doce años que acababa de perder a su padre. Era una sensación extraña porque todavía nadie le había dicho nada. En la casa sólo había voces de mujeres. En la calle, música. En su cabeza, la muerte. Quizá ya se había salido de la carretera, quizá se había estrellado en alguna curva o el coche seguía dando vueltas por la ladera de la montaña previa a los túneles de la estación.

Paso junto a la cocina. Esa cocina que es para siempre la infancia de todos, entre las cazuelas, los cajones con cubiertos y manteles de diferentes tamaños, los trapos y una alacena llena de latas de conserva y botes de tomate frito.

Mi infancia.

Yo.

Lo recuerdo ahora perfectamente: la música de la tía Visitación se escucha desde el pasillo y tararea un bolero de amor. *Oye, corazón*. Las horas pasan. Papá no llega. Las campanas anuncian la hora. Todos deberíamos estar ya en plaza. La noche se ha echado encima. Los músicos dejan de tocar. La calle se llena de gente. El murmullo se hace grave en la puerta de nuestra casa. Tocan el timbre. La tía Visi agarra a mamá como si presintiera que algo malo ha pasado.

Todo se para en seco.

—Han encontrado el coche en las curvas de la estación, antes de llegar. Se ha salido. Apenas a dos kilómetros del pueblo.

Mamá deja caer un bote de tomate al suelo que lleva en la mano y estalla en las paredes, tiñendo todo de rojo.

El día de la muerte de papá acabó con aquella nota que encontré en la cama:

«Quiero que sepas que te quiero, pero me cuesta decirlo en voz alta. Me gustaría que se cumplieran todos tus sueños, porque es lo único que deseo en la vida, que tú seas feliz. Siempre pienso qué va a ser de ti si no estoy, pero eres fuerte, eres justo, mi pequeño Justo.

Todo irá bien.

Recuerda que te quiero. Pero que te quiero mucho y de verdad. Estudia y come bien.

Tu madre, Te Adora».

36

HAY MUCHO QUE NO SABES

Francesco dejó a mamá en la habitación.

—Se ha quedado dormida —dijo—. Está tranquila.

Me quedé mirándole a los ojos. Le brillaban como aquella noche en la que cenamos en su jardín y las velas formaban candilejas en su pupila mientras la música sonaba desde el salón. «Simona, ponga el volumen más alto». Al verle tuve la impresión de que iba a contarme algo más. Esa sensación de adivinar qué va a pasar me persigue toda la vida, por eso espero al mejor segundo para las fotos. Conozco el viento, las horas, el sol, las sombras, los momentos en los que alguien va a girarse, el helado que chorrea, el pañuelo que vuela, la mamá que abraza al niño, la falda que se levanta, el camarero que espera con la bandeja, el brillo de los coches, el reflejo de los charcos... la ciudad del revés.

—Si quiere, le acompaño a por un taxi. Paseamos mientras.

Me gustaba que a pesar de la confianza, de los años, siguiera tratándome a veces como hijo, otras como amigo. Invariablemente pasaba del usted al tú.

—No importa, Francesco. Está bien así, me apetece dar una vuelta. Mi hotel no está lejos. Así me da el aire.

—Bueno, pues así nos da a los dos.

Estaba claro que Francesco quería pasear conmigo, contarme algo.

Yo asentí.

—Vale, vamos bajando.

Me apoyé en la puerta y observé cómo cerraba con cuidado la de la habitación de mamá y se guardaba dos sobres en el bolsillo.

Los metió con cuidado.

Eran dos cartas.

A pesar de la edad, del tiempo, seguía con ese cuidado minucioso de prestidigitador que envolvía de mimo hasta el aire. En el fondo, era un creador de sueños. Había aparecido para cambiar nuestras vidas y ¡vaya que si las había cambiado!

—Voy a por los abrigos —me dijo—. Espera un minuto.

Me hizo un gesto para que cogiera las llaves del recibidor mientras él se ponía el gabán y se daba dos vueltas a la bufanda con un fuerte nudo en el cuello.

Me quedé mirando su bolsillo del que salían...

—Sí, son dos cartas —me dijo, respondiendo a mi mirada—. Me las dio tu madre hace mucho tiempo y creo que ya es hora de que las tengas. Hoy, cuando te vi en la iglesia del Trastevere me acordé de ellas. Las tenía guardadas en la cómoda.

—¿Puedo verlas?

Clavó sus ojos en mí.

—Son tuyas. Pero déjame que te cuente algo mientras caminamos.

Su voz.

Me puse nervioso como cuando me despertaba de niño con las notas de mamá. «Tu madre, Te Adora». Intenté ser adulto y esperar relajadamente a que Francesco quisiera entregarme las dos cartas. «Todo irá bien». Fui contando escalones para quitarme el pensamiento de la cabeza... A mi manera, claro. Como siempre.

Luego, ya en la calle, se encendió un cigarrillo y soltó el primer humo.

—¿Crees que he querido a tu madre?

Asentí sorprendido.

Me asaltó con la pregunta mientras cerraba de un suave golpe el portalón y se guardaba las llaves en el bolsillo. Cuando recuperé cada una de las palabras que me había lanzado noté la presión que le salía del pecho para responderse.

—La querré siempre, aunque no se acuerde —dijo sin poder mirarme.

Cuando el sonido de su voz llenó aquella calle vacía como un lamento, intenté pegarme a él con la mano en su brazo para que sintiera que yo era como su hijo. Hacía frío a esas horas; y la humedad y los recuerdos empezaron a destemplarnos.

—A ella le gustaba escuchar ópera, Justo. Y adoraba bailar por la casa descalza, se ponía la música muy alta y recorría el pasillo, de baldosa en baldosa, dando vueltas, como si volara. «Bailar es la única forma que tenemos de volar», decía.

—¿Mamá?

—Sí. ¿Es mágica verdad?

Sonreí.

—«La mejor forma de pensar es entrar en torbellino», decía. Yo empecé a hacerlo también. Insistía: «Hazlo, hazlo, hazlo, hazlo... no pares y verás». Y desde que entró en mi vida me convertí en otro remolino y cuando me atascaba con alguna de mis composiciones al piano me ponía a dar vueltas como un insensato, de la manera más atolondrada pero eficaz. «Te lo he dicho —decía ella acompañándome en la locura—. Dar vueltas mueve todo».

No podía imaginar así a mamá.

—Así era —contestó como si hubiera leído mi mente.

Guardé silencio mientras giramos hacia otra calle, esperé a ver que Roma a esas horas estaba despejada de curiosos para volver a saber más sobre mamá.

Estaba vacía la calle. Únicamente nosotros.

—¿Y cómo surgió todo? ¿Cuándo empezaste a querer a mamá? Ha pasado mucho tiempo, pero recuerdo veros a los dos apoyados en el muro que separaba las dos casas, nosotros ya nos habíamos ido a la cama. Liz estaba escuchando música y yo me había quedado mirando por la ventana... Os vi abajo, no sé cómo lo recuerdo, todavía era un niño que hacía barcos de papel...

—¿Nos mirabas?

—Tranquilo, no espiaba.

—Eres fotógrafo...

—Ojalá lo hubiera sido entonces... Soy fotógrafo ahora.

—Entonces... ¿cómo fue? Hazme el favor de recordarme aquella noche.

—Esa foto de vosotros dos la tengo grabada en la mente. No me ha hecho falta revelar el negativo. Era perfecta. Estabais cada uno a un lado del muro, quedaban copas de vino en la mesa, habías cogido dos y trajiste otra botella, el mar estaba absolutamente tranquilo, tal vez por esa razón se oía bien lo que decíais desde la ventana...

—Tu madre dijo que ya era hora de irse a la cama.

—¿Y crees que obedecí?

—Entonces lo parecía.

—Entonces tenía la edad de no hacer caso a nada.

—¿Y ahora haces caso?

—Ahora he ido aprendiendo a no hacer caso más que a mi cámara de fotos. Es como si fuera cargado con el corazón en la mano. Y pesa.

—Algunos recuerdos pesan. No es necesario cargar con ellos. Ya me entiendes...

—Sí. Lo sé. Y no te creas que no cuesta darse cuenta de ello. Creo que mi archivo es mayor que el de la propia revista... Prefiero hablar de aquella foto vuestra que nunca hice y que siendo niño me impactó tanto...

—¿El beso?

—El primer beso.

Francesco sonrió como si volviera a aquella noche.

—La besaste. Besaste a mamá. Y ella te cogió la cara con las dos manos. Creo que en ese momento me escondí detrás de la cortina...

Francesco se mostró repentinamente melancólico, inocente.

—La besé, sí. Nos besamos. Fue el primer beso y ella temblaba como si fuera una niña. Lo que no viste tras esconderte es que nos abrazamos, nada más. Estuvimos abrazados durante mucho rato. Callados, con el mar como testigo. Bueno, y tú tras la ventana. De eso me entero hoy. Qué gracia. Pensamos que ese beso debía quedar oculto en nuestra memoria porque estabais los niños en plena adolescencia y mamá no dejaba de decir después: «¿Qué van a decir, qué van a pensar?». Por eso tardó mucho en llegar el segundo beso. Pasaron semanas. Sin embargo, en cada buenos días, en cada saludo a media tarde, en esos momentos en los que yo me dedicaba a regar el jardín, la miraba como si volviera a besarla. Ella bajaba la mirada como si me dijera: «Espera».

Ante esas palabras, Francesco y yo sonreímos, seguramente porque todos los enamoramientos se parecen de una u otra manera. Tuve ganas de abrazarle como a un padre. Pero preferí seguir hablando como amigo.

—Pasó el tiempo, supongo.

—Pasaron semanas, tal vez más de un mes.

Me acerqué a su hombro para que sintiera mi empatía y le dije:

—Yo, querido Francesco, era la primera vez que veía besar a mamá. Nunca la había visto besarse. Hasta aquel día no me di cuenta de que mamá también era mujer, pensaba que sólo era mi madre.

Cogió mi brazo y me estrechó contra él.

—Tu madre ha sido maravillosa, Justo.

—Gracias.

—¿Gracias?

—Sí. Por haberla querido. Por aparecer. Por estar hoy. Fundamentalmente por estar.

Francesco se encogió de hombros con ese gesto tan suyo de restar importancia a las cosas.

—La amo. La amé aquella noche. La he amado. Y hoy sigue siendo mi Fedora.

Me detuve en seco.

—*¡Fedora!* ¡La ópera! Entonces, de niño, cuando saliste al jardín en aquella cena loca de luces y partituras voladoras, no supe que la protagonista de esa ópera era una viuda. ¿Fue entonces? ¿Aquella noche te enamoraste de mamá?

—No te lo vas a creer.

Suspiré.

—A estas alturas de mi vida creo que me podría creer que Roma se ha creado para vosotros. ¿Qué pasó?

—Cuando llegamos a la casa del acantilado no pensé que tendríamos vecinos, ni siquiera me interesó saludar y corresponder a la única casa cercana llena de vida. Vosotros. Yo llegué dispuesto a evadirme y a intentar recuperar el alma de la música, la había perdido, estaba inmerso en un pozo del que no había manera de salir. No había inspiración. Estaba siempre recurriendo a las mismas notas, a las mismas melodías... Me sentía fracasado. Había tenido dos grandes éxitos que servían para poder vivir durante mucho tiempo, pero la compañía seguía pidiendo más, querían más música, más canciones para emisoras de radio, para promociones... y yo escapé buscando. Lo que pasa es que cuando te marchas con un problema, el problema también se mete dentro del equipaje. Y en aquellas maletas que trajimos de Roma también se vino la ausencia de inspiración. Las hadas dicen, ¿no? El miedo a repetirse, a volver a contar lo mismo. Por eso sólo traje música clásica y mis óperas. Y así pasaron los días, las semanas... Sofia y yo nos poníamos al piano para aprender y buscar la chispa.

—¿Fue mamá el hada?

—En cierta manera. Curiosamente, cada día, mientras abría las ventanas para que entrara el sol, para dar la bienvenida al amanecer, mientras subía persianas y respiraba hondo para decir: «Hoy sí, hoy llega», empecé a recibir otro tipo de inspiración que venía directamente del corazón.

—El mar.

—El corazón. He dicho el corazón. Al abrir la puerta de casa, es una costumbre que sigo teniendo para dar los buenos días, para que entre el nuevo día, me encontraba un dulce nuevo en el primer escalón, rodeado con un corazón de tiza. ¡Un corazón relleno de dulce!

Y en ese momento sentí un escalofrío.

—Tu madre fue el hada. Ella me devolvió la música. Y con la idea más sencilla del mundo, de la forma más discreta, más hermosa, más...

Tuve que pararme en seco.

—Francesco...

Quise empezar a hablar para decirle que aquellos corazones eran para Sofia, que llegaba exhausto desde el horno, que el corazón se me salía del pecho, que corría ladera arriba hasta su casa, que mi amor por su hija era tan grande que fui incapaz de decir nada, que...

Pero en ese momento Francesco rompió a llorar.

—Qué fascinante idea tuvo tu madre... Dejaba corazones pintados en el suelo con sus dulces.

—Inesperado, ¿verdad?

—Algo así sólo pudo salir de ella. No lo olvido. Justo, no quiero olvidar nada. Me estoy haciendo mayor también. Y no quiero. Ya apenas puedo recordar aquellos días. Por eso te lo cuento. Nunca nadie ha conseguido devolverme la fe en la música y en el amor como ella. Como tu madre. Estuve callado todos aquellos días. Esperaba que apareciera, abría la puerta y allí estaba, otro dulce, otra bolsa con magdalenas, con hojaldres, con pasteles... y siempre, siempre, en medio de un corazón. ¿Me entiendes? Quise que quedara en silencio. Entre ella y yo. Imaginé que lo hacía a escondidas, sin que tú y Liz os dierais cuenta. Por eso aquella noche en la que nos viste besarnos...

—¿Qué dijo mamá?

—Ella no dijo nada, fui yo. Le agradecí que me hubiera entregado el corazón. ¿Quién deja el corazón en la puerta? ¿Quién es capaz de no molestar para entregar de esa manera su amor? Tu madre.

Avancé por la calle y encendí otro cigarrillo.

—¿Qué pasa, Justo?

No dije nada, no podía hablar.

—¿Estás llorando? ¡Estás llorando!... Soy un bobo, perdona. Tal vez me he puesto demasiado romántico con aquel recuerdo, pero es que ahora yo soy la memoria de tu madre. Guy de Maupassant decía que nuestra memoria es un mundo más perfecto que el universo que le devuelve la vida a los que ya no la tienen. Y no quiero que se me olvide nada, no quiero que se escape nada; mientras yo recuerde aquellos corazones que Teo dejaba en mi puerta, ella seguirá teniéndolo en algún lugar. Latiendo. No me importa que ya no recuerde nada, me basta con recordarlo yo.

No sabía qué decir porque todo se me había atragantado en la garganta de repente. La tía Visitación conmigo yendo al horno de la Reme, la elección de los dulces, la bicicleta que volaba hacia mi casa, mi timidez, la tiza gastada, el corazón sobre el corazón...

—Es el humo. Se me ha metido en los ojos.

Mi plan infantil para enamorar a Sofia se había vuelto invisible para ella; no obstante, durante semanas yo mismo había estado enamorando a Francesco como si me mandara Neptuno, el dios del mar, para vengarse. Como si el destino quisiera que aquel plan macabro que inicié una noche de San Juan fuera un castigo en el amor para mí y una bendición para mamá. Ella debía ser feliz. Y sin saberlo, lo hice.

Había sido un propósito magnífico, erróneo, pero magnífico. Todos esos días en los que yo esperaba de niño enamorado a que Sofia por fin se diera cuenta de mi existencia no estaban siendo más que el germen de otra felicidad. A veces los planes cogen atajos, van por su cuenta sin que nos percatemos de ellos. Las tardes en mi pueblo escuchando las canciones que ponía la tía, nuestras confidencias y nuestros secretos nunca contados, la limonada al fresco para poner letra a la vida de aquellos veranos. Había aprendido a pedalear más rápido, había aprendido a nadar donde no hacía pie, me peinaba con raya perfecta para bajar al jardín y que me viera Sofia más alto, más guapo, más apasionado... Y sin embargo...

—Tu madre me entregó el corazón. —Me quedé mirándole a los ojos. Tenía la impresión de que la vida a veces juega con nosotros cuando creemos que jugamos con ella. Francesco me sonrió y dijo—: Empecé a componer. A tu madre le encantaba la ópera, Justo. Su preferida era *Las bodas de Fígaro*. Quise que la viera en el Metropolitan de Nueva York; nos fuimos. Ése fue mi regalo de boda. Decía que no recordaba su boda, que no se había vestido de novia nunca, que quería entrar en un altar vestida de blanco y que un novio enamorado la esperara allí. Así lo hicimos.

—¿En Nueva York?

—Sí. Una tarde, justo dos días después de ver la ópera en el Metropolitan, decidimos que había llegado el día. Quedamos a las seis de la tarde en la iglesia de Sant Paul. Allí debíamos vernos. Yo me compré un traje en unos almacenes próximos al hotel, no lo recuerdo. Lo que recuerdo es verla salir del taxi, a las seis y diez, vestida de novia. Lloré al verla tan guapa, tan ¿radiante, decís vosotros? Sí, radiante. Estaba luminosa, era la protagonista de su vida por primera vez. Respiraba amor, respiraba vida. El taxista salió a aplaudir y todos los viandantes que estaban en ese momento en la calle se unieron como un coro de aplausos; mamá, tu madre, estaba tan alegre que no paraba de sonreír, ajena a aquel espectáculo que se había montado en la calle. Yo la miraba desde el primer escalón, muerto de amor. No sé qué música empezó a sonar, era de alguno de esos músicos callejeros que al ver la escena se unió a la marabunta. Sí, esa mujer, Teodora, era feliz.

—¿Os casasteis allí?

—No. Bastaba con eso.

Se emocionaba como yo al recordar el día.

—Llegó andando hasta el primer escalón de la iglesia donde yo esperaba con una flor. Me miró. Yo no había dejado de mirarla desde que salió del taxi. «¿Quieres casarte conmigo?», le pregunté. Ella sonrió y repitió mi pregunta: «¿Quieres, Francesco, casarte conmigo?». Los dos respondimos que sí a la vez. Y al besarnos, todo el público que había en la acera empezó a aplaudir como si fueran los testigos del enlace. Teo y yo ya éramos marido y mujer. No necesitábamos el altar, ni las firmas, ni los anillos... Nos bastó con el beso y la música de aquel acordeón que sonaba entre la gente.

—Dime que todo eso fue así. Dime que mamá se casó así contigo.

—Esos aplausos, esos vivas. Para otro podría parecer ridículo, la boda de dos adultos vestidos de fiesta para darse un beso en una escalinata... La cena fueron dos hamburguesas en la habitación. Nos las subimos de un espantoso puesto callejero que le recordaba a las películas. Fue así. Me dijo: «No lo olvidaré nunca». Ya ves... Ella lo ha olvidado, pero yo no.

Francesco rompió a llorar otra vez mientras sacaba una foto de su cartera.

—Mira. —Me tendió una polaroid—. Ésta es la foto de nuestra boda.

Mamá y Francesco vestidos de novios se besaban en una foto sin enfocar, turbia, pero clara de sentimientos.

—Nos la hizo uno de los que estaban allí. Es nuestro álbum. Ésta es nuestra historia.

—¿Puedo abrazarte, Francesco?

—Claro. Hazlo o volveré a ponerme a llorar.

Basta con que uno recuerde la historia para que la historia exista. Basta con que el amor quiera ser amor para que sea real. Basta con que los corazones lo sean para que lleguen a su destino. ¿Equivocado? ¡Qué más da! En ese momento sentí que no. Que toda mi vida había estado escrita para que yo fuera el guion de mamá. Que mi vida había sido una vida doble. ¿Quién puede decir que ha latido por dos?

37

Dos sobres

—Toma, tus cartas. —Francesco sacó los dos sobres de su bolsillo y me abrazó después—. Llevan mucho tiempo.

—¿Por qué razón no los has abierto? —pregunté.

Él me sonrió como un padre.

—Perdona la pregunta —respondí a su mirada.

Los sobres estaban cerrados, amarillos y olían a ropa de cama. Habían estado esperando el momento, entendí. Nos sentamos en un banco, frente a una farola que nos iluminaba discretamente en la cara. La suya estaba marcada por el recuerdo y las arrugas como si hubiesen aparecido a la vez. Me cogió la mano y noté su respiración en el temblor de sus dedos. De pronto me dijo:

—Justo. Así se quedaron. Esperándote desde el día que tu madre empezó a perder la memoria.

«Para mi pequeño Justo».

Intenté imaginarme a mi madre escribiéndome esa letra, con el cuidado que ponía al sentarse a leer en el jardín. Una mujer que esperaba vernos crecer felices, que cocinaba con la música y las puertas abiertas para que llegara el sabor a guiso por el pasillo, bella, soñadora, silenciosa y con el mismo olor a colonia de siempre. Olí los sobres. Hubo un pellizco de dolor.

Los abrí después de dejarlo en la puerta de su casa y echar a andar.

Carta primera

Querido Justo Brightman:

No me recordarás. Perdón por el tiempo que ha pasado, pero mi edad me permite poder escribirte y hablarte con la tranquilidad que no quisiera. Ya estoy muerto. Me he encargado de que esta carta te llegue a través de tu madre cuando yo haya fallecido.

Gracias a Dios todo ha pasado. Tú ya serás un hombre mayor y, deseo, muy afortunado. Ya de pequeño parecías un niño diferente a los demás, un niño que deseaba viajar y fotografiar el mundo como habría querido tu abuelo. Un niño que tenía algo distinto en la multitud de Calabella. Me cuenta una señora a la que adoro que ha sido cierto, que has conseguido tus sueños y que tu mochila está llena de países. Me alegro infinito. Ella también. Mucho más si cabe. De hecho, sonríe mientras aprieta una foto tuya contra su pecho. Yo, si cierro los ojos, puedo imaginarte con la mochila que cargabas entonces camino del colegio pasando por la puerta del ayuntamiento, a veces en bici, otras andando ligero. ¡El ayuntamiento, señor! Maldigo mi historia y mi pasado; pero —qué más quisiera yo— no todos los hombres somos valientes ni justos. Yo he sido lo que he podido ser.

Bien, Justo, mi querido hijo del irlandés, te cuento desde esta serenidad lejana y extraña:

Yo era el alcalde de tu pueblo en 1980, no hace falta que hagas memoria, hablo del año que falleció tu padre.

Dicho esto supongo que ya sabrás quién te escribe estas letras, aunque fueras entonces apenas un adolescente. No hace falta que recuerdes mi cara, solamente quién soy para que esta carta que te llega pasados los años tenga el sentido que debe tener. Si es así, he llegado a tiempo.

Hay algunos que se conforman con estar vivos, yo me conformo con que me leas y al final de estas líneas me perdones.

Para ello debo aclararte algunas cosas que te serán útiles para entender el pasado y seguramente el presente en el que vives.

Ava Gardner nunca vino al pueblo. Dudo que hayas olvidado el día en el que estaba anunciada la visita de la gran estrella norteamericana a nuestra localidad para estrenar el cine de verano que habíamos construido en el frontón. Dudo que ese día se haya ido de tu memoria: 23 de junio de 1980. Era la noche de San Juan. Tu padre y yo estábamos compinchados para que todo el pueblo creyera que la actriz iba a venir. La gente estaba alborotada, emocionada. Así tenía que ser. Dirás ahora, ¿para qué? Yo necesitaba el apoyo popular para ganar las elecciones y no bastaba con pintar la parte trasera de un frontón que estaba en desuso. Había que hacer explosionar una bomba. A tu padre se le ocurrió que podíamos mentir y durante una semana anunciar la llegada de la diva. A él le gustaba y fue el primer nombre que se le ocurrió para urdir nuestro plan de encantamiento popular. A mí me vino muy bien, tenía unos amigos en Tossa de Mar que la habían conocido y sabían la casa en la que había estado la actriz.

Ava Gardner estuvo en Tossa de Mar y en S'Agaró, sí, en 1950 cuando rodó *Pandora y el holandés errante,* pero jamás volvió a nuestro pueblo. Jamás estuvo. Jamás volvió. Era todo mentira.

Tu padre, en connivencia conmigo para aquella visita que anunciamos a bombo y platillo con motivo de la inauguración del cine, se entregó y se pasó de regocijo. Lo repetía mañana y tarde en el bar, por la calle y a la gente; en un principio con un buen fin, ayudarme para el contubernio político. Pero... yo vi que nuestro complot se le iba de las manos por amplificación; tampoco era necesario que toda la comarca lo supiera. Las mentiras tienen las patas muy cortas y aquello iba en aumento. No te descubro nada si te digo que era un borracho y que nadie le iba a creer.

Nos aprendimos todo de Ava Gardner, el animal más bello del mundo, incluso sus conquistas: James Mason y el torero Mario Cabré, los dos salían en la película y habían caído en sus redes en el rodaje. El filme lo empezaron a rodar en 1950 entre Tossa y S'Agaró, aquí cerca, eso es cierto. La diosa de Hollywood llegó en avión al aeropuerto de las Muntadas. Allí estuvo toda la prensa fotografiando a la belleza envuelta en glamur y gafas de sol. Puedes buscar los periódicos de la época, no te estoy mintiendo: Ava estuvo en la torre de los Draper, en Tossa de Mar y en el selecto Hostal de la Gavina de S'Agaró. Por líos amorosos y de cuernos de Ava con los actores, la película tuvo que acabarse en Londres. Llegó hecho una furia su marido de entonces, Frank Sinatra.

Todo esto lo repetíamos en las conversaciones tanto tu padre como yo. Demasiado.

El tren que debía traer a Ava Gardner pararía en Caldes de Malavella, allí fingiría ir tu padre a recogerla en el coche del ayuntamiento.

Lo hablamos demasiado, excitados de la emoción ante una mentira que se nos iba de las manos.

Justo Brightman, la última vez que Ava Gardner volvió a esta tierra fue veinte años después, en 1970, al hostal de S'Agaró y a la playa de Sa Conca. Supongo que por recuerdos o yo qué sé. No en 1980. Nunca llegó aquella noche de San Juan. Habíamos forrado con fotos suyas un coche nuevo del consistorio y la megafonía hizo creer, a fuerza de repetición, que aquel evento era tan real como nosotros. Lo único cierto es que se agotó la pintura con la que convertimos un inutilizado muro verde en un cine de verano y que mandé comprar de los pueblos cercanos. Ahora que escucho mis palabras, comprendo cómo pude llegar a aquella confusión terrible y lo siento en el alma. Tu padre sabía algo más que nadie debía saber y, para forzarme en su espiral de presión, escribió una pintada amenazante que podía hundir la reputación de dos mujeres. ¡No debía saber nada! ¡Se había enterado! Era todo culpa mía, Justo, todo culpa mía. Y mientras, la incesante música y la voz del coche seguía dando vueltas en mi cabeza y en las calles. Durante los días previos, la policía local intentó multarle por pintar la pared, pero preferí taparlo todo. Con más pintura, con más ansiedad. Imagino que el sargento nos vio discutir, porque ni siquiera pidió explicaciones para no detenerle. Tu padre estaba fuera de sí y empezó a gritar. «Ha ensuciado el nombre de una mujer y lo va a pagar caro», le dije. A él le daba igual, le daba absolutamente igual. Pero a mí no. Los vecinos, alertados por los gritos, se acercaron a la tapia ya blanca. Por fortuna, una patrulla de la policía se dio prisa en tapar el nombre de la mujer a la que amo.

—Respóndame, alcalde, ¿vendrá la estrella o lo cuento todo? Cuento que su mujer es otra. Y que conozco a esa otra.

Agité las manos como un loco. Le daba igual. No entendía que habíamos creado una farsa entre los dos. Quería denunciarme.

—¡Es usted un cabrón mentiroso! Haga todo lo posible.

Tuve que decirle que sí. Que los amigos de Tossa lo habían conseguido. El sargento me ayudó a calmarle.

¿Recuerdas?

Aquel 23 de junio de 1980 pusimos la hoguera de San Juan más grande que habrá tenido Calabella. Pero Ava no iba a venir. Sólo la esperaba el pueblo, nadie más. Y el pueblo es muy fácil de engañar.

Pero no he sabido engañar a mi memoria. Ni tampoco al dolor que esto me ha causado.

Los días previos empecé a ponerme nervioso porque la estación de tren podría llenarse de curiosos, así que tuve que empezar a decir que venía en una visita extraoficial porque estaba rodando en Italia y nos hacía un favor por amistades mías. Y creció mi inquietud al mismo tiempo que lo hacían las borracheras de tu padre fanfarroneando de que era el taxista oficial. Tanto que no me dejaba dormir. Llamaba todas las noches y se colaba en mi despacho por las mañanas: se había creído su mentira a fuerza de whisky.

Así que tuve que reaccionar para matar mi plan. No podía fallarle al pueblo ni a mi amor, no podía decir que Ava Gardner había rechazado a última hora la invitación de Calabella. ¿Qué hacer? ¿Qué podía hacer? Justo, no tenía salida. Tu padre o yo me hundía.

Tu padre.

Cortamos los frenos.

Sí, lo hicimos los dos. Los frenos del coche que le había prestado el ayuntamiento para ir a recoger a Ava Gardner.

—Si no lo haces tú, lo hago yo. Decídete.

—No puedo.

—Déjame a mí.

Tu tía Visitación me arrancó la navaja de la mano y casi de un tirón partió la goma en dos. La limpió con uno de sus pañuelos y la guardó en su bolso como si fuera un abanico.

Fue así. Poco puedo decirte de lo que pasó después.

—Dios mío —gritaban—, ¿qué está pasando? ¡Hay fuego en la entrada! ¡Es el irlandés! ¡Es el coche oficial!

¿Cómo viví aquello? A veces me he preguntado si fue necesario seguir adelante, ocultar dos noticias con una muerte. La mirada de mi amor lo cambió todo al encerrarme en el despacho de la alcaldía. Me estaba esperando allí dentro y me di cuenta de que sí, que había valido la pena por muchos motivos.

—Tengo que volver a casa —me dijo tu tía.

—¿Ya? Pero si ha acabado todo.

—Por eso, porque ahora empieza todo.

Lo repitió cogiéndome la mano como me la está cogiendo ahora.

—Ahora empieza todo.

Fue un día muy extraño.

Perdóname. Justo, te pido perdón con el tiempo, tarde y mal. Lo asumo y te pido disculpas. La única manera de parar aquella bola que iba en aumento era que tu padre muriera mientras iba a buscar a la estrella. Así la actriz nunca llegaría porque el chófer que había ido a buscarla, el irlandés, se había estrellado en las curvas de la salida de Calabella. Un accidente en el pueblo era la terrible noticia que me salvaría del embuste que había montado. El duelo en plenas fiestas. El luto. «Ava Gardner, por respeto, no ha querido venir». Así lo dije horas después de que se viera la columna de humo negro asomado al balcón del ayuntamiento. Todos lo entendieron.

Fue un día horrible.

No tengo la conciencia tranquila. Pero debo confesarte más: tu tía Visitación, de quien estoy profundamente enamorado, me ha dicho que te deje escrita esta carta para cuando ya no esté. Ella sabe todo. De hecho, ya lo sabes, está conmigo en este momento en el que me he sentado a la mesa para escribirte. Me dice que te diga que te quiere mucho, que no te sientas culpable de nada, que ella aprovechó la circunstancia para hacer un mundo más justo. Somos tan felices como lo ha sido tu madre.

No tengo nada más que decirte. Tu tía Visitación dice que te deja una sonrisa y que la recuerdes en la letra de alguna canción.

Yo te pido perdón, te lo ruego.

Manuel Basté

* * *

Ese 23 de junio de 1980 rogué a Dios que me perdonara. Aquella tarde, cuando la cadena se había liberado del nudo en mi mano, la tía Visitación fue al teléfono. María Montaña, sentada en el sillón contiguo, se calzaba los zapatos con una parsimonia resultado de sus rodillas hinchadas por el peso. Era el día. Lo tenía listo. La tía le dijo a su hermana que saliera de allí, que tenía una llamada que hacer.

—Déjeme sola.

Al otro lado del teléfono se escuchó una voz de hombre mientras Montaña salía de allí descalza sin decir ni mu.

—¿Sí?

—Aquí andamos preparando la fiesta, ¿y tú?

—Nada que altere la situación. No hay mucho que esperar. Todo igual que ayer. Estoy haciendo tiempo.

—Perfecto entonces.

—No sé si necesitas algo...

—Que paséis una buena tarde.

No escuché bien la voz por el murmullo y las quejas de mi hermana.

—Yo también. Lo sabes.

—No te sientas mal. Eres una buena mujer.

Qué extraño ahora. Qué podía decir. Me pareció oír la voz de la tía otra vez saliendo de alguna esquina. Estaba desconcertado. El escándalo de las fiestas y la ceremonia del entierro de papá creó en mi una especie de mezcla de sentimientos que me impidieron entender aquella conversación. ¿Y ahora? Miré a los dos lados de la calle para compartir mi estupor, pero estaba todo en calma. Vacío. Como yo. Releí las palabras del alcalde en medio de una confusión absoluta.

Tragué saliva como si tragara la tarda absolución.

No crecí triste, pero tampoco feliz. Sólo la noche de los barcos de papel en el jardín de la casa del acantilado me hizo creer en la vida. Repasé el papel asimilando cada una de las palabras que me habían estado esperando treinta años. Qué complicado puede ser el futuro y qué obtuso el pasado. Ahora, con la mirada perdida en las amarillentas farolas de las vías romanas, me pareció encontrar la calma a las pesadillas y a la búsqueda de amor desordenada por medio mundo haciendo fotos, guardando momentos ajenos. Con la carta en la mano todo tenía otra explicación. No sólo Visitación tenía más motivos para cantar de los que yo creía, sino que, además, poco tuve que ver en aquella muerte.

Estuve callado durante un largo rato sin poder empezar a leer la siguiente carta, atragantado todavía con los recuerdos.

En aquel momento de la niñez lo ignoraba, sólo tenía doce años y quería hacer felices a todos. No imaginé nunca que había más gente que tenía reservado también otro propósito de vida para aquel 23 de junio: amarse. Abrí la segunda carta, esta vez con la reconocible letra de mamá...

Cogí aire y me sequé las lágrimas para poder leer.

Carta segunda

Querido Justo, soy mamá.

Hay tantos lugares para visitar y te toca estar en este momento tan lejos. Pero te escribo como si estuvieras aquí al lado...

Me voy a quedar con ganas de visitar Argentina después de todo lo que cuentas, pero me basta con saber que lo estás pasando bien y que andarás enredado entre algún proyecto nuevo o algún amor... No te pregunto, sabes que nunca te pregunto. Me quedo con tu voz antes de entrar al Teatro Colón de Buenos Aires, se te notaba feliz y me basta. Impresiona el libro que te han editado, enhorabuena, pequeño. Paseo por tus fotos como si fuera a tu lado, por el Kavanagh, por la iglesia del Santísimo Sacramento, el puerto o las jacarandas de San Martín... tan violetas, ¡por Dios! Conmueve ver algo tan maravilloso. No te me enamores de alguna bonaerense, que te quiero cerca...

Y más ahora.

Mucho más ahora.

Ayer miraba fotografías tuyas y me parece que has conseguido ser el mejor fotógrafo del mundo. ¿Lo ves? ¿Lo dudabas? Eres un afortunado y no te das cuenta. Me acuerdo mucho de mi padre —el abuelo— y de su afición por los mundos de fantasía en aquellos telares. ¡Qué envidia tendría de ti ahora que tú los visitas! ¡Y qué feliz se sentiría! El pobre con sus fantasías de tela enrolladas y tú saludando todo, saltando de un país a otro, pisando fronteras y saltando de hotel en hotel. Estoy seguro de que te ve, no en vano te pasas la vida en el avión, estás más cerca de él que yo...

Todo está en silencio en casa. Miento si te digo que te llamaría porque no puedo ni quiero despertarte. Aunque a lo mejor estás de fiesta y llevas el teléfono en el bolsillo. Tranquilo. Mamá te conoce bien. Y te quiero bien. ¿Recuerdas aquella noche de los barcos en la que visitamos tantos mundos? Supe que pisarías todos esos escenarios cuando te vi desplegar Roma, París, Casablanca, Japón... con tanta ilusión. Todas las mañanas, cuando paso por la Fontana, me acuerdo de tu cara. Mira que distingo las caras de los turistas que llegan a esta ciudad, pero no hay ninguna que me haga olvidar la tuya aquel día que descubriste el desván.

Nos habíamos acostumbrado a vivir de otra manera y de pronto doblaste el mundo como si todo fuera cuestión de papiroflexia. Tu magia, Justo, tu magia.

El tiempo ha pasado, no pensaba que sería tan deprisa. En tu última llamada antes de entrar al Teatro Colón te oí ilusionado, nervioso; te lo noto en la voz. Y seguramente tú me notas también en la letra que no es esto lo que tengo que decirte.

Bien, allá voy. Yo también estoy nerviosa.

Francesco me ha dicho esta mañana que debemos ir al médico, ayer me quedé sentada en la puerta de casa sin poder abrir. No acertaba con la puerta y en un principio pensé que me había equivocado de llavero. Eso me dijo él, pero sé que lo hizo para tranquilizarme. No es la primera vez que me pasa. Esta tarde otra vez. Me está fallando la memoria, no me acuerdo de los nombres, titubeo y... ya sé de qué se trata. Tengo miedo. Creo que voy a empezar a olvidar todo.

Te quiero, te he querido y te querré cuando ya no te reconozca. Relee esta frase, por favor.

Ese día va a llegar. Me lo han dicho los médicos, he ido sin que lo sepa Francesco. Así cuando vaya con él ya estaré preparada para fingir que no pasa nada y que soy fuerte. Son buenos, también han sido muy amables, pero ¿de qué me sirve hoy la amabilidad?... De nada. ¿Para qué quiero amabilidad cuando sé que me voy a ir vaciando?

Me daría igual olvidarlo todo y sólo reconocerte a ti cuando vuelvas de viaje, pero no sé de qué manera va a empezar a evaporarse mi interior. Tampoco sé cuándo. Y mucho menos por qué me ha tocado a mí. Si se fuera todo y sólo te reconociera a ti me relajaría en este momento en el que, sentada, te escribo esta carta, pero una no va a poder ser selectiva con el robo que ha empezado en mi cabeza.

Repito que te quiero mucho, es lo único importante hoy y estoy totalmente desordenada. Imagino tu cara al leerme, pero es necesario que te hable.

Cojo aire para seguir escribiéndote.

Vive.

Vive mucho.

Sé feliz.

Corre.

Y fotografía en tu memoria todos los momentos de tu vida. Hay un poema de Kavafis que quiero recordarte, que debo recordarte a mi manera:

«Cuando emprendas tu viaje hacia Ítaca, debes rogar que el viaje sea largo, lleno de peripecias, lleno de experiencias. No has de temer a los monstruos. Debes rogar que el viaje sea largo, que sean muchos los días de verano; que te vean llegar con gozo, alegremente, a puertos que tú antes ignorabas. Que puedas detenerte en los mercados y comprar unas bellas mercancías: madreperlas, coral, ébano, y ámbar, y perfumes placenteros de mil clases. Acude a muchas ciudades para aprender, y aprende de quienes saben. Conserva siempre en tu alma la idea de Ítaca: llegar allí, he aquí tu destino. No hagas con prisas tu camino; mejor será que dure muchos años y que llegues, ya viejo, a la pequeña isla, rico de cuanto habrás ganado. No has de esperar que Ítaca te enriquezca: Ítaca te ha concedido ya un hermoso viaje. Sin ella, jamás habrías partido; la vida no tiene otra cosa que ofrecerte. Y si la encuentras pobre, Ítaca no te ha engañado. Y siendo ya tan viejo, con tanta experiencia, sin duda sabrás ya qué significan las Ítacas». Me lo leía papá. Nos lo leía desde su mecedora en el patio a todas las hermanas mientras mamá cocinaba y le regalaba besos desde la ventana.

Justo... Yo soy tu Ítaca, seré como un faro abandonado, iluminándote sin luz. Sin recuerdos. Estaré ahí. Aquí. Hueca y oscura de recuerdos. Pero seré tu madre. Yo estaré aunque me haya evaporado.

Creo que te sabes de memoria ese poema y estoy convencida de que tienes prisa por leer esta carta. No hay final feliz, sólo la escribo para que quede constancia de que lo he sido. ¿Te parece bastante? Dime que sí. Me temo que la vas a releer muchas veces. Te conozco. Respira conmigo.

Yo también estoy nerviosa, ni te imaginas.

No digo que sea injusto que me haya tocado a mí entre tanta gente, pero no me lo merezco. La autocompasión es lo que no quiero, me niego. Piensa sólo en la palabra feliz.

Quiero pedirte una cosa, es la más importante para ti y para mí. El día que llegue el olvido y me veas ausente... abrázame. Abrázame igual que cuando me dabas las buenas noches. Por eso lo escribo hoy, porque tengo miedo a que todo vaya muy deprisa.

Acaba de entrar en la habitación Francesco, no sabes cuánto le quiero. No sabes cuánto me quiere. Me ha preguntado qué estoy haciendo, le he mentido. «La lista de la compra», digo. Sólo era para que saliera de la habitación porque voy a empezar a llorar y no quiero que me vea. Él no sabe que lo sé. Y que esa puerta que no se abría con mi llave es otra puerta la que ha abierto. Tampoco quiero que tú me imagines llorando. ¿Te acuerdas cuando venías a sentarte junto a mí en el jardín porque yo estaba leyendo el libro de siempre? Eras un niño.

Yo me acuerdo.

Hoy me acuerdo.

Mañana ya no sé si podré hacerlo, así que voy a respirar hondo para intentar todos estos días imaginarte de pequeño igual de guapo, igual de sigiloso para robarme el chocolate en polvo de la cocina que mezclabas con leche condensada, igual de perezoso para levantarte los lunes y tan rápido cuando había excursión, ¿me equivoco? Igual de estudioso... Lo sé, tuviste tus días. Pero hoy te perdono todos esos *bienes* que podían haber sido notables porque te escapabas con la bicicleta.

Hoy te lo perdono todo y espero que tú me perdones si algún día no fui la madre que esperabas.

Hoy ya es ayer.

Se me hace raro escribirte. No es la primera vez que lo hago, pero sí va a ser la última. Y quiero... quiero que te quede la sensación de que, aunque estoy preocupada, soy feliz. Y lo mejor, que estoy feliz por ti. ¿Qué hora será en este instante en Buenos Aires? ¿Siguen de color lavanda las jacarandas? ¿Es todo como en las fotos? ¿Y tú? Debes estar durmiendo, yo voy a intentar colarme en tus sueños siempre. De la misma manera que tú te has estado colando en los míos desde que naciste.

Creo que Francesco se ha puesto a hacer la cena, huele desde aquí, así que no tengo mucho tiempo. Podría seguir luego, pero si acabo esta carta ahora, mejor, no sé si no voy a saber abrir la puerta en diez minutos o en un mes. Él está. Al otro lado. Y tú aquí conmigo.

¿Te he dicho que te quiero? Recuérdalo. Recuérdame cuando comas solomillo con tomate frito, cuando compartas una cerveza con alguna amiga, cuando pasees y suene mi canción favorita. ¿La recuerdas? No importa, estaré en todas las canciones, me colaré en las letras y en la música. Pero cuando te acuerdes de mí no me llores, ¿eh? Por favor, Justo, no me llores. Ve a la barra y pide una caña con patatas bravas. Qué ricas, ¿eh? Aquí en Roma no las hacen, pero seguro que en el sabor aparezco como tú apareces ahora... Iba a decir «en esta despedida», pero no quiero. Sólo es un aviso, así lo ha dicho el médico. ¡Qué sabrá él! Yo he empezado a notarlo y me entran escalofríos de ir perdiendo la memoria con el alzhéimer. Lo he dicho. He tardado en escribirlo.

A ver, que no se me olvide ahora todo lo que quiero escribir. Sé un buen fotógrafo. Gana ese premio que querías ganar. Te lo mereces. Si no te lo dan, insiste. Que no me entere que desistes, cree. Cree en ti. Por favor, hijo, cree en ti.

Del amor no sé qué decirte porque aparece. Yo he sido feliz. Lo soy. Y a ti, ¿qué te voy a decir? ¿Recuerdas cuando paseábamos callados con la excusa de ir a comprar helados de leche merengada? Pues en esos silencios sabía si estabas enamorado o no. Se te nota. Eso te ayudará a descubrir si es o no es el amor verdadero. Tan cursi y tan real. En el silencio, como aquel nuestro, notarás si estás enamorado. Para esto encontraría mi hermana Visitación una buena canción, estoy segura.

Francesco ha vuelto a tocar la puerta, es para cenar; luego le diré que guarde esta carta hasta que considere oportuno entregártela. Él me va a entender.

No quiero parar de escribir, pero... ya no sé qué decirte. Vuelve al pueblo, visita a tu hermana, me dice que os veis poco y tiene unos hijos preciosos con el buenazo de Ramón. Vuelve al acantilado, haz como hicimos aquella vez: descubrir la casa y elegir habitación. Seguro que tienes a alguien a quien llevar.

Y no olvides regar las lavandas. Si cierro los ojos, puedo oler su perfume. Vuelve. Estaré como ese faro, vacío, sin luz, pero estaré ahí. Me basta con que seas tú el que guarde los recuerdos. Miento. Abrázame.

Recuerda... todo irá bien.

Tu madre, te quiere. Te Adora.

38

EL ÚLTIMO CAPÍTULO

En la vida hay días mágicos. Seguramente tan mágicos como cuando mamá, Liz y yo cruzamos aquel espeso bosque de pinos que nos llevó hasta la casa del acantilado y empezamos a vivir la vida de otros, de los que habíamos soñado ser. Días en los que todo sucede.

Y allí estaba. En Roma de nuevo y con mamá ya dormida en casa con su Francesco, con la tranquilidad de haber cenado bien, juntos alrededor de una mesa llena de recuerdos.

A veces, los faros, aunque vacíos de luz, iluminan más. Saber que están es suficiente.

Yo fui el faro de mamá cuando entraba a oscuras en mi habitación a dejar sus notas escritas sobre mi almohada. No necesitaba entonces luz alguna para encontrarme. Hoy ya sé que yo tampoco necesito ninguna. Está.

Estoy.

Estuve.

Estamos.

Allí, aquí.

Roma está llena de esquinas, de laberintos que juegan a sorprender al viajero con un monumento, con una plaza mal iluminada, con columnas que desafían a la historia y cafés que han bebido de miles de historias. No sé si los romanos se sienten como los turistas, no sé si ya se han acostumbrado a vivir saltando charcos y adoquines con estrellas.

Cuando se vive y trabaja dando vueltas por el mundo, hay lugares a los que uno necesita volver. Naturalmente, Roma. No sólo porque ése fuera el hogar de mamá, su destino, y no su eterna obsesión por repetir *París era una fiesta*. Curioso. Al final, fue Roma. Tanto releerlo para buscar la solución a los sueños atrapados y sólo había que mirar al horizonte, más allá del faro, más allá de los barcos que dejaban la estela blanca, más allá del jardín... Mamá había encontrado su papel de Fedora en brazos de un italiano loco que la amaba y, sobre todo, que la cuidaba en su olvido recordándole diariamente con mimos que la vida había pasado bien, que nos había tratado bien.

Mamá sonreía. Y eso era lo más importante. Aunque esa sonrisa fuera una mezcla de borrón y felicidad.

Sonreía.

Ella lo había olvidado todo. Ella era hoy, sin ayer. Pero afortunadamente, todos y cada uno de nosotros recordábamos que tras la muerte de papá —sigo midiendo todavía mis palabras— ella había sido por fin una mujer feliz. Muy feliz.

Ese día, todavía eran las doce menos cuarto de la noche, me esperaba algo más. Después de leer las dos cartas, las doblé y respiré hondo. La vida. Mi vida. Todo resumido en papel.

Anduve durante unos minutos.

Recordé la canción que tarareaba la tía Visi. «Tú me acostumbraste a todas esas cosas y tú me enseñaste que son maravillosas... en un mundo raro».

La plaza de España estaba casi vacía, apenas dos parejas de enamorados que se sentaban en los primeros escalones presos de su futuro. Hice como aquella vez que perdí el miedo a las alturas, subir hasta lo más alto de la escalinata para resumir aquel día de cumpleaños. Al fin y al cabo, aquello era el acantilado más cercano que tenía a mano. Me senté un rato allí arriba para ver mi vida desde las alturas.

«¿Por qué no me enseñaste cómo se vive sin ti?».

—Hola.

—¿Hola?

Era Gina, o Sofia, la chica con la que me había despertado esa mañana en el hotel. La chica del cargador de móvil en el Caffè della Pace.

—¿Todavía por aquí?

—¿Y tú? No es tarde solamente para mí.

—Dando vueltas.

—¿Con el frío que hace?

—He salido de cenar hace un rato con mi familia y necesitaba aire.

—¿A que ya no recuerdas mi nombre, querido Giusto...? Apuesto a que lo has olvidado otra vez...

—Te equivocas —le dije—. Pero me gustaría llamarte Gina. Sofia me recuerda a otra vida y no sé si me apetece repetirla.

—Acepto, qué remedio. Llámame Gina. Y... yo a ti, ¿cómo debo llamarte?

Me quedé dudando.

—¿Te gusta Francesco? —respondí.

—¿Es el nombre de tu padre?

—No, mi padre se llamaba Thomas. Irlandés.

—Vaya, eres el hijo del irlandés. Suena a película.

Tenía razón. Sonaba a película. A película de cine de verano, con personajes gigantes en la pantalla recién pintada y murmullos de fondo, con un bar atestado de público y puestos de algodón de azúcar y vinagretas, con hoguera de San Juan apagada y fuego en la montaña.

—Si esto es una película..., yo, que he elegido los nombres, también debería elegir el final.

—¿Y qué final propones?

—Todavía no lo tengo pensado.

Gina se quedó callada, y mientras encendía un cigarrillo doble que sacó de su bolso, dijo:

—Es de noche. Estamos sentados. Piensa que todavía seguimos en la sala del cine. Muchas películas, cuando empiezan, sabes cómo van a acabar... Previsibles. Pero no por eso son peores películas.

Pensé en el tango que cantaba la tía: «Perdón si me ves lagrimear, los recuerdos me han hecho mal».

—Mi padre era un tirano. A todas las películas de mi infancia le faltan los últimos quince minutos. El cine acababa a las diez menos cuarto, pero mi padre exigía recogerme a las nueve y media. No sé el final de muchas historias. Sólo de la mía.

Se volvió hacia mí para preguntarme:

—¿La sabes? ¿Sabes el final?

—Hoy sé que sí. —Me toqué el bolsillo con la carta que había guardado en mi chaqueta. La sentí en el corazón—. Hoy he recuperado a mi madre. Pensaba que ya no estaba, pero está. Como las estrellas...

Levantamos los dos la cabeza.

—No hay.

—No se ven, querrás decir. Pero están.

—¿Pretendes conquistarme así?

—Tal vez.

—Pues estás muy pasado...

Y me miró otra vez.

Y me sonrió.

Y yo volví descaradamente la mirada a las no estrellas.

—Pasado y algo distante, pero me gustas.

—Me alegro mucho.

—¿Crees que ésa es una respuesta para una chica que acaba de decirte que le gustas?

—Como dices que estoy pasado, no sé cómo responder con algo actual. ¿Qué debería decir? Puedo hacerte una foto, se me da bien.

—Ya me di cuenta de que me hiciste esta mañana alguna en el hotel... Podemos estar callados, mejor. ¿Te molesta el silencio?

—No, si no es incómodo.

—De acuerdo.

Nos quedamos callados ambos. Sin estrellas. Los dos. Sé de esos pequeños combates dialécticos que fluyen cuando deseas acabar en la cama.

Se rio con una carcajada contagiosa a los pocos segundos.

—Y ahora... ¿Hablo yo o hablas tú?

—Has empezado tú. Has roto el pacto.

—No había pacto.

—Entonces... ¿Pasamos a hacernos preguntas?

—¿De qué tipo? —pregunté.

—Pues preguntas... como por ejemplo: ¿tu canción favorita?

—Creo que *Tú me acostumbraste*, es un bolero. Pero te va a sonar antigua.

—No vayas ahora a hacerte el clásico, sólo he dicho que estabas pasado y no es lo mismo. ¿Qué dice esa canción?

—«Yo no concebía cómo se quería en tu mundo raro y por ti aprendí...».

—Cantas bien.

—Sólo tarareaba...¿Y tú, tu canción?

—No tengo canción favorita, pero esta mañana escuché a Nina Zilli, *L'inverno all'improvviso.*

—¿De qué va?

—¡De qué va! ¡Es una canción, no una película! Qué bobada.

—Vaya —exclamé con ironía—, yo te he cantado una frase del bolero. Y ahora tú ni siquiera me explicas tu canción.

—Se puede traducir como *Y de repente, el invierno*. Espera.

Gina abrió su bolso y sacó su iPod y los auriculares. Seleccionó la canción entre sus listas y puso un auricular en mi oído y el otro en el suyo. Los dos sentados en medio de unas escaleras vacías compartiendo Roma y una canción. Le dio al *on* y sonó.

Me miró de reojo.

Yo disimulé dejándome caer en el escalón helado.

La miré de reojo.

Disimuló retirándose el pelo de la oreja para ajustarse el auricular mejor.

Cuando acabó la canción me preguntó:

—¿Te ha gustado?

En ese segundo de duda no sabía si se refería a la canción o al hecho de compartir por primera vez unos auriculares como si tuviera de nuevo veinte años. Respondí:

—Me ha gustado.

—¿Entiendes la letra?

Mentí para que me la tradujera aprovechando que teníamos butaca y película en vivo en la plaza de España.

—Deberíamos caminar un poco —dije, devolviéndole los auriculares—. Además, veo que tienes frío.

—No me había dado ni cuenta. Tienes razón, hace frío.

—Ahora no sé si ofrecerte mi chaqueta...

—¿Por?

—Por lo de antiguo —dije.

—¿Me lo vas a estar recordando siempre?

Hubo un silencio y esta vez no fue intencionado.

—Sí. Te lo voy a estar recordando siempre.

Gina se mordió los labios y me pareció que se mordía un beso como los de la noche anterior. Los besos que no das se acumulan. Yo estaba nervioso. Escuché *La felicità* en voz muy baja, como un fantasma que estuviera silbándonos en la espalda.

—Perdona —dijo—, no me había dado cuenta.

El iPod seguía sonando en su bolso.

—El hotel está cerca, ya lo sabes.

—Pensaba que me ibas a llevar de viaje...

—¿Adónde te gustaría ir? —le pregunté.

—No conozco París.

—Te encantará, te encantaría.

—A ver si rompo la magia y me pasa como a los japoneses, que van pensando en *Amélie* y les entra el síndrome ese extraño por contraste con las expectativas.

—No te imagino entrando en crisis nerviosa —respondí.

—¿Son muy estirados? —preguntó Gina curiosa.

—Se lo hacen. Los que yo conozco no lo son. Pero les gusta mantener el mito del parisino exquisito aunque vayan sin peinar.

—Nada que ver con el romano, ¿no?

—¡Dios mío! —dije mordaz.

—No te vayas a burlar, que mi último novio era italiano.

—¡Vaya! —exclamé con ironía—. Ya ha salido el gordo de la lotería.

—No pensarías que a los cuarenta iba a ser virgen y que iba a estar esperando a un español que ha recorrido medio mundo cámara al hombro sentadita en unas escaleras, esas cosas pasan en Verona, no aquí...

—Para, para, para. Que rompemos la noche.

—No creo. Anoche nos fue bien.

Y me miró otra vez.

Y me sonrió.

—Tengo ya bastante años —arranqué a hablar—, dentro de poco seré de esos señores que se creen todavía jóvenes. He malgastado mi vida en un montón de días idénticos, viajes idénticos, noches...

—Ibas a decir mujeres, ¿verdad?

—No lo sé. No soy capaz de pensar. A lo mejor sí. Mujeres idénticas. Necesito que esto cambie.

—Yo también.

—¿Hombres idénticos?

—No, yo también necesito que esto cambie. A lo mejor ésta es nuestra oportunidad.

Me sentí profundamente conmovido ante la sinceridad. La chica era guapa, hablaba bien, tenía todas esas cosas que siempre he ido buscando. Y ahora, aun pareciendo igual a las demás, parecía distinta.

Gina inclinó la cabeza sobre mi hombro.

Hacía frío.

—¿Habrá alguna cafetería abierta por aquí? Podríamos tomar un café caliente.

—Ésta es zona de turismo. Pero a estas horas...

—Y si es zona de turismo, ¿qué hacías aquí?

—Nada. Absolutamente nada.

—No te creo.

—Sí, créeme. No hacía nada.

—Va. ¿Buscabas turistas?

Gina se encogió de hombros como si claudicara y dijo:

—Te buscaba a ti.

—Vaya...

—Esta mañana salí del hotel llamándome Gina y he dado vueltas todo el día para tropezarme contigo. Al verte preparado con una cámara de fotos pensé que irías a los lugares típicos de Roma. Te has pasado el día en Santa Maria in Trastevere, encendí una vela mientras dejabas unos papeles.

—No me di ni cuenta, ¿estabas allí?

—Ah... —dijo, alargando la mano y cogiendo la mía—. Aquí me tienes ahora. Tampoco soy una chica tan exquisita, tan rara... Al final soy una chica normal que se ha acostado con un chico una noche y que se ha quedado pillada. A vosotros no os pasa, ¿verdad? Pues a nosotras sí. Y así he ido todo el día, pensando que había salido demasiado pronto de tu habitación, que era más chula, que era más valiente, que puedo vivir sin enamorarme otra vez, que puedo pasear tranquila y sentarme en cafés a tomarme algo. Y no. Esta mañana me he puesto a llorar en la puerta del hotel, de tu hotel. ¿No querías hablar? Pues mira, estoy hablando. ¿Y qué hora es?

Miró su reloj.

—Tarde. Es tarde —contestó.

—Es la hora —dije.

—¿Qué hora?

—A lo mejor es la hora de comenzar. El invierno llega de improviso a veces. Y otras, la primavera. ¿Sabes que ahora es verano en Argentina? ¿Sabes que hay noches que duran veinticuatro horas en el polo?

—¿Y qué? Estamos en Roma.

—Podemos estar donde queramos. Lo aprendí de mi abuelo. Un día te contaré...

Gina intentaba comprender a qué me estaba refiriendo, se lo leía en la mirada. Yo me volví a ver de niño descorriendo telares con paisajes de otros lugares del mundo, fantasías dibujadas que servían para trasladarse allí donde uno quisiera. Las cosas podían ser difíciles en aquel tiempo del abuelo, pero él las hizo de color, hizo vivir a los vecinos en lugares que jamás pisaron, pero, por el contrario, pudieron soñar. ¿Quién iba a creer que habían estado en la Fontana, en Rusia, en los Alpes, en los Campos Elíseos? ¿Qué más da? La fantasía. La falta de estrellas. Allí están. Como el faro de mamá, sin luz. Pero está. Ella está. Y yo, en ese momento de esa noche romana, estaba sentado junto a una chica maravillosa que temblaba de frío y de pudor.

—Mi abuelo era original, muy fantasioso. Y yo quise estar en todos aquellos lugares que él sólo pudo soñar.

—Esos telares que dices...

—Tendremos tiempo. Incluso, si quieres, puedo llevarte a verlos. ¿Te apetece acompañarme? Hace mucho que no vuelvo a la casa del acantilado.

—¿Dónde es?

Señalé con el dedo hacia el final de la calle.

—Allá.

—En la otra orilla. En España. ¿Vendrías conmigo?

Sonrió.

—No nos conocemos.

—¿Y? Anoche tampoco nos conocíamos. Ahora nos conocemos algo más. Además, yo también llevaba tiempo buscándote.

—No mientas.

—Bueno... Déjame que sea un antiguo.

Ahora era yo el que tenía frío.

—Además —dije—, me gustaría regar las lavandas. Estarán secas. Hace tanto tiempo...

—Lavanda. Me encanta la lavanda.

—Pues entonces no vengas por mí, ven por la lavanda.

La vida. No sé si está escrita. Pero mamá había sido tan precisa eligiendo el poema: «Cuando emprendas tu viaje, debes rogar que el viaje sea largo, lleno de peripecias, lleno de experiencias... Debes rogar que sean muchos los días de verano; que te vean llegar con alegría a puertos que tú antes ignorabas...»

Suspiré.

Nos besamos. Éramos dos barcos que sienten que han llegado a puerto. Bueno o malo. Mejor o peor. Pero puerto, tierra firme al fin y al cabo.

—Creo que mañana voy a tatuarme por primera vez.

—No te pega —dijo, encendiéndose otro cigarrillo mientras se levantaba de los escalones.

—Precisamente por eso.

—¿Y... se puede saber qué has pensado dibujarte? ¿O además de ser de los que no guardan el teléfono, ni recuerdan el nombre... también eres de los que se hacen el interesante como si fuera un misterio?

La miré como si hubiera cambiado todo de repente. No había misterio. Ya no había secretos. Y los que quedaban estaban por vivir. Gina no era Sofia, el único acantilado que teníamos a nuestros pies eran los escalones de la plaza de España; pero, a decir verdad, me había despertado con ella en una habitación de hotel y, muy probablemente, también iba a despedir el día con ella.

—Un corazón —le dije.

Me agarró el brazo y bromeando me replicó:

—Al final de la novela vas a ser un romántico.

—No lo sé.

—Eso se sabe. No hace falta que lo noten los demás. Cuando uno es romántico lo sabe, se pasa la vida siéndolo. Va en el gen.

—¿Ser romántico es genético? ¿Tú crees?

Se encogió de hombros y se encendió el cigarrillo que se había apagado. Aproveché para encendérselo yo, como si prendiera el faro mientras ella seguía hablando.

—Me fijé esta mañana en que eres de los que dibuja corazones en el vapor de la ducha. Aparecieron en la mampara de cristal cuando me duché yo. Me resultó gracioso verlos.

—¿Por qué?

—Porque yo también los hago. Soy de las que dibuja corazones en los espejos de los hoteles. De niña lo hacía con vaho. Soltaba aire por la boca y...

En ese momento nos besamos intensamente como si hubiera un «siempre» común. Roma jugó su palíndromo: amor.

—¿Por qué un corazón tatuado? —insistió Gina, agarrándome la mano y empezando a descender las escaleras. La miré, y como si toda mi vida se fuera en ese suspiro de vaho, le contesté:

—Para que por una vez en la vida no se evapore.

Doce de la noche. Roma. Hace frío.
«¿Sabes ya por qué me llaman Justo?».

ÍNDICE

Premisa 11
1. El plan 13
2. Mundo raro 19
3. Los zapatos de los domingos 24
4. La estrella llega al pueblo 35
5. Hoy, estreno 43
6. El día después 51
7. Roma 59
8. El cumpleaños de mamá 67
9. La vida en cajas 75
10. Buscando siluetas en las ventanas 84
11. Caminando a Santa Maria in Trastevere 91
12. La primera magdalena de limón 103
13. Mamá estaba esperando… 111
14. Cuando todos se convierten en cómplices 116
15. Por caminar en tus zapatos 126
16. Empecé a enamorarme perdidamente de ella 132
17. La cena está servida 140
18. Las estrellas se iluminan si quieres 147
19. Unos roscos de anís sobre el corazón 151
20. Las ciruelas 158
21. Atardece 165
22. *Love Story* 168
23. Un vaso de leche caliente 174
24. Los paraísos cercanos 179
25. El cielo del Trastevere 187

26. Cena en casa de Sofia y Francesco 190
27. La invitación al desván 204
28. Un caramelo de menta 211
29. Sofia al piano 215
30. Un corazón dulce 226
31. Y de pronto... 231
32. Poco antes de la cena de cumpleaños 251
33. Londres 266
34. Roma, a la salida de la iglesia 276
35. Hoy 302
36. Hay mucho que no sabes 313
37. Dos sobres 323
38. El último capítulo 337